Im Kasten

Jens Sparschuh

Im Kasten

Roman

Kiepenheuer & Witsch

MIX
Papier aus verantwor-
tungsvollen Quellen
FSC® C014496

Verlag Kiepenheuer & Witsch, FSC-N001512

1. Auflage 2012

Umschlaggestaltung: Rudolf Linn, Köln
Umschlagmotiv: © emeraldphoto – www.fotolia.com
Autorenfoto: © Susanne Schleyer/autorenarchiv.de
Gesetzt aus der Adobe Garamond
Satz: Pinkuin Satz und Datentechnik, Berlin
Druck und Bindearbeiten: GGP Media GmbH, Pößneck
ISBN 978-3-462-04417-1

Inhalt

Memento Moni

Seit etwa Mitte Januar leben Monika und ich in einer Art Fernbeziehung, zwar immer noch in derselben Drei-Zimmer-Wohnung, aber doch deutlich auf Abstand. Wenn man die vereinbarten Spielregeln einhält und sich zu gewissen Zeiten, morgens und abends im Bad, aus dem Weg geht, geht das.

Wir müssen einfach nur einen gewissen Sicherheitsabstand beachten. Ist man lange genug verheiratet, kommt man sich näher, als einem unter Umständen lieb ist. Das kann zu Problemen führen, auch zu ernsthaften Störungen. Das muß ja nicht sein.

Warum es dennoch zum Streit zwischen uns gekommen ist?

Weiß ich nicht.

Sucht man lange genug, findet sich immer ein Grund beziehungsweise finden sich sogar mehrere, und man verliert den ursprünglichen Anlaß dabei aus den Augen. Am Ende weiß man gar nicht mehr, weshalb man eigentlich so erbittert streitet oder tagelang pausenlos aufeinander einschweigt.

Also, es hat überhaupt keinen Zweck, nachzuforschen.

Ratlos habe ich heute nachmittag – nur fürs Protokoll: heute ist Freitag, der letzte im Januar – in der Küche vor einem Häufchen Scherben gestanden. Diese Glücksbringer zu meinen Füßen sind die blauen Zwiebelmusterfrühstückstassen gewesen, die wir bis vor kurzem noch alle im Schrank gehabt haben. Schließlich hockte ich mich hin und kehrte die traurigen Reste zusammen. Zumindest nach dem alten Kalender (falls der überhaupt noch gültig ist) bin ich heute mit Küchendienst dran.

Nicht mein Herz übrigens ist es, das blutet, sondern mein rechter Zeigefinger. Gut, daß ich immer darauf achte, daß die Hausapotheke (in der Küche, neben dem Boiler, rechts) rund um die Uhr einsatzbereit ist.

Ich selbst, muß ich dazusagen, bin gar nicht streitsüchtig und verzichte lieber. Ich merke es immer erst dann, wenn ein schwelender Konflikt offen ausgebrochen ist. Dann wundere ich mich allerdings.

»Meinetwegen«, hatte Monika zu mir gesagt, »du siehst die Sache so, wie du sie siehst. Ich sehe sie so, wie sie ist.«

Doch bevor ich mich dazu hinreißen lasse, in solch einem Streitfall derart irrige Meinungen von mir zu geben, die mir normalerweise nicht im Traum eingefallen wären – wann hätte denn schon einmal jemand die Dinge so gesehen, wie sie sind? –, und ich solche abwegigen Ansichten dann sogar, weil es kein Zurück und keinen Ausweg mehr gäbe, immer starrsinniger vertreten würde, ja sie geradezu auf Teufel komm raus verfochten hätte, gehe ich der Sache lieber weiträumig aus dem Weg, stelle mich ans Fenster, Hände in den Hosentaschen, beobachte den Straßenverkehr unten und warte, warte, bis sich die Lage insgesamt wieder beruhigt hat.

Ein schwarzer Audi Cabrio will abbiegen, er blinkt rechts und, nachdem er auf Radfahrer und Fußgänger geachtet hat, biegt er auch richtig ab. Die Tram zieht stur und eisern ihre vorgeschriebene Bahn. Sie hat ihre Nummer genau im Kopf, trägt sie sogar gut sichtbar auf der Stirn; ihren Weg kennt sie auswendig und weicht nie auch nur ein Zentimeterchen davon ab. Fußgänger stehen an der Ampel, momentan sehen sie rot.

Will Monika mir beibringen, daß ich schuld daran bin,

daß … (hier kann man Beliebiges einsetzen), behauptet sie zunächst erst einmal das Gegenteil: »Natürlich«, sagt sie, »natürlich, *ich*, ich bin an allem schuld!«

Das heißt: Sie blinkt rechts, will aber eigentlich nach links! Eine gefährliche Situation für alle Verkehrsteilnehmer entsteht. Allgemeine Orientierungslosigkeit.

Die – wie sie meint – offenkundige Lächerlichkeit ihrer Behauptung soll nun wohl per indirekten Beweis meine Alleinschuld aufdecken. Da sie natürlich nicht schuld sein kann, muß also, weil niemand sonst weit und breit übrigbleibt, ich es sein.

Zu kompliziert? Ja, viel zu kompliziert.

Wie tröstlich dagegen der ruhig und reibungslos unter meinen Augen abrollende Verkehr.

Vom Wohnzimmerfenster aus im vierten Stock stelle ich mir vor, wie ich von hier oben mit weit ausgebreiteten beziehungsweise angewinkelten oder erhobenen Armen stumm die Autos dirigiere, den dichter werdenden Feierabendverkehr regele.

Nein, nicht ganz stumm: Da rennt tatsächlich jemand bei Rot, die weißen Linien mißachtend, schräg über die mehrspurige Fahrbahn zur Straßenbahnhaltestelle. Daumen und Zeigefinger zwischen den Lippen, will ich diesen Verkehrssünder laut trillernd zurückpfeifen, da ist er aber schon über das Absperrgeländer geklettert und in der Bahn verschwunden. – Pech gehabt.

Eine junge Mutter, selbst gerade noch Schulkind, zieht ihren Drei- oder Vierjährigen hinter sich her. Sie hat ihn offenbar vom Kindergarten abgeholt. Der Junge trägt eine bunte Blechbrille. Mit seinem kurzen gelben Plastikschwert kämpft er fuchtelnd gegen Dämonen, die unsichtbar hinter den beiden her sind.

Der Werbemann, ein fester Bestandteil unseres Straßenbildes, mit seinem ärmellosen Anorak, dem Kugelkopf und dem schmalkrempigen Hütchen obendrauf, der seinen zweirädrigen blauen Wagen durch die Gegend karrt, vor jedem Hauseingang haltmacht, um sämtliche verfügbaren Briefkästen zu verstopfen. Wir haben zwar seit langem ein Schild »Keine Werbung« am Kasten, aber wahrscheinlich kann er nicht lesen. Er verteilt ja auch nur bunten Bilderkram.

Unsichtbar den schwarz-weiß gestreiften Verkehrsstab steil in die Höhe gestreckt: Achtung! Halbe Drehung auf dem Hacken, die Arme breit: Stop!

Zuvor, damit die Kreuzung zügig wieder frei wird, noch schnell mit links einen Abbieger durchwinken und dann lässig den Zeigefinger, der mit Heftpflaster zugeklebt ist, an den Tschako tippen lassen.

Einmal – das habe ich gar nicht mitbekommen, weil ich mit dem Rücken zur Tür stehe – muß Monika kurz zu mir hereingeschaut haben. Sie hat aber kein Wort zu mir gesagt. Ich hörte dann nur, wie sie – die Tür klappte – wieder verschwand.

Meine Arme sinken herab. Unten kommt der Verkehr zum Erliegen. Auf einmal ist es stockfinster. Beide Augen habe ich fest verschlossen.

Dafür kann ich nun akustisch von meinem Standort aus wahrnehmen, daß Monika sich in unserem gemeinsamen Schlafzimmer zu schaffen macht.

Was sie da macht?

Das sehe ich, als ich Momente später in der offenen Tür stehe: Sie hat unseren blauen Koffer, mit dem wir schon oft schön verreist sind, zuletzt im August nach Heringsdorf, »Haus Schwalbennest« (Halbpension), aufs Bett geschmissen und damit begonnen, wahllos Sachen hineinzustopfen.

Will sie mich damit beleidigen?

Nachdem ich mir ihr Treiben einige Sekunden lang – lange genug! – von der Tür aus angeschaut habe, sage ich leise »Nein« und trete auf sie zu.

»Nein, so geht das nicht, Monika. So wird das nie etwas!« Ich *mußte* an dieser Stelle einschreiten! Und ich denke, sie weiß das auch. »Da findest du doch nie, was du brauchst.«

Skeptisch betrachte ich das Chaos im Kofferinnern.

»Warte mal«, sage ich halblaut und schiebe Monika sachte am Oberarm beiseite. Konzentriert kneife ich die Augen zusammen. Eigentlich sollte sie das doch aus dem Effeff beherrschen, wie man Sachen richtig zusammenlegt.

Sprachlos steht sie neben mir, als ich ihr mit wenigen Handgriffen zeige, wie einfach das geht, wieviel Platz man im Kofferinnenraum gewinnen kann, wenn man nur durchdacht genug beim Packen vorgeht.

»Im Grunde«, sage ich, »brauchst du ein Kofferverzeichnis.«

Sie starrt fassungslos in den Koffer.

»Ja, damit fängt es schon mal an.«

Natürlich weiß ich: Solche elementaren Dinge haben ihr noch nie im Leben etwas bedeutet.

»Also, zum Beispiel, ich sehe hier: vier paar Unterhosen, weiß …«

Tief über den offenen Koffer gebeugt, werfe ich ihr, so wie man ihn aus der Fahrschule kennt, den Schulterblick zu.

Auch Monika ist jetzt weiß – im Gesicht.

»… wie lange willst du eigentlich bleiben?«

Keine Antwort.

Gut, vertiefe ich mich also weiter in den Koffer, hier gibt es mehr als genug für mich zu tun.

Stumm, abgesehen von ihren wirkungsvoll gesetzten Absatzschritten – klack-klack, klack-klack –, verläßt sie unser gemeinsames Schlafzimmer. Nun fällt auch diese Tür, die ich vorhin so behutsam geöffnet hatte, ins Schloß.

Ich richte mich kurz auf. Aus dem ovalen Spiegel der Frisierkommode blickt mich ein fremder Mann an, dem die Haare verrutscht sind. Wir nicken uns kurz, einverständig zu. Ich streiche ihm die Haare glatt. Dann beginne ich noch einmal ganz von vorn, lege ordentlich Blusen, Röcke, Hosen und so weiter zusammen, um sie dann häufchenweise in den Koffer zu betten.

Als ich damit fertig bin und auch überprüft habe, ob die Kofferklappe jetzt noch zugeht (ja, es geht: sie klappt), öffne ich geräuschlos die Tür und lausche in den Flur.

Aus dem Küchenbereich höre ich, daß Monika Spiegeleier brät. Ich kenne ihre Angewohnheit, auf die magische Kraft von Eiern zu setzen: Eierkuren, Soleier, Ei im Glas und so weiter.

Na, nun ist ja alles wieder in Butter, denke ich, als ich es so vertraut in der Teflonpfanne brutzeln höre, und gehe zu ihr.

»Darf ich?« frage ich.

Da sie nicht *nein* sagt, verstehe ich das als stumme Aufforderung, mich zu ihr zu setzen und ihr Gesellschaft zu leisten.

Ich setze mich also an die Stirnseite des Tischs, lege mitfühlend meine Hände übereinander und sehe ihr zu, wie sie, fast ohne zu kauen, die Bissen von der Gabel herunterschlingt.

Ihre Augen sind rot. Die Nase auch. Aber sie ißt mit gutem Appetit. Die Krise scheint im Abklingen zu sein.

Die Zentralheizung gluckert nachdenklich, ich schweige.

Ich hatte dann nur kurz die Wohnung Richtung Keller verlassen, weil ich dort dringend benötigtes Material für die nächste Woche vermutete. Ich muß Norbert unbedingt, am besten gleich Montag vormittag, abpassen, um noch einmal zu versuchen, ihm den *Felix-Koeffizienten* nahezubringen, oder zumindest: ein Stück näher. Bisher, so scheint mir, hat er noch gar nicht begriffen, welche Tragweite diese von mir entwickelte Umrechnungszahl für die Zukunft unserer Firma haben könnte. In diesem Koeffizienten bündeln sich nicht nur die reichen Erfahrungen, die ich nach inzwischen dreijähriger Tätigkeit bei NOAH im Bereich optimierter Einlagerungs- und Ordnungssysteme habe sammeln können, nein, es geht – weit darüber hinaus – hierbei auch um ganz grundsätzliche Fragen des vernünftigen menschlichen Zusammenlebens.

Als ich aus dem Keller zurückkomme – die Mappe hatte ich übrigens nicht gefunden, die liegt wahrscheinlich schon im Büro, auf dem Stapel »Akutes« –, ist sie weg: *Monika* ist weg.

»Moni?!«

Ich suche die ganze Wohnung nach ihr ab – nichts.

Monika hatte meine kurzzeitige Abwesenheit also für ihre offenbar von langer Hand geplante Flucht genutzt.

Den Koffer hat sie, wie ich im Schlafzimmer feststellen mußte, nicht mitgenommen. Der liegt noch immer mit staunend aufgerissener Klappe, aber ordentlich gepackt auf dem Bett. Ich lege mich daneben.

Die Augen habe ich geschlossen. Ich schlafe nicht, ich wache nicht, ich … ich weiß nicht. Als blinder Passagier reise ich zurück, rase mit allen Sinnen, die mir noch verblieben sind, zurück in die Vergangenheit: Wie ist es nur so weit gekommen mit uns?

Ein komischer Kunde

»Iyi günler, Herr Arslan. Hava düzeldi!«

Unverständliches, was Norbert da leise murmelnd von sich gab. Wie bei einem Staatsempfang hatte er am Eingang des Bürogebäudes Aufstellung genommen, um auf unseren Besuch zu warten, die Hände probehalber mal im Schrittbereich übereinandergelegt, dann wieder geheimnisvoll hinter dem Rücken versteckt. Er konnte sich schlecht für eine dieser beiden Varianten entscheiden, so kam gelegentlich noch als Variante Nummer drei hinzu, daß er rasch eine Hand zum Kopf führte, sich kratzte oder, zu allem entschlossen, die Brille zurechtrückte.

Auf und ab war er geschritten, sorgenvoll hatte er dabei abwechselnd auf die Uhr und in die Ferne geschaut.

Ich sehe, auch ohne mir die Brille zurechtzurücken, diese Szene noch ganz deutlich vor mir, obwohl sie in weiter Ferne liegt. Drei Jahre ist das inzwischen her. Es war an meinem ersten Arbeitstag bei NOAH.

Für neun Uhr war Firma Arslan zu einem Besichtigungstermin angemeldet, ein türkisches Teppichgroßhandelsunternehmen aus Neukölln. Soweit ich mitbekommen hatte, war das der erste potentielle Großkunde überhaupt.

Auch ich sah kurz auf die Uhr.

Je länger dieser Herr Arslan uns warten ließ, desto mehr übertrug sich Norberts gespannte Erwartung auf mich. Kein Wunder, an meinem ersten offiziellen Arbeitstag, der

14

im Dunst dieses fahlen Herbstmontags begann, wollte ich nichts falsch machen, für mich war damals alles noch neu und exotisch – und gleich zu Beginn so hoher Besuch.

Nach all den Wunderdingen, die Norbert mir am Morgen über Arslans schillerndes Im-und-Export-Imperium erzählt hatte, war ich zwar nicht direkt davon ausgegangen, daß Herr Arslan, sicher ein kleiner, bärtiger Mann mit Kappe, eigens auf einem fliegenden Teppich seiner Firma anreisen würde, aber zumindest hätte ich doch mit einer märchenhaften Autokolonne gerechnet.

Statt dessen fuhr zwanzig nach neun ein bejahrter, reichlich verchromter, schon etwas angegrauter Mercedes auf das Gelände. Das Innere des Wagenfonds lag hinter getönten Scheiben.

Verabredungsgemäß sollte ich – meine erste Aufgabe an diesem Tag – als Programmpunkt 1 an den Wagen herantreten, die Tür hinten rechts öffnen, damit unser Gast würdig aussteigen und Norbert ihn begrüßen konnte.

Fest hatte ich also den verchromten Türgriff im Blick, fixierte ihn scharf, trat einen Schritt nach vorn ... Norbert zog mich, sachte den Kopf schüttelnd, unauffällig am Ärmel zurück.

Ausdrücklich muß ich hier Norberts Geistesgegenwart loben. Wäre es nämlich weiter genau nach Plan gelaufen, hätte es befremdlich nach Zoll- oder Drogenfahndung ausgesehen: Ich reiße hinten die Wagentür auf, worauf Herr Arslan, der arglos vorn am Steuer sitzt, zusammenzuckt und zu Tode erschrocken herumfährt.

Wahrscheinlich lag es an den getönten Scheiben oder am religiösen Flitterkram, der vom Innenrückspiegel herabhing und mich einen Moment lang abgelenkt hatte – jedenfalls: Entschieden zu spät hatte ich bemerkt, daß hinten überhaupt niemand saß. Programmpunkt 1 entfiel.

Und vorne? Auch das war mir entgangen, weil ich mich einzig und allein auf die hintere Hälfte des Wagens konzentriert hatte. Statt des erwarteten Teppichgroßhändlers aus Tausendundeiner Nacht stieg eine Frau aus dem Wagen, Frau Kaya, wie wir gleich erfahren sollten.

Sie sah sich um und, nachdem Norbert endlich seinen türkischen Begrüßungsspruch aufgesagt hatte, den er mir, fast simultan, ins Ohr übersetzte (»Guten Tag, Herr ... äh, Frau Arslan. Das Wetter ist besser geworden!«), sagte sie auf deutsch: »Guten Tag, ich bin Frau Kaya von der Firma Arslan.«

Ihr Blick war dabei skeptisch zum Himmel hinaufgegangen, der tief und ziemlich undurchsichtig über uns hing. Sie hatte kurz ihre dunkelrot geschminkten Lippen verzogen, die außen mit einem dünnen, fast schwarzen Strich umrandet waren.

Vielleicht kannte Norbert, der einige Male mit seiner Ex Urlaub am Bosporus gemacht hatte, nicht den türkischen Ausdruck für bedeckten Himmel, oder er wollte einfach nur »gutes Wetter« für die Verhandlungen machen. Ganz bestimmt aber wußte diese Frau Kaya, die allem Anschein nach schon länger in Deutschland lebte, daß besseres Wetter – selbst hier – anders aussah.

Nun war es auch bei Norbert angekommen, daß unser Besuch diesen spontanen muttersprachlichen Überfall nicht zu schätzen gewußt, wahrscheinlich sogar als unerlaubten Eingriff in die Privatsphäre empfunden hatte. Also keinen Rückfall mehr ins Türkisch für Anfänger – dafür: »Hatten Sie eine gute Fahrt?«

Und genau damit hatte Norbert gleich zu Beginn einen wunden Punkt berührt, den man sich sicher besser für später und für das Kleingedruckte aufheben sollte.

Nein, Frau Kaya war ehrlich genug, freiheraus zu sagen,

16

daß sie die weite Anfahrt doch überrascht, sogar irritiert hatte. Wer einmal den Weg von der Innenstadt zu uns hier draußen zurückgelegt hat, versteht, was sie meinte.

Vom Hermannplatz aus war sie durch die östliche Innenstadt gefahren, dann, anstatt gleich auf die Altlandsberger zu gehen, zunächst die Karl-Marx-Allee entlanggefahren (vielleicht, weil die sie vom Namen her an die vertraute Neuköllner Karl-Marx-Straße erinnert hatte), am Tierpark Friedrichsfelde nach links abgebogen und über die Allee der Kosmonauten (»Mondlandschaft«) schließlich auf die Altlandsberger gelangt.

Dieser Umweg hatte Zeit gekostet, deswegen die Verspätung. Überhaupt war das eine Reise durch verschiedene Zeitzonen gewesen, durch die Hinterlassenschaften verschiedener Gesellschaftssysteme – mal in Stein gehauen, mal großflächig, so weit das staunende Auge reichte – zubetoniert.

Bisher hatte Frau Kaya sich offensichtlich noch nie so weit in die östlichen Vorstädte vorgewagt, man sah ihr an, daß sie gerade eine verwirrende Reise hinter sich hatte.

Bestimmt wäre es jetzt vernünftiger gewesen, Frau Kaya nach ihrer beschwerlichen Anfahrt zunächst erst einmal ins Bürogebäude zu lotsen, ihr dort Kaffee und Kekse, vielleicht sogar einen Tee anzubieten, bevor man mit dem Rundgang begann. Aber Norbert hielt an seinem Besucherprogramm fest, die Besichtigung der SB-Einlagerungshalle stand da an oberster Stelle. Für mich war das praktisch, so lernte ich gleich an meinem ersten Arbeitstag im Schnelldurchlauf die gesamte Firma kennen.

An diesem Vormittag hörte ich auch zum erstenmal Norberts Vortrag, den ich mir später, in zig Variationen, noch oft anhören sollte.

»Das SB-Einlagerungssystem ist, wie so vieles, über den großen Teich zu uns herübergeschwappt.«

Wahrscheinlich, vermute ich, vermied Norbert mit Rücksicht auf eventuelle religiöse Präferenzen bei unserem potentiellen Neukunden »Arslan Im- und Export« die direkte Nennung Amerikas.

Die akribische Vorführung des Reißwolfes im Filterbereich hätte Norbert sich meines Erachtens sparen können. Das machte auf Frau Kaya bis auf ein unbewußtes malmendes Zähneknirschen, das ich nur deshalb bemerkte, weil ich während des Zerkleinerungsvorgangs direkt neben ihr stand, wenig Eindruck – mir schien das nicht zielführend zu sein.

Zwar hatte Frau Kaya mit deutlich hochgezogenen dünnen Augenbrauenstrichen gestaunt, wie sich der Berg aussortierter Rechnungsstapel im Handumdrehen vor unseren Augen in lange, sinnlos sich kringelnde Papierstreifen verwandelt hatte, doch deswegen hatte sie wohl kaum die Weltreise von Neukölln zu uns unternommen.

Abmarschbereit klemmte sie ihre Handtasche unter den Arm, und dann ging es direkt in die Halle – und hier, gewissermaßen im Vorbeigehen, als wir an den Lagerboxen vorbei die langen Gänge durchschritten, kamen die harten Fakten.

Kurz, zum Mitschreiben: Schon seit 30 Jahren gibt es das SB-Einlagerungssystem, 40 000 Anlagen davon allein im Mutterland dieser Idee, das mit einer Gesamtfläche von 186 Millionen Quadratmetern weltweit die Nummer eins darstellt. Dort heißt es übrigens »Self Storage«, ebenso wie in Großbritannien, wo es immerhin schon 780 derartige Anlagen gibt. Deutschland jedoch habe, wie so oft, den Trend verschlafen. Dafür gebe es hier momentan hohe Zuwachsraten. Noch könnten Erstkunden großzügige Treuerabatte eingeräumt werden, bis zu 30 Prozent bei einer Einlagerungszeit von mindestens drei Jahren.

Frau Kaya hörte sich das alles schweigend an.

Dann schaute sie, als hätte sie plötzlich eine Eingebung

gestreift, nach oben und fragte, warum hier die Heizkörper an der Decke befestigt waren.

Stimmt, das sah ich jetzt auch, und es wunderte mich ebenso.

»Sie *wollen* Platz sparen«, sagte Norbert, »wir *müssen* – das ist unser Credo! Ganz einfach: Dadurch verteilt sich die Wärme gleichmäßig, und wir verlieren keinen Zentimeter Platz in den Kundenboxen wegen heißer Heizröhren und eventuell einzuhaltender Sicherheitsabstände. Im Moment haben wir übrigens, das wird Sie interessieren, noch alle Größen vorrätig, von der Minimalvariante, drei Quadratmeter, die für Sie wohl eher nicht in Betracht kommt«, mit einem Seitenblick vergewisserte sich Norbert, ob dieses versteckte Kompliment bei unserem potentiellen Großkunden auch richtig angekommen war, »bis hin zum Großlagerraum, der Sie sicher viel mehr interessieren dürfte. Sie können also jederzeit bestellen. Das, Frau Kaya, ist doch eine gute Nachricht, oder?«

»Und die schlechte?« wollte streng unsere ungläubige Besucherin wissen.

»Ah, sehen Sie – da habe ich gleich noch eine gute Nachricht für Sie: Es gibt keine schlechte Nachricht!«

»Na gut, wir überlegen uns das.«

Vor allem, das wiederholte sie, als wir nun gemeinsam zum Ausgang der Halle schritten, hatte der lange Anfahrtsweg Frau Kaya gestört. Norbert nickte bekümmert.

Was nun aber speziell das letzte holperige Wegstück betraf, so versicherte er: »Die Zufahrt zum Gelände soll gemacht werden.« Ob dieses »soll« reines Wunschdenken ausdrückte oder ob es tatsächlich diesbezügliche Planungen gab, das blieb sowohl für Frau Kaya, die fragend zu mir herüberblickte, als auch für mich im Ungewissen. Inzwischen weiß ich es.

»Sie hören von mir«, sagte Frau Kaya, und nach höflichem Kärtchentausch und kurzem Händeschütteln fuhr sie ab.

Wir hörten nie wieder etwas von »Arslan Im- und Export«.

Norbert, der das wahrscheinlich schon geahnt hatte, stand mit hängenden Schultern am Tor. Seine Enttäuschung war ihm anzusehen. Er sah dem auf und ab wippenden Auto hinterher – und eine große Hoffnung entschwinden.

Schweigend gingen wir in sein Büro.

In einer gemeinsamen Fehleranalyse, die wir nun, Punkt für Punkt, vornahmen, kamen wir unter anderem auf die Frage »Barzahlung«, ja oder nein, zu sprechen.

Mehrfach hatte Norbert Frau Kaya darauf hingewiesen, daß auch eine direkte Barzahlung (»Cash, Frau Kaya!«) möglich sei. Mir war aufgefallen, daß unsere Besucherin deutlich abwehrend darauf reagiert hatte und von da an wahrscheinlich sogar Zweifel an der Seriosität unseres Unternehmens hegte.

»Ja, vielleicht war das der Fehler«, räumte Norbert ein, trübsinnig knabberte er an einem Keks herum und schob mir die offene Schachtel über den Tisch.

Ich knabberte nun auch; vor allem aber knabberte ich noch an der Frage herum, weshalb Norbert denn überhaupt die Möglichkeit einer Barzahlung so nachdrücklich, so zaunpfahlwinkend ins Feld geführt hatte.

»Warum? Tja, gute Frage, Hannes. Ich will es mal so sagen: von wegen *Leichen im Keller*. Manche haben da noch ganz andere Sachen liegen, viel gefährlichere! Schwarze Rechnungen, Belege von dubiosen Geschäften und so weiter. Es gibt Kunden, die bestehen auf Barzahlung. Wenn die Anmietung einer Box bei uns cash erfolgt, also nicht über die Bücher läuft, dann ist dieser externe Raum hier draußen sozusagen eine Steueroase, eine Kaimaninsel mitten in Deutschland.

Die Steuerprüfung kann zu Hause bei unserem Kunden dann ruhig alles auf den Kopf stellen, sie tappt ins Leere, denn sie kriegt ja nie Wind davon, daß die wirklich heißen Sachen bei uns liegen.«

Das waren Finessen der Geschäftsabläufe, graue Randzonen betreffend, von denen ich an meinem ersten Tag in der Firma natürlich noch keine Ahnung hatte.

Ich fragte mitfühlend, ob der Firma denn jetzt sehr viel Geld entgangen sei?

»Ach, Geld«, sagte Norbert tiefsinnig, »Geld allein ist auch nicht alles.«

Ich nickte; mir gefiel diese Einstellung.

Norbert biß herzhaft von seinem Keks ab und grinste mich an: »Bißchen Immobilienbesitz und paar gut gestreute Aktien, die gehören schon auch noch mit dazu, oder?«

Ich war froh, dann endlich für mich zu sein und mein Büro einräumen zu können. Ehrfürchtig strich ich über die Schreibtischplatte, die leer und verheißungsvoll vor mir glänzte. Ich begann damit, Aktenordner von A bis Z zu beschriften und ins Regal zu stellen.

Kurz vor der Mittagspause schaute Norbert noch mal bei mir vorbei. Er wollte mich unbedingt in der Abteilung Kasse/Buchhaltung vorstellen, mit der ich in Zukunft oft, beinahe täglich, zu tun haben würde.

Die Frau im Kassenraum – Kurzhaarschnitt, mit langer Strähne ins Gesicht, die einen feurig-verwegenen Stich in ein unnatürliches Rot hatte, überdimensioniertem Ohrgehänge, dreiviertel langen Hosen – sah mir auf den ersten Blick sehr nach einem Doppelnamen aus.

»Das«, sagte Norbert – und wie so oft sollte sich auch hier meine untrügliche Menschenkenntnis bewähren! –, »ist Frau Koch-Wengerski.«

Ich lächelte ihr zu. Da ich, ohne sie zu kennen, bereits so

viel von ihr gewußt hatte, betrachtete ich sie von nun an als eine alte Bekannte.

Sie war resolut von ihrem Platz aufgestanden und hatte mir ihre Hand hingehalten, so wie man ein bereitgelegtes, schon etwas vergilbtes, zerknittertes Aktenstück herüberreicht, versehen allerdings mit einigen wichtigen roten Anstreichungen an den Fingernägeln.

»Felix«, sagte ich leise, »Hannes Felix.«

Während Frau Koch-Wengerski mit der rein rechnerischen Abwicklung der Geschäfte befaßt war, bestand mein Aufgabenbereich darin, *hinter* die Zahlen zu schauen. War Frau Koch-Wengerski mit ihrer Abrechnung plus/minus null durch, war sie fertig: Für mich begann dann erst die eigentliche Arbeit.

Aus den Kundenkarteien und -abrechnungen sollte ich ersehen, wer eventuell, zum Beispiel über ein gestaffeltes Rabattsystem, längerfristig an die Firma gebunden werden konnte, wo es, von der Natur der eingelagerten Sachen her, noch ungenutzte Reserven gab und die Geschäftsbeziehungen zielstrebig ausgebaut werden konnten.

Wenn jemand lediglich im Wechsel der Jahreszeiten die Sommer- beziehungsweise Winterreifen seines Autos bei uns einlagerte, oder, einzig aus Pietätsgründen, die Gründerzeitanrichte, das wurmstichige Erbstück seiner Großtante, per Dauerauftrag bei uns abstellte, war natürlich nicht viel zu machen.

Ganz anders und viel ausbaufähiger sah es bei den kontinuierlich anwachsenden Aktenbeständen eines Charlottenburger Notariats aus. In diesem speziellen Fall gelang es mir sogar, Schritt für Schritt den gesamten Altaktenbestand an uns zu ziehen.

Ebenso erfolgreich war ich, als es um die Einlagerung von saisonalen Überkapazitäten eines bekannten Berliner Sargherstellers ging; statistisch gesehen gibt es gute und schlechte Sterbemonate. Daß diese Geschäftsbeziehung uns dann eines Tages beinahe vor große, fast unüberwindliche Schwierigkeiten gestellt hätte, war eine andere Sache, das lag ganz sicher nicht an mir.

In all diesen Fällen mußte ich mir natürlich jeweils die entsprechenden Vorgänge von Frau Koch-Wengerski holen. Es ist klar, daß die sich da manchmal kontrolliert vorkam, obwohl ich auf die detaillierten Abrechnungen, lange Zahlenkolonnen, nie im einzelnen achtete. Rückblickend muß ich sagen, das war vielleicht ein Fehler. Ein herzliches Verhältnis konnte sich so gesehen, schon aus rein beruflichen Gründen, jedenfalls nie zwischen uns entwickeln.

Außerdem zeichnete ich noch für die Außendarstellung unserer Aktivitäten verantwortlich: also Anzeigen, Werbung und so weiter. Gut und gern hätte ich noch ein paar zuverlässige Mitarbeiter brauchen können. Schon allein auf Grund unserer externen Lage an der Peripherie der Stadt war es nie ganz einfach, unsere Angebote den Kunden auch nahezubringen, sprich: sie zu uns heraus aufs freie Feld zu locken.

Kommt man auf der Autobahn aus nördlicher Richtung, fährt man praktisch direkt an uns vorbei, die Autos brausen im Sekundentakt vorüber.

Letzten August, als ich noch mit Monika hier vorbeigefahren war, aus südlicher Richtung kommend, auf dem Weg nach Heringsdorf, hatte sie nur stumm und ehrfürchtig an unserem riesigen grauen Blechkasten hochschauen können. Die vier meterhohen Buchstaben auf dem Dach sind nicht zu übersehen.

Die unmittelbare Autobahnnähe ist allerdings eine Finte des Schicksals: Man kann ja nicht auf dem Standstreifen anhalten, Warnblinklampe anschalten und mit seinen Siebensachen einfach mal so kurz über die Mittelplanke klettern und, in einem freien Moment, über die Gegenfahrbahn sprinten.

Das Ziel scheint zum Greifen nahe – man muß sich dennoch wieder von ihm entfernen, muß gewissermaßen einen großen Anlauf nehmen, um es zu erreichen.

Kommt man zum Beispiel von Norden, heißt es also, noch fast fünf Kilometer weiter zu fahren, unser grauer Riesenkasten im Rückspiegel wird immer kleiner, bis er hinter einer Kurve und der neuen Autobahnbrücke ganz verschwindet, an der nächsten Abfahrt raus, dann ein Stück Landstraße und gleich nach der zweiten Biegung scharf aufpassen, runter vom Gas, damit man unser Firmenschild (mit Richtungspfeil nach rechts) am Straßenrand nicht verpaßt.

Unsere im Vergleich zu den Innenstadtlagen unschlagbar günstigen Quadratmeterlagerpreise sind insofern teuer erkauft, als nun das schwierigste Wegstück kommt, die eigentliche Herausforderung, vor allem für Möbelwagen: über eine unbewachte Bahnschranke, das geht noch, dann Anfahrt auf einem etwa anderthalb Kilometer langen, vom Regen ausgehöhlten, sporadisch mit Schotter aufgefüllten Holperweg, der direkt zum Firmengelände führt.

Es ist ein Zwischenreich.

Weder gibt es richtig Natur (weniger übrigens als in der Stadt, wo immerhin Bäume stehen, Gesträuch wuchert und Gras sprießt, das regelmäßig und kostenlos von den Großstadthunden gedüngt wird), noch gibt es hier Städtisches, das schon mal gar nicht. Hier ist nichts. Und wir befinden uns in seinem Zentrum.

Was wir hier reichlich haben, ist Platz.

Die graubraune Gegend wird in weitausholenden, schwungvollen Linien von der A 10 im Osten, S-Bahn-Gleisen im Norden und einer wenig befahrenen Eisenbahnstrecke (vorwiegend Güterzüge) im Südwesten durchschnitten und in große, größtenteils jedoch ungenutzte Areale zerteilt.

Auf der Freifläche vor unserem Firmengelände stehen manchmal Rehe und äsen. Kein Mensch weiß, wo die herkommen und wohin die abends, nach getaner Arbeit, wieder verschwinden. Manchmal denke ich, das sind nur Attrappen. Alle Wege sind ja abgeschnitten.

»Tierliebe«, meinte neulich Herr Wodak, unser Pförtner, als er das Rudel aufmerksam durch die großen Glubschaugen seines Zeiss-Feldstechers beobachtete, »geht durch den Magen.«

Er faselte dann noch was von Rotkraut und Klößen und ließ es auch an, für meinen Geschmack, makaberen Details nicht fehlen, »... und schön die Seiten mit Speckstreifen spicken«, da hatte ich aber schon meinen Schlüssel genommen und war weitergegangen. Menschlich ist Wodak eine Katastrophe, aber sonst ganz nett.

Hat man unser eingezäuntes Gelände erreicht, findet man am Eingang, gleich neben Wodaks Glashäuschen, auf einem Blechschild den kompletten Firmennamen, das, wofür NOAH steht: Neue Optimierte Auslagerungs- und Haushaltsordnungssysteme.

Wenn sie mit draußen telefonieren, ersetzen manche Kollegen »neue« neuerdings auch durch das in Mode gekommene »nachhaltige«. Aber weder das eine noch das andere paßt richtig. Übrigens wäre es, da wir eine SB-Einlagerungshalle betreiben, korrekter, von *Ein*lagerungssystemen zu sprechen, da hätten wir auch begrifflich Ordnung, aber dann käme das natürlich mit NOAH nicht mehr hin.

Intern kursiert auch noch der Begriff »Norberts olle Abfall-Halde«. Einige glauben, Norbert habe damals nur deswegen irgendwas mit n in unseren Firmennamen eingeschmuggelt, damit »N« wie »Norbert« ganz vorne steht.

Für Erstkunden geht es vom Kundenparkplatz, vorbei an zwei stiefmütterlich bepflanzten Betonschalen, zur Anmeldung, wo zunächst die Formalitäten erledigt werden.

Die anderen nehmen sich gleich einen Trolley und zotteln los, rollen das, was sie temporär loswerden wollen, in die SB-Einlagerungshalle zu ihrer Box beziehungsweise holen von dort das ab, was sie momentan brauchen.

Bevor man den Halleneingang erreicht, passiert man einen Schlauch, wir nennen ihn den »Filter«: Abfall- und Altpapiercontainer, Aktenvernichtungsgeräte. Auch der gefräßige stahlgrüne Reißwolf lungert dort hungrig herum: ein Service, den wir gegen ein kleines Entgelt anbieten und der gern angenommen wird.

Dinge, die man zur SB-Einlagerung aussortiert hat, sind ja aus ihrem ursprünglichen Zusammenhang gerissen worden, sie verlieren auf einmal ihren Sinn, sie sind wie verwirrte Alte, die hilflos in der fremden Gegend herumstehen.

Es lohnt nicht, den teuer bezahlten Platz damit zuzustellen und Monat für Monat Geld dafür auszugeben, wenn man sie so schnell und kostengünstig entsorgen kann. Natürlich, es steht jedem frei, auch alles aufzuheben, aber das macht kaum jemand.

In dem weißen Flachgebäude, wo vorn die Anmeldung ist, befinden sich die Büros, das Chefzimmer, Mitarbeiterräume, die Kantine, Umkleidekabinen, die WCs.

In dem Büro ganz hinten rechts, mit Panoramablick auf die Autobahn, sitze ich. Das ist mein Reich.

Interne Betrachtungen

Gleich in meiner ersten Arbeitswoche bei NOAH machte ich von meinem Bürofenster aus eine wichtige Entdeckkung.

Viertel vor zwölf war ich von meinem Platz aufgestanden und zwischen Tisch und Ablageschrank auf und ab gegangen, um mir die müden Füße – vor allem den halb eingeschlafenen linken – zu vertreten, dann hatte ich mich ans Fenster gestellt: kurze Frischluftzufuhr. Tief atmete ich ein und wieder aus. Blick nach links, Blick nach rechts. Mein Blick blieb rechts hängen, an etwas Weißem.

Am Hinterausgang der Küche, zwischen den bauchigen grünen Plastiktonnen für die Essensabfälle, stand die junge Frau aus der Küche, Vanessa.

Einen Arm angewinkelt und an den Bauch gepreßt, im runden Handteller ruhte der Ellbogen des anderen Arms, der steil in die Höhe ragte. Der Ärmel der Küchenjacke war herabgerutscht, man sah das Handgelenk, auch ein Stück des schlanken, blassen Unterarms.

Am Ende des aufgestützten Arms, zwischen den roten Fingerspitzen, klemmte eine Zigarette.

Ab und an zog Vanessa daran.

Ansonsten bewegte sie stumm ihre Lippen. Sie hatte die Augen geschlossen und war wie in einer Trance, wippte leicht mit dem Oberkörper vor und zurück.

Mich sah sie nicht. Dafür sah ich den weißen Stöpsel in

ihrem Ohr und die Strippe, die sie mit dem iPod im Innern ihrer Küchenjacke verkabelte.

Von diesem Tag an war es zum Ritual für mich geworden, Vanessa mittags zu beobachten. Trotz der vorbeirasenden Autos jedes Mal ein Bild der Stille, das ich still für mich genoß.

Egal was für Wetter ist, ob es regnet oder schneit oder ob die Sonne vom Himmel knallt: Immer steht Vanessa kurz vor zwölf in ihrer weißen Küchenkleidung am Hinterausgang der Küche zwischen den Tonnen, hat die Augen geschlossen und bewegt stumm und ausdrucksvoll ihre Lippen.

Vielleicht singt sie ja auch laut mit. Das kann man auf die Entfernung nicht wissen. Außerdem ist die Autobahn viel zu laut.

Es ist die Ruhe vor dem Ansturm, der Punkt zwölf einsetzt, da öffnet die Kantine, der Rolladen geht ratternd hoch, und Vanessa, jetzt mit weißer Haube, steht in ihrer Luke und reicht mürrisch die Teller heraus.

Die Kantine bildet das geheime Zentrum der Firma. Nicht nur, daß sie sich, rein räumlich, genau in der Mitte des Bürogebäudes befindet, auch zeitlich laufen dort, exakt in der Mitte des Tages, zur Mittagspause um zwölf, alle Fäden zusammen.

Daß die Männer aus dem »Filter« und dem Lagerbereich, die körperliche Arbeit leisten, den Vortritt haben, ist ein ungeschriebenes, von allen respektiertes Gesetz.

Wir aus dem Bürobereich sind hingegen gut beraten, unser Erscheinen in der Kantine etwas flexibler zu gestalten. Was, beispielsweise, sollte man von einer Buchhaltung halten, wenn sie über Tage, ja Wochen – wie es schon vorgekommen ist – allen Ernstes immer ganz vorn stand? Gab es da wirklich nie etwas Dringendes, Brandeiliges zu erledigen, das keinerlei Aufschub, auch nicht durch eine Mittagspause, duldete?

Norbert ißt grundsätzlich in seinem Büro, damit er nicht auch noch in der Mittagspause »alle Firmenprobleme brühwarm serviert bekommt«. Das kann man verstehen.

Abgesehen von diesen »ungeschriebenen Gesetzen« gibt es natürlich auch noch geschriebene, sogar fein säuberlich mit der Hand geschriebene. Es ist rührend, wie Vanessa Woche für Woche ihren Essensplan immer wieder neu zu Papier bringt.

Diese handschriftlichen Speisepläne sind, wenn man so will, das einzige bißchen Hausmannskost, das bißchen *Futtern wie bei Muttern*«, das unsere Kantine zu bieten hat. Eigentlich würde es völlig ausreichen, ein für alle Male den kompletten 14-Tage-Durchlauf auszudrucken – und dann jeweils nur Datum und Wochentag zu aktualisieren.

Vor Überraschungen ist man also weitgehend sicher.

Vanessa hält unbeirrt an ihrem Speiseplan fest. Das vereinfacht die ganze Sache. Menschen, die ernsthaft, mit sorgenvoller Miene eine Speisekarte hoch und runter studieren und sich dann doch nicht entscheiden können, fand ich schon immer anstrengend. Das entfällt hier.

Es stimmt schon: Meist ist das Wahlessen in unserer Kantine keine richtige Alternative, sondern eher ein Dilemma. Dienstags zum Beispiel: Die Entscheidung, lauwarme Broccolisuppe (14tägig: Blumenkohlsuppe) oder Wiener (wahlweise Bockwurst) mit Salat, fällt jedes Mal schwer. Schmeckt ja beides nicht.

Da ich das schon vorher weiß, verkrümele ich mich dienstags also lieber zu meinen Keksen ins Büro: Trockenfutter – geht auch.

Ich war noch nicht lange bei der Firma. Wegen verschiedener Telefonate und dringend notwendig gewordener Aufräumarbeiten auf der Schreibtischoberfläche hatte ich an diesem Tag den Absprung verpaßt und war relativ spät zur Kantine gegangen. Es war ein Mittwoch, ich weiß es noch genau, denn es gab Nudeln mit Tomatensoße. Ein Klassiker, auf den mittwochs felsenfest Verlaß ist, was aber manch einem in der Firma offenbar nicht so richtig zu schmecken scheint.

Von anonymer Hand war jedenfalls ein Schrieb ans Schwarze Brett gepinnt worden, auf dem in krakeliger, linksgeneigter Achtklässlerschreibschrift die Forderung erhoben worden war: »Nie wieder Mirakuli!!!«

Das war falsch, in jeder Hinsicht!

Vanessas Mittwochsnudeln hatten von ihrer ganzen Machart her kaum Ähnlichkeit mit jenem Nudelhalbfertiggericht aus der Packung, das ich manchmal für mich alleine kochte, wenn Monika nicht zu Hause war und auswärts aß.

Außerdem … Unschlüssig hatte ich vor dem Schwarzen Brett gestanden, den Kugelschreiber in der Hand, und überlegt, wie man das richtig schreibt, ich wußte es plötzlich nicht mehr: Miracoli?

Da kam Norbert vorbei. Er tat so, als sähe er mich nicht. Ehe ich etwas zu ihm sagen konnte, war er schon wieder in seinem Büro verschwunden. Da riß ich den Zettel einfach ab und zerknüllte ihn. Den Kugelschreiber steckte ich schnell wieder ein.

Als Vanessa mir den Teller herausreichte, verharrte ich einen Moment mit gesenktem Blick, wortlos gab sie noch einen Klacks Tomatensoße extra drauf.

Danke!

»Der nächste.«

Einmal hatte ich schon versucht, mit ihr kurz ins Gespräch zu kommen, weil es richtig Nudeln mit Tomatensoße bei uns zu Hause schon lange nicht mehr gab. Darin, wie eisern sie an ihren Mittwochsnudeln festhielt, sah ich längere Zeit so etwas wie einen Beweis ihrer Sympathie, wenn nicht sogar noch mehr.

Vanessa aber hatte, als ich diesbezüglich versuchte, sie in ein Gespräch zu ziehen, nur kurz und erstaunt von ihrer Kelle aufgeblickt, flimmernd die Augen verdreht, ablehnend die Nasenflügel gekräuselt und ihre Lippen beleidigt zum Schmollmund gespitzt – das komplette Abwehrprogramm!

Ich bekam wortlos meinen Teller in die Hand gedrückt, fertig. Dann wandte sie ihr stumm fragendes Gesicht schon dem nächsten in der Schlange zu.

Beim Essen selbst redete ich normalerweise mit niemandem. Abgesehen von dem goldrichtigen, aus der Gesundheitslehre abgeleiteten Grundsatz »Man redet nicht beim Essen«, konnte man auf diese Weise besser hören, was die anderen, die diese Maxime nicht beherzigten, alles so von sich gaben, man bekam ein feines Gespür fürs allgemeine Betriebsklima.

Nun aber, als ich mich, weil kein anderer Platz in der Kantine mehr frei war, mit meinem Teller zu den Männern aus dem »Filter« und dem Lagerbereich an den Tisch setzen mußte, ein lauter Tisch, um den ich bisher immer einen weiten Bogen gemacht hatte, wurde ich wohl oder übel doch in so etwas wie ein Gespräch verwickelt.

Sie wußten offenbar noch nichts richtig mit mir anzufangen. Vielleicht lag das daran, daß ich gleich an meinem ersten Arbeitstag an Norberts Seite in der Lagerhalle erschienen war. Was meine Person betraf, herrschte bei ihnen also eine gewisse Unklarheit, insbesondere hinsichtlich meines Verhältnisses zum Chef.

Schweigend aßen wir.

»Und du?« fragte mich schließlich doch einer von ihnen. »Was warst du denn so in deinem früheren Leben?«

Vom *Du* und vom ganzen Tonfall her, der mir übrigens

eindeutig mißfiel, klang das beinahe so, als wäre man bei NOAH eine Art Galeerensklave, als hätte man hier mit seinem Leben abgeschlossen, seine Seele aufgegeben.

»Früher«, sagte ich und tat so, als müßte ich erst lange überlegen (es war ja in der Tat auch schon etwas länger her), »tja, da war ich Sachbearbeiter.«

»Ach so. Und was hast du da so gemacht?«

Ich ließ die Gabel sinken, sah mir den aufdringlichen Frager genauer an.

Doch ehe ich etwas darauf antworten konnte, hatte einer seiner Kollegen, ein Zweizentnermann mit schwarzspeckiger Glatzenschwarte, der bei seinen Leuten nur »Glatzi« hieß und dessen Unterarme dunkelblau (leider völlig unleserlich!) beschriftet waren, die passende Antwort schon parat: »Na, Sachen hat er da bearbeitet, nehme ich mal an, oder?«

Dröhnendes, geradezu befreites Gelächter in der Runde.

Ich lächelte spitz. Dabei, so falsch war das ja nicht einmal.

Ich tupfte mir den Mund ab, und mit kurzen Worten legte ich ihnen nun allgemeinverständlich das Feld meiner bisherigen Beschäftigungen dar, oder ich versuchte es zumindest.

Damals wußte ich noch nicht, daß im Bereich Lager und »Filter« vor allem Mitarbeiter mit einer, sagen wir es so: achtklassigen Bildung beschäftigt waren.

»… mein Gott, spielt der sich auf. Kaum paar Wochen hier, schon 'ne richtige Betriebsnudel. Vorsicht!« ermahnte kopfschüttelnd Glatzi einen seiner Kollegen, als die beiden scheppernd ihre leeren Teller auf ein Tablett im Ablagewagen schoben und polterig die Kantine verließen.

Ich tat so, als hätte ich das nicht gehört.

Nachdenklich gabelte ich die letzte Nudel auf. Sie lag zusammengekrümmt vor mir. Ich betrachtete sie von allen Seiten, bevor ich sie in den Mund schob.

»Glatzi«, jener vorlaute Tischgenosse, der da so überaus schlau Antwort auf die Frage nach meinem Vorleben gewußt und es sogar für nötig befunden hatte, seinen Kollegen vor mir zu warnen, wurde wenig später fristlos entlassen. Aber das war wegen einer anderen Sache.

Er bekam dann sogar noch ein Verfahren an den Hals. Schwere Körperverletzung, so lautete der Vorwurf. Was genau vorgefallen war, lag hinter einem Grauschleier und übelriechenden Alkoholdunstschwaden verborgen. Er hatte wohl – und zwar während der Arbeitszeit! – im Umkleideraum versucht, einen seiner Trinkkumpane gegen dessen ausdrücklichen Willen die Augenbrauen zu piercen. Er muß dabei jedenfalls völlig benebelt gewesen sein. Und als Tatwerkzeug, so hieß es, habe ihm ein aus dem Bürobereich entwendeter Klammeraffe gedient, den man später auch als Beweismittel in unmittelbarer Tatortnähe sichergestellt hatte und den man nachher natürlich wegschmeißen konnte.

In diesem Fall – und nicht nur in diesem – hatte König Alkohol, dieser flatterige böse Flaschengeist, dessen unermeßliches spirituelles Reich sich bis weit in die dunkleren, uneinsichtigen Bereiche der Lagerhalle erstreckt und der keinerlei moralische Grenzen kennt, seine alte, zitterige Knochenhand, die immer und immer wieder nachschenken mußte, schicksalhaft im Spiele gehabt.

Als Wodak, unser Pförtner, der den Krankenwagen gerufen hatte und an dessen Loge vorbei der Verletzte abtransportiert worden war, mir erste Einzelheiten des Vorgefallenen schilderte, setzte er plötzlich, mitten im Gespräch, fassungslos die Brille ab, legte sie neben das Telefon, redete aber unbeirrt weiter auf mich ein.

Erstaunt betrachtete ich das herrenlos auf dem schmalen Tisch herumliegende Gestell.

»Die«, sagte Herr Wodak bitter, mit einem verschwommenen Seitenblick auf die beurlaubte Brille, »hat für heute genug menschliches Elend gesehen.«

In der Woche darauf war für Dienstag mittag eine Aussprache mit der gesamten Belegschaft angesetzt worden.

Norbert hielt es in Anbetracht dieses tragischen Vorfalles für angezeigt, die Mitarbeiter noch einmal in aller Strenge auf das strikte Alkoholverbot am Arbeitsplatz hinzuweisen. Diese Belehrung sollte unmittelbar im Anschluß an die Mittagspause in der Kantine erfolgen.

An diesem Tag kamen die Männer aus dem Lagerbereich später als sonst zum Mittagessen. Sie taten wohl Buße, und sie taten gut daran. Statt der üblichen Krakeelbruderschaft trottete gegen halb eins eine schweigende Blaumännerschar im Gänsemarsch in die Kantine, nahm still Platz und löffelte stoisch und stumm die vegetarische Blumenkohlsuppe aus. Die leeren Teller stellte man ordentlich zusammen und trug sie dann weg.

Ergeben setzte man sich wieder aufs Gestühl, es war wie in der Kirche.

Punkt eins erschien Norbert.

Wer nun erwartet hatte, eine Standpauke zu hören, sah sich getäuscht. Ruhig, mit eindringlichen Worten leistete Norbert Überzeugungsarbeit: Gerade im Lagerbereich, wo schwere Lasten bewegt würden – Norbert deutete das mit seinen vorgestreckten, auf und ab wippenden Handflächen an –, könne schon ein einziger falscher Handgriff – unvermittelt ließ Norbert eine Hand hinab in die Tiefe fallen! – Menschenleben kosten.

Die Lagerarbeiter hörten und schauten gebannt zu. Wahrscheinlich sahen sie sich auf einmal in einem ganz neuen Licht, aufgewertet, als stille Helden, die an vorderster Front einer äußerst gefahrvollen Tätigkeit nachgingen.

Aber auch im Bürobereich, dem sich Norbert nun zuwandte, und wo, wie er es ausdrückte, »ganz andere Lasten zu stemmen« seien, galt in puncto Alkohol null Toleranz.

Krombach, einer der leitenden Mitarbeiter, der sein Büro direkt neben Norbert hatte, nickte stumm. An der anschließenden Aussprache beteiligte er sich nicht, er führte statt dessen stumme meditative Zwiesprache mit seinem überdimensionalen Terminplaner, der in einer schwarzen Kunstlederhülle steckte, ansonsten schwieg er ausdauernd. Das hatte seine Gründe.

Ein paar Tage später mußte ich einige brisante Unterlagen zur Jahresbilanz bei ihm im Büro abholen, die einbruchsicher im Panzerschrank der Firma lagen. Durch die halbgeöffnete zentimeterdicke Tür konnte ich an Krombachs rundem Rücken vorbei einen Blick ins Innere werfen: Das war, man kann es nicht anders nennen, ein hochprozentiges Schnapsregal.

»Und nun zu etwas ganz anderem, zu etwas Erfreulichem, das sich ganz zufällig heute ergeben hat.«

Norbert stellte uns einen Neuzugang vor.

Mit ihm im Schlepptau war ein kleiner Mann gekommen. Bisher hatte der noch kein einziges Wort gesagt, sondern sich nur aufmerksam umgeblickt. Jetzt erhob er sich.

»Das ist Herr Möbius. In Zukunft bei uns zuständig für den gesamten Bereich Security.«

Geschmeidig, mit einer halben Drehung, verbeugte sich dieser Herr Möbius, wie ein Zirkuskünstler.

Später gab es immer wieder verschiedene Mutmaßungen über Möbius' berufliche (und auch sonstige) Vergangenheit, aber das ist ganz egal. In diesem Moment bewunderte ich Norbert. Als Chef hatte er hier Umsicht bewiesen. Das verdiente Respekt. Natürlich war es kein Zufall, daß die Besetzung einer sogenannten »Security«-Stelle ausgerechnet an diesem Tag erfolgt war: eine unmißverständliche Botschaft an alle, daß in Zukunft die Einhaltung des strikten Alkoholverbotes am Arbeitsplatz strenger als bisher überwacht werden würde. So freundlich Norbert auch im Ton gewesen war, so unerbittlich war er in der Sache geblieben.

Zum Schluß legten wir alle zusammen.

Der Kollege, der bei dem tragischen Vorfall schwer am Kopf verletzt worden war, lag in der Chirurgie. Bei der Befragung durch die Ermittlungsbehörden konnte er sich noch immer an keine Einzelheiten erinnern; phasenweise litt er sogar unter Gedächtnis-Totalausfall.

Zusammen mit den allerbesten Genesungswünschen sollte ihm in den nächsten Tagen wenigstens ein angemessener Blumengruß seitens der Belegschaft überbracht werden.

Nach dieser ernsten Aussprache gingen wir alle wieder an die Arbeit. Ich mußte mich beeilen. Blick auf den Pirelli-Wandkalender: Stimmt, der neue Anzeigentext für die Mieterzeitschrift war fällig. Redaktionsschluß war dort um 16 Uhr, höchste Eile also geboten. Ich fuhr den Computer hoch.

»Die Styroporverpackung Ihrer Stereoanlage, die Skiausrüstung vom Winter, Steuerunterlagen, die mindestens zehn Jahre aufbewahrt werden müssen: Sachen, die uns Freude machen. Aber – halt! Schnell entstehen gefährliche Situationen durch unsachgemäße Lagerung und fehlenden Stauraum. Vorsicht: Verletzungsgefahr! Und dann heißt es: Schatz, wir haben keinen Platz! Platzprobleme? Kein Problem. In unserer modernen SB-Einlagerungshalle können Sie alles, was Sie nicht ständig brauchen, bequem und kostengünstig zwischenlagern. Die perfekte Art, Ordnung zu machen. Das NOAH-Prinzip garantiert Ihnen eine frostsichere und trockene Einlagerung. Von 6 bis 23 Uhr ist unsere Halle

geöffnet, die Sie über die A 10, östlicher Berliner Ring,
schnell erreichen können …«

Ich starrte auf den Schirm, meine Gedanken wanderten ab.

Erst als der Text ausgedruckt vor mir lag, konnte ich richtig an ihm arbeiten. Es ist nämlich leider wahr, was ich mal in einer Denkschrift niedergelegt hatte (leider, denn deswegen fällt weltweit bergeweise Altpapier an). Die Sache verhält sich so: Schaut man geradeaus auf den Computerschirm, ist im Gehirn das Bilderzentrum aktiv, man sieht lediglich das große Ganze, das Gesamtbild, sonst nichts, keine Einzelheiten.

Richtet sich der Blick hingegen tiefer, nach unten, liest man einen Text auf dem Papier, so ist jenes Zentrum im Gehirn aktiviert, mit dem unsere Vorfahren in den Urwäldern Spuren wilder Tiere (Mammut, Säbelzahntiger und ähnliches) gelesen haben. Ein genetisch tief verankertes Orientierungsmuster, mit dessen Hilfe man Entscheidendes, ja unter Umständen Überlebenswichtiges, herauslesen kann.

Kurz gesagt: Erst im ausgedruckt vorliegenden Anzeigentext entdeckte ich jede Menge Fehler.

Styroporverpackung und Steuerunterlagen, nein, die paßten tatsächlich nicht hundertprozentig in die Rubrik »Sachen, die uns Freude machen«. Da hatte ich mich zu etwas hinreißen lassen. Statt jedoch, wie Norbert vor ein paar Tagen vorgeschlagen hatte, mich an dem gekonnten Sachen-Reim zu vergreifen, der mir übrigens jedesmal, wenn ich ihn las, große Freude machte, strich ich lieber Verpackung und Steuerkram und konzentrierte den Anfang ganz und gar auf die Skiausrüstung! Die ihrerseits konnte natürlich auch ganz gut ohne den Winter auskommen, das war sowieso klar.

Durch die entstandene Zusammenziehung stand jetzt aber ein großes Fragezeichen hinter »Schatz, wir haben keinen

Platz!«. Bei zwei so dicht aufeinanderfolgenden Reimpaaren wäre mir das Ganze sonst zu sehr zum Gedicht geraten. Also mußte auch hier neu überlegt werden. Deshalb schrieb ich jetzt: »… die perfekte Art, Ordnung zu *schaffen*«, um den unerwünscht klappernden *machen-machen*-Reim zu unterbinden. Und so weiter. Ich deute hier nur die Richtung an, in der ich vorging.

Nachdem ich den Anzeigentext einem gründlichen Schrumpfungsprogramm unterzogen und ihn großflächig so zusammengestrichen hatte, daß die geforderte Zeichenzahl (plus Leerzeichen) erreicht war, lag die abgespeckte Variante kurz vor drei auf meinem Tisch. Am Ende ragten vorn nur noch steil als klassischer Saisonartikel die Skier von Zeile eins auf, hinten lag platt die A 10, dazwischen war nicht mehr viel.

Ich speicherte den Text ab. Pünktlich um drei würde Norbert ihn auf seinem Tisch haben.

Keinerlei Einerlei

Norbert bin ich übrigens zum erstenmal schon einige Jahre vor meiner Anstellung bei NOAH begegnet. Zwar war das nur ein kurzer, rein dienstlicher Kontakt, aber wir wurden aufeinander aufmerksam, zumindest: er auf mich, ich hatte ihn danach gleich wieder vergessen. Für unser damaliges Verhältnis war das übrigens keineswegs ungewöhnlich, eher völlig normal.

Wir standen uns an diesem Tag gewissermaßen in vertauschten Rollen gegenüber, genauer gesagt: Ich *saß*, und zwar hinter einem übermächtig großen Schreibtisch, denn ich war damals so etwas wie ein »Chef« – und vor diesem Schreibtisch stand eines schönen Nachmittages als eine Nummer von vielen kein anderer als Norbert. Mit einer Klarsichtfolie in der Hand. Er war zur offiziellen Sprechstunde als Antrag- oder Bittsteller in unserer Behörde erschienen.

Schon immer hatte er ja die verschiedensten Projekte am Laufen gehabt. An jenem Tag, als er bei mir vorsprach, brauchte er eine Unterschrift; ich weiß gar nicht mehr, wofür.

Da ich gerade anderweitig intensiv beschäftigt war, bekam er Stempel und Unterschrift von mir *gratis*, das heißt: ohne daß ich seine Antragsmappe überhaupt aufgeschlagen oder ihr mehr als nur einen befremdeten Seitenblick gegönnt hätte.

Später gestand er mir, daß ihm diese kaltblütige, unbürokratische Vorgehensweise ungemein imponiert habe. So etwas hatte er in unserem ganzen Amt noch nie erlebt.

Aus seinem Projekt, dem ich an jenem sonnigen Apriltag so achtlos und leichthin meine Zustimmung erteilt hatte, ist damals nichts geworden. Norbert mußte sich, nachdem er finanziell und menschlich (in dieser Abfolge!) Pech mit seinen ehemaligen Partnern gehabt hatte, neu orientieren – Glück für mich!

Was wir in dieser Verwaltung, wo ich seinerzeit angestellt war, eigentlich verwaltet haben, ist mir aus heutiger Sicht nicht mehr ganz klar. Mir ist es entfallen. Es war, glaube ich, auch nicht so wichtig. Viel wichtiger war, daß ich dort Funktionsweisen (beziehungsweise: Nicht-Funktionsweisen) und Strukturen von Behörden erkennen und, von der Pike auf, Ordnungs- und Ablagesysteme direkt in der Praxis studieren konnte.

Manchmal denke ich, man hätte unsere Behörde auch komplett von der Außenwelt abschirmen, ja regelrecht abschneiden können, also alle Verbindungen (Telefonleitungen und so weiter) kappen, wir hätten es gar nicht bemerkt, hätten genauso weitergearbeitet wie vorher, es hätte weiterhin Herzinfarkte und Nervenzusammenbrüche wegen chronischer Überlastung gegeben, kurzum: ganz normalen Büroalltag, und abends wären wir, todmüde nach einem langen Tag, noch niedergedrückt von der schweren Arbeitslast, aus unserem wuchtigen sandsteinfarbenen Bürohaus hinausgetaumelt und nach Hause geschlichen.

Unser Gebäude, zentral in der Innenstadt gelegen, verfügte über einen altertümlichen Paternoster. Wie ein Wasserrad schöpfte der im ewigen Kreislauf Mitarbeiter aus der einen Etage in die andere – und wieder zurück: der gleichbleibende Pulsschlag unserer um sich selbst kreisenden, selbstgenügsamen Bürowelt.

Einmal hatte ich es versäumt, rechtzeitig im Erdgeschoß

auszusteigen, und war versehentlich auf eine Reise tief in die Unterwelt geraten. Bedrohlich mahlten und knirschten im dunklen Kellerbereich die riesigen öligen Zahnräder, die oben, im hellerleuchteten Bürogebäude, alles am Laufen hielten.

Der tägliche Anblick dieses Beförderungsmittels, das in seinem Auf und Ab ständig unterwegs war – und nicht allein der bloße Anblick dieser Maschinerie, ebenso auch deren häufige Benutzung –, brachten mich eines Tages auf den Gedanken, die Blickrichtung zu ändern, nicht mehr nur die Vertikale, sondern auch einmal die Bewegung in der Horizontalen, sprich: in unserer Büroetage selbst, genauer unter die Lupe zu nehmen.

Als ich dies, ohne es mir anmerken zu lassen, ein paar Wochen lang getan hatte, verfestigte sich zunehmend in mir der Eindruck, daß die Papiere zwischen den einzelnen Abteilungen unserer Etage nur so zum Spaß kreisten.

Sie wiesen Benutzungsspuren auf – das ja. Dies und das kam abhanden. Manchmal fehlte wohl auch ein entscheidendes Blatt, auf diese Weise hatte dann die entsprechende Akte auf ihrem langen, staubigen Amtsweg ihren Sinn und Verstand verloren. Doch fiel das im allgemeinen Gang der Dinge kaum jemandem auf.

Es gab auch sogenannte »Selbstläufer«, Schriftstücke, die ein Eigenleben zu führen schienen, irgendwann in den Umlauf geraten waren und dort so lange im Kreise liefen, bis sie eines Tages von einer gnädigen Hand aussortiert wurden.

Der eine oder andere Vorgang erledigte sich auch von selbst, weil er zu lange auf unserer Etage unterwegs gewesen war und darüber sein dringendes Fälligkeitsdatum verpaßt hatte.

Ich hatte immer meinen grünen Kringel zu machen. Das war das Zeichen, daß das betreffende Schriftstück auf seiner weiten Reise auch über meinen Schreibtisch gewandert war, kurze Zeit dort im Ablagekörbchen verweilt hatte, bevor ich einen fertigen, grün durchmarkierten Stapel zum nächsten Schreibtisch weiterreichte, wo dieser dann nach einer gewissen Frist mit einem blauen Kringel versehen wurde, um danach weiter zu rot zu reisen.

Dazwischen gab es selbstverständlich viel Leerlauf.

Hier schon begannen sich erste Zeichen meines Forscherdranges zu zeigen. Was manch einem als ödes Einerlei des Büroalltags vorkam, erwies sich bei näherem Hinsehen als außergewöhnlich spannend.

Durch die Blätter der grauen Grünpflanzen hindurch beobachtete ich unauffällig die Kollegen meiner Abteilung: die vier W – wer was wann wie erledigte? Ob er sich dabei von etwas ablenken ließ (Telefonate, Dösblick aus dem Fenster)? Wie es überhaupt mit seiner Schreibtischordnung aussah.

Gelegentlich machte ich mir Notizen.

So kam eines Tages das Gerücht auf, ich könnte ein geheimer Mitarbeiter der Chefetage (Innenbereich: Controlling) sein. Dieser Verdacht schien sich dann sogar noch durch eine erstaunliche personalpolitische Entscheidung, über die später noch zu sprechen sein wird, zu bestätigen. Hier nur so viel: Diese längst fällige Beförderung war lediglich die folgerichtige unumgängliche Konsequenz, die die Chefetage aus meiner umsichtigen Arbeit gezogen hatte, beziehungsweise: hatte ziehen müssen.

O ja, auch ich kannte sie, die Versuchungen, die ein »langweiliger« Büroalltag für den Mitarbeiter bereithält. Überall lauern sie uns auf. (Deswegen mein scharfer Blick!) Wieviel Leid habe ich nicht schon in endlos langen Bürostunden erlebt. Aber der Alltag im Büro mußte ja gar nicht langweilig sein.

Hier spricht ein Bekehrter!

In einer Belegschaftsversammlung schlug ich vor, man könne es doch einmal damit versuchen, die Farben der einzelnen Zuständigkeiten zu wechseln.

Das stieß auf wenig Zustimmung.

Ich mußte mich daher vor versammelter Mannschaft näher erklären: Es gehe mir, so legte ich nach einer kurzen Phase der Sammlung in freier Rede dar, ausdrücklich nicht darum, »mehr Farbe in den Alltag« zu bringen oder dergleichen, das wäre mir zu banal gewesen. Doch ich hatte mehr als einmal an mir selbst bemerkt, wie mein ewiges Grün begann, mich allmählich abzustumpfen.

Andere widersprachen: Man habe sich schließlich an »seine« Farbe gewöhnt, wozu da etwas verändern? Sie fürchteten wohl um ihren Büroschlaf, der bei manchen, das muß man schon sagen, bedenklich an eine Art Wachkoma erinnerte.

Die Gewöhnung, sie ist der heimtückischste Feind, sie verhindert jeglichen Fortschritt.

Eine deutliche Zäsur ergab sich, als in unserer gesamten Verwaltung flächendeckend Computer zum Einsatz kamen, vorher gab es natürlich auch schon in einzelnen Bereichen welche, in der Rechnungsabteilung zum Beispiel. Anfangs waren wir von den vielfältigen neuen Möglichkeiten dieser Wundermaschinen fast geblendet.

Irgendwann aber merkte es auch der letzte: Damit wurde das Elend unseres Bürokrams nur verdoppelt. Jetzt gab es neben dem Papierfluß, der keineswegs versiegt war, sondern wegen der handschriftlich zu leistenden Unterschriften, dem Dokumentcharakter mancher Akten und so weiter nach wie vor munter vor sich hin strömte, noch ein zweites, ein konkurrierendes Ordnungssystem mit ganz eigenen Ideen und Macken. Beide Welten mußten fortlaufend aufeinander abgestimmt werden, was unsere Mühen verdoppelte.

Viele Mitarbeiter waren damit einfach überfordert, Frau

Euler zum Beispiel. Hier eine kurze Notiz aus meinen Beobachtungsunterlagen: »Frau E.!!! Müßte dringend darauf hingewiesen werden, daß ihr Bildschirmschonermotiv – farbenprächtiges Korallenriff, Goldfische – bedenkliche Grenzüberschreitung zwischen dienstlich und privat darstellt; selbst aus ca. 7 m Entfernung die Fische noch sehr gut & sehr scharf zu erkennen, konnte mich kaum davon losreißen.«

Mich beschäftigte außerdem zunehmend das paradoxe Phänomen, daß im PC-Zeitalter mehr Papier als vorher verbraucht wurde. Ich schrieb einen internen Bericht dazu: »Über das Problem der Rundmail und das Prinzip des Kettenbriefes – Unterschiede und Gemeinsamkeiten«.

Diese Denkschrift wurde damals noch nicht verstanden. Ich bezweifle auch, ob jemand in der Chefetage deren ganze Tragweite überhaupt erahnte. Aber man sah dort oben, »über den Wolken«, in der fünften Etage, sehr wohl: Hier machte jemand nicht nur Dienst nach Vorschrift, hier machte sich jemand ernsthaft Gedanken.

So wurde ich dann tatsächlich zum stellvertretenden Bereichsleiter ernannt. Diese Ernennung kam meinem stillen, grüblerisch veranlagten Wesen sehr entgegen. Ich saß nun etwas abseits und konnte mich in der Folge ganz meinen Bürostudien widmen.

Ich blühte auf, während die Büropflanzen um mich herum, eine nach der anderen, vertrockneten, verkümmerten. Ich hatte einfach keine Zeit mehr für sie. Ich vernachlässigte sie nicht absichtlich. Aber während ich vordem mit meinem Grünstift ein ruhiges Leben »im Grünen« geführt hatte, geriet ich nun unversehens mitten hinein ins pulsierende Zentrum.

Was Monika und mich betraf, wir verstanden uns damals ausgezeichnet. Wir sahen uns ja auch kaum noch. Spätabends kam ich von der Arbeit, im Grunde kam ich überhaupt nicht von der Arbeit los; auch nachts nicht, bis in den Schlaf hinein kämpfte ich verwegen mit dem Kopfkissen.

Einmal in dieser Zeit besuchte mich Monika im Büro. Neugierig schaute sie sich überall um. Sie war, glaube ich, ziemlich stolz auf mich. Ich freute mich, war aber meinerseits viel zu stolz, ihr das zu zeigen. Deswegen konnte ich nur knurren: »Na ja, viel Arbeit hier. Ich stehe da noch ganz am Anfang.« Und das stimmte auch.

In diese Zeit fällt meine erste wichtige Entdeckung.

An den Kollegen im Großraumbüro hatte ich beobachten können, daß ihre Körper, ihre durchgesessenen, vom Kantinenfraß aufgeschwemmten Bürokörper!, mit fortschreitender Tageszeit streng einem phsyikalisch-chemischen Prinzip folgten, indem sie nämlich alle den für sie jeweils energieärmsten Zustand anstrebten.

Alle Dinge streben diesen Zustand an!

Oder, um es wissenschaftlich und dennoch einleuchtend zu formulieren: »Jedes abgeschlossene System strebt diesem Zustand maximaler Wahrscheinlichkeit zu. Es ist zum Beispiel extrem unwahrscheinlich, daß bei gegebener Energie, gegebenem Volumen und gegebener Molekülzahl eines Gases ein Molekül die gesamte Energie annimmt, alle übrigen dagegen gar keine.«

Die Energie verteilt sich auf Minimalniveau gleichmäßig.

Diese natürliche Tendenz zur Gleichmacherei nenne ich auch den »Kommunismus in der Natur«. Dort, in der un(!)belebten Welt, scheint er jedenfalls bestens zu funktionieren.

Der energieärmste Zustand, auch als »Entropie« bezeichnet, als »Gesetz der größten Unordnung«, ist zugleich der stabilste.

Ja, möchte man hier ausrufen – ja, leider!

Sofort wird hieraus klar: Jede Form des Ordnungmachens, des Aufräumens ist ein *Dennoch*, ein verzweifeltes Sichaufbäumen gegen die Naturgewalten. Nicht umsonst heißt es »Ordnung schaffen« und »Ordnung halten«, sie ist kein natürlicher Zustand, sie setzt unser Eingreifen voraus. Und ist sie erst einmal errungen, muß sie immer wieder neu verteidigt werden.

Im Zusammenhang mit dem Entropiebegriff geriet ich zwangsläufig an den von Clausius und Thomson aufgestellten zweiten Hauptsatz der Thermodynamik, demzufolge Wärme (statistisch gesehen) immer nur von wärmeren auf kältere Körper übergehen kann, aber nicht umgekehrt.

Während ich meine Überlegungen zum energieärmsten Zustand streng für mich behielt – ich wollte meine Mitarbeiter nicht unnötig verschrecken und ließ sie also über die wahren Verhältnisse in der Natur im unklaren –, hatte der zweite Hauptsatz durchaus praktische Konsequenzen für unsere Büroatmosphäre.

In meinem gesamten Zuständigkeitsbereich setzte ich konsequent eine Neuerung durch, die sich direkt aus dem zweiten Hauptsatz der Thermodynamik ableitete: das Prinzip der Stoßlüftung.

Je größer das Temperaturgefälle, desto umfassender funktioniert der Luftaustausch! Auch unterblieben dadurch die unschönen Schwarzschimmelbildungen im Fensterbereich, die sich bei halb geöffneten oder gekippten Fenstern ausbreiten, wenn es dort weder warm noch kalt ist und sich in dieser lauen Unentschiedenheit bequem die Feuchtigkeit absetzen kann.

Daß ich später, bei NOAH, zeitweilig von diesem als richtig erkannten Prinzip wieder abgekommen bin, lag einzig an der nahen Autobahn. Rauschte draußen der Verkehr, mußte man nur die Augen schließen, schon saß man am Strand, und in den Ohrmuscheln rauschte unaufhörlich das Meer.

Die regelmäßig vorgenommenen Stoßlüftungen in unserem Großraumbüro, besonders im Zusammenspiel mit unüberlegt und unerwartet geöffneten Türen, wehten mitunter ganze Papierstöße auseinander, die sich dann in Hunderten Einzelblättern auf der mausgrauen Auslegware des Fußbodens ausbreiteten – ein anschauliches Bild für den Ursprungszustand der Entropie, den man auch als den »Grundzustand« bezeichnet.

Persönliche Gespräche mit den mir Untergebenen führte ich prinzipiell nicht. Es hätte sich da leicht eine Vertraulichkeit einschleichen können, die meines Erachtens nicht am Platze war. Auch wenn das nach außen hin streng wirkte, das mußte niemand persönlich nehmen. Es störte nur einfach mein Ordnungsempfinden.

Dafür veranstaltete ich nach der Arbeitszeit regelmäßig Schulungen mit meinen Mitarbeitern.

Ich zeigte ihnen, wieviel tiefe Befriedigung uns die Erledigung auch kleiner und kleinster Ordnungsaufgaben verschaffen kann. Es muß ja nicht immer gleich das »ganz große Ding« sein. Was es damit auf sich hatte, das wußte ich seit den Entropiestudien zur Genüge. Aber Papiere so auf Kante abzulegen, daß keine umgeknickten Eselsohren traurig herausguckten oder einzelne Seiten überstanden, wozu man die Blätter nicht nur stauchen, sondern sie regelrecht zusammenstauchen mußte, Überflüssiges gnadenlos, wenn das Verfallsdatum überschritten war, auszusortieren und, statt sich sinnlos mit den unlösbaren Fragen des Daseins zu verzetteln, sich lieber ein brauchbares Ablagesystem für die vielen täglich anfallenden Zettel auszudenken – all das konnten sie, wenn sie nur wollten, bei mir lernen. Hier war ich ganz in meinem Element.

Aber nicht mehr lange! Diese Stellung hatte ich nur für eine relativ kurze Zeit inne. Eines Tages rief mich ein leitender Personalangestellter zu sich ins Büro und fragte mich, ob ich nicht gelegentlich Anzeichen einer Überarbeitung an mir spürte?

Ich überlegte – und verneinte.

Er nickte bekümmert und eröffnete mir kurz und bündig, daß sich mein Tätigkeitsfeld fortan wieder auf das eines einfachen Sachbearbeiters beschränken würde. Punkt. Ich konnte gehen. Ausrufezeichen.

Nie vergesse ich die geistlose Häme in den Gesichtern der anderen, als ich wieder an meinen alten Platz zurückging. Geistlos!, ja, denn sie wußten ja nicht, was ich in diesem Moment losgeworden war – die schwere Last der Verantwortung, die noch bis in die Nächte hinein mein Herz bedrückt und mich nicht schlafen gelassen hatte.

Die »lieben« Kollegen konnten es nicht besser wissen. Aber auch mir wurde erst ganz allmählich, als ich meinen alten Schreibtisch wieder einräumte, klar, was ich mit diesem scheinbaren Abstieg gewonnen hatte. Ich mußte nun nicht mehr für alles und jeden verantwortlich zeichnen, keine Berichte über die faule Bande meiner Mitarbeiter verfassen, deren Formulierung mir stets allerhöchstes diplomatisches Geschick abverlangt hatte: Hätte ich das wahre Ausmaß ihrer Schlamperei geschildert, wäre das ja auch auf mich, den stellvertretenden Bereichsleiter, zurückgefallen.

»Und, ist das jetzt sehr schlimm für dich?« hatte Monika mich gefragt.

»Ach was.« Kopfschüttelnd war ich an diesem Abend ins Bett gestiegen und hatte so gut und so fest geschlafen wie schon lange nicht mehr.

Innerlich feierte ich also die Rückkehr zu meinem Grünstift. Ich war wieder auf dem Boden der Tatsachen angekommen, gehörte wie vordem zur grauen Masse. Ich goß die Grünpflanzen und freute mich jeden Morgen an ihrem Gedeihen, an ihrem Streben zum Licht.

Jene Blumen jedoch, die ich anläßlich meiner Ernennung zum stellvertretenden Bereichsleiter überreicht bekommen hatte, das wurde mir jetzt immer klarer, waren falsche, künstliche Blumen gewesen. Sie hatten nicht mir, sondern nur meinem neuen Posten gegolten. Man versprach sich selbst etwas davon, als man mir damals viel Glück gewünscht hatte.

Die Häme, die mir nun bei meinem Abstieg entgegenschlug, war hingegen wieder ganz echt. Sie war ehrlich gemeint und galt nur mir. Damit konnte ich gut leben.

Außerdem konnte ich nun, wieder zurück an meinem alten Platz, aus der Entfernung besser die verhängnisvolle Eigendynamik der Bürohierarchie erkennen.

Ist man stellvertretender Bereichsleiter, träumt man davon: *Ach, wäre ich nur erst Bereichsleiter!* Ist man dann endlich Bereichsleiter, heißt es: *Ach, warum bin ich nicht längst stellvertretender Abteilungsleiter!* – Und so immer weiter.

Wünsche, die einen, ist man erst einmal auf dieser Leiter, ständig auf Trab halten, die einen einfachen Mitarbeiter aber niemals heimsuchen.

Mit jedem Mehr, bloß das sehen wir in unserem blinden Wollen nicht, laden wir uns nur ein Mehr an Verpflichtungen auf – und auch an neu erwachten Wünschen, unter deren Last wir irgendwann zusammenbrechen.

Plötzlich muß man sich Gedanken machen, ob einem nicht ein zusätzlicher Mitarbeiter zusteht. Eigentlich braucht man den gar nicht, er stört vielleicht nur die Ruhe, weil er immerzu beschäftigt sein will. Aber sieht es nicht komisch aus, wenn alle Stellvertretenden einen Mitarbeiter haben, bloß man selber nicht?

Und warum zum Beispiel soll man sich mit X eine Sekretärin teilen, wo doch Y eine ganz für sich alleine hat (selbst wenn es, wie in diesem Fall, nur die alte, stechend nach Parfüm stinkende Kratzbürste Frau Dedering war, mit der man im Nahbereich lieber keine drei Sekunden lang zu tun haben wollte).

Über diese und andere vernünftige Erwägungen setzt sich unser Drang nach Höherem stolz und geistlos hinweg. Die Schlinge der Begehrlichkeiten zieht sich eng um unseren Hals zusammen und nimmt uns die Luft des freien, unbeschwerten Atmens.

Das klingt verdächtig nach Schule des Verzichts.

Ja, aber worauf verzichten wir denn wirklich? Auf jede Menge Ärger und Verdruß. Darauf verzichtete ich liebend gern.

Das merkte ich, als mein Nachfolger, der neue stellvertretende Bereichsleiter, wieder einmal »dringend!« ins Zimmer des Abteilungschefs gerufen wurde, um sich dort seinen wöchentlichen Anschiß abzuholen. Leichten Herzens ließen wir ihn ziehen. Uns einfache Mitarbeiter kümmerte das nicht. Im Gegenteil, wir waren froh, hatten wir doch momentan Ruhe vor ihm. In diese Ruhe hinein begannen die ans Licht geholten Blätter zu rascheln.

Statt jedoch Fußball oder Vermischtes zu lesen wie die anderen, nutzte ich die freie Zeit, um meine Studien auch auf verästelten Nebenwegen fortzusetzen und zu vertiefen. Ich fand zum Beispiel heraus, was ich so nie vermutet hätte: daß nämlich die Worte »Ordnung« und »ordinär« sprachlich zusammengehören oder, auf der anderen Seite der Skala, daß das so aufregend klingende »Chaos« sich ursprünglich vom griechischen Wort für »gähnen« ableitet.

Was wollte die Sprache uns damit sagen? Noch häuften sich hier nur Fragen an.

Dann kam der Tag, als es unwiderruflich für mich hieß, Abschied von der Verwaltung zu nehmen. Das Hamsterrad konnte sich nun gut auch ohne mich weiterdrehen. Ich hatte hier genug gelernt, schied aus, ich konnte und mußte mich neuen Herausforderungen stellen.

Das nun folgende zweieinhalbjährige Intermezzo stand ganz unter der Schirmherrschaft des Grünflächenamtes. Monika mißverstand das zunächst als beruflichen und sozialen Abstieg, wenn nicht gar als Ausstieg.

Es war alles ganz anders!

Sicher, die Bezahlung, da hatte Monika nicht ganz unrecht, war nebensächlich. Sie war wohl auch eher symbolisch zu verstehen.

Aber wenn ich still für mich Laub fegte, kam ich ganz direkt, ganz unmittelbar mit etwas Großem, Unerschöpflichem in Berührung, das ich lange schon, ohne es zu wissen, schmerzlich vermißt hatte: mit der Schöpfung, mit der Natur.

Die Sachen, die ich vordem als sogenannter »Sachbearbeiter« zu bearbeiten gehabt hatte, existierten dagegen gar nicht richtig: Es gab sie nur in blasser Papierform. Man konnte sie beliebig da oder dort ablegen, auch vernichten, oder sie wie ein angemaßter Schöpfer beliebig vervielfältigen.

Letzteres war mir mehr als einmal klargeworden, wenn ich im fensterlosen Verlies des Kopierraums gestanden hatte und mir im Lichtblitz des Kopiergerätes die Erleuchtung kam: *Du machst dich hier mitschuldig! Blatt für Blatt vermehrst du nur das ganze graue Elend!*

Ganz anders die Blätter, mit denen ich es von nun an täglich zu tun bekommen sollte. Sie waren bunt und eigenwillig, so wie das Leben draußen.

An einem trüben, feuchten Herbstmorgen, kurz vor acht, rochen sie moderig, nach Pilzen. Manchmal kroch auch ein verschlafener Igel unter ihnen hervor und ging seiner Wege. Schien mittags die Sonne, raschelten sie geheimnisvoll im

Licht. Und ein plötzlich aufkommender Wind konnte die Arbeit des ganzes Vormittags einfach so, aus einer böigen Laune heraus, leichtsinnig auseinanderwirbeln.

Diese Blätter waren nicht sinnlos mit Buchstaben, Zahlen und Tabellen geschwärzt. Es war die Sonne selbst, die sie mit ihren Strahlen in prächtiger Goldschrift bis an den gezackten Rand vollgeschrieben hatte. Erinnerungen an den Frühling und an die glühenden Tage des Juli, des August waren auf ihnen verewigt.

Bis es schließlich soweit war, daß wir anrückten und alles zusammenfegten.

»Kannst du mal paar Mann abstellen?«

Dieser Ruf in die Zentrale, es war ein Telefonanruf, brachte uns fast jeden Morgen in eine neue grüne Ecke der Stadt.

Manchmal wurden wir auch zu einer anderweitigen Tätigkeit abgestellt, zum Beispiel auf den Material- und Gerätehof – wobei mir erst jetzt auffällt, wie seltsam dieses »abgestellt« klingt. Wenn man etwas abstellt, eine Maschine zum Beispiel, ist sie doch von diesem Moment an nicht mehr tätig?

Unser frisch ausgehobener Trupp bestieg also morgens den silbergrauen VW-»Caravelle«-Kleinbus – und los ging es.

Von ganzem Herzen bemitleideten wir die normalen Lohnsklaven, die dicht gedrängt in der U-Bahn standen, um irgendwo dem geregelten Irrsinn einer Arbeit nachzugehen. Oder wir sahen aus unserem Kleinbus von oben auf sie herab, wie sie neben uns in einem Stau standen. Meist waren sie solo. Wenn sie in ihren billigen Blechbüchsen festsaßen, trommelten ihre Fingerspitzen hilflose Morsezeichen ans Lenkrad, die draußen niemand erhörte. Sie hatten es eilig.

Wir hatten Zeit, alle Zeit der Welt.

Manchmal schüttelte uns ein ingrimmiges Hohngelächter,

wenn wir sahen, wie nervös sie wurden, weil es kein Zentimeterchen voranging. Ich lachte zur Gesellschaft mit, wenn
auch nicht ohne schlechtes Gewissen, hatte ich doch unlängst
selbst noch dieser Heerschar Unglücklicher angehört.

Die Arbeit an der frischen Luft pustete mir den Kopf frei,
sie brachte, nein, sie wirbelte meine Gedanken in eine völlig
neue, mir unbekannte Ordnung. Jeden Morgen blätterte ich
eine andere Seite des Parks auf, las zusammen, was Wind und
Wetter weit über Wiesen und Wege verstreut hatten. Die Welt
lag mir farbenprächtig zu Füßen. Sie machte mich sprachlos.
Auch zu Hause, mit Monika, redete ich kaum noch, nur das
Allernötigste, wichtige Absprachen, sonst nichts.

Meist machte schon in der Frühstückspause eine erste
glasklare Flasche die Runde. Ich nippte nur daran.

Als jemand, der die Fachschule für Verwaltungswesen ab-
solviert und diverse Ablage- und Ordnungssysteme studiert
hatte, konnte ich hier sehr viel über verschiedene Gruppen
und Schichten, die Ordnung der Gesellschaft insgesamt, die
Gesellschaftsordnung also, lernen – auch wenn sie an unserem Rand ein klein wenig aus der Ordnung geraten zu sein
schien.

Zu unserem Trupp gehörte auch ein ausgebildeter Biolo-
ge, der sich allerdings lange nicht als solcher zu erkennen
gegeben hatte. Erst als in einem Probelauf die kombinierten
»Laubbläser und -sauger« zum Einsatz kamen, hielt er, der
sonst nie ein Wort zuviel gesagt hatte, uns einen Grundsatz-
vortrag.

»Dieses Gerät«, so erklärte er, ohne uns dabei anzusehen,
»ist die Erfindung eines Irren. Damit wird die gesamte Hu-
musschicht des Bodens zerstört. Nicht nur das Laub wird
weggepustet, sondern auch die Käfer und Würmer, Insekten,
die Mikroorganismen. Auf diese Weise vernichtet man alles
Leben im Boden. Es wird einfach ausgeblasen. Das ist eine

Oberflächenordnung, die am Ende eine Wüste erzeugt. Man kann darauf warten, daß hier bald alles tot ist. Dann kann man endlich den grünen Kunstrasen ausrollen.«

Er war es dann übrigens, der am eifrigsten mit dem Laubgebläse herumfuhrwerkte, systematisch den gesamten Park bis in seinen letzten Winkel damit abgraste.

Sein Vortrag hatte mir sehr zu denken gegeben, speziell das Verhältnis von Ordnung und Wüste. Deshalb fragte ich ihn – ich mußte gegen das Geheule des Gebläses anbrüllen: »Warum machen Sie das dann aber?«

»Darum!« brüllte er zurück.

Langsam, mit seinen dicken Ohrenschutzkappen, schritt er davon: ein riesiger zweibeiniger Käfer. Das lärmende Gerät hielt er in seinen Händen wie eine überdimensionale Wünschelrute.

Einmal wurde ich in den Keller des Grünflächenamtes geschickt, um neue Laubsäcke zu holen. Dort entdeckte ich zufällig in einer verwunschenen Gerümpelecke kleine, rechteckige Schilder aus alter Zeit: »Bürger, schützt eure Anlagen!«

Ich dachte mir nichts weiter dabei und vergaß es. Doch beim Laubzusammenrechen fiel es mir wieder ein. Hatte nicht jeder von uns seine schützenswerten Anlagen und Veranlagungen?

Diese Schilder sind wenig später auf dem Müll gelandet. Dabei hätte es eine sinnvolle Nachnutzung für sie geben können. Genauso, wie es eine Bewegung »Kirche von unten« gibt, existiert, da bin ich mir ganz sicher, jetzt, nach der großen Banken- und Währungskrise, wahrscheinlich irgendwo auch eine Vereinigung »Banken von unten«, in der sich enttäuschte Kleinanleger, konservative Sparer und Festzinsfetischisten zusammengeschlossen haben.

Die hätten diese Schilder jetzt sicher gut gebrauchen können, es wäre ein leichtes gewesen, sie als Warnhinweis vor den Filialen der Deutschen Bank oder der Commerzbank aufzustellen. Das hätte durchaus auch eine lohnende Aufgabe für uns vom Grünflächenamt sein können.

Manchmal setzte ich mich aber auch still auf eine Bank. Ich schloß die Augen, ließ mein bisheriges Leben an mir vorüberziehen und freute mich, wie gut ich es wieder einmal, alles in allem, getroffen hatte.

Hätte ich damals schon Master Han Shans Weisheitsbuch »Wer losläßt, hat beide Hände frei« (Lübbe, 189 Seiten, ISBN 978-3-7857-2404-0) gekannt, ich hätte den Sinn meiner Beschäftigung noch viel tiefer ausloten können, den ich damals nur spontan erahnte oder erfühlte, wenn ich mir beim Laubfegen meine eigenen Gedanken über den Wechsel der Jahreszeiten, über den Lauf der Welt und dergleichen machte.

»Die Vergänglichkeit ist das einzig Sichere im Leben«, das ist der Schlüsselsatz dieses Buches, in dem uns die märchenhafte Geschichte von der Verwandlung des Herrn Ricker erzählt wird.

Der Offenbacher Manager Hermann Ricker, der als Produktionsleiter für die Firma Rollei nach Singapur geht, sich nach einer steilen Karriere in der Firma selbständig macht, zum Multimillionär wird (über 30 Millionen Dollar Jahresumsatz, 1000 Angestellte, mehrere Luxusvillen, Sportwagen und so weiter), erkennt 1995 nach einem Autounfall, »im Angesicht des Todes«, das heißt: in seinem ersten klaren Moment, daß alles sinnlos ist.

Er verschenkt, was er hat, geht nach Thailand, um dort Bettelmönch zu werden. Jeden Morgen zieht er mit seiner Bettelschale los und ist so glücklich wie noch nie in seinem Leben.

Nach zehn Jahren wird aus dem lernenden Bettelmönch Ophaso der Lehrende Master Han Shan, er lebt in einer kleinen Hütte am Rande seines Nava-Disa-Retreat-Centers.

Wie wahr Han Shans Grundsatz ist, daß nur das Vergängliche sicher sei, wurde mir im nachhinein immer klarer.

Eine Zeitlang nämlich sah es so aus, als würde ich nun für immer und ewig – *unvergänglich!* – als Mitarbeiter, vogelfrei und immergrün, in Diensten des Grünflächenamtes stehen sollen.

Es war ein regnerischer Tag, als Norbert mich zufällig am Alex aufgabelte.

Er wollte hinauf, ich mußte hinab, auf der U-Bahn-Treppe stießen wir auf halbem Wege zusammen. Ich hatte ihn nicht bemerkt, weil ich in dieser Phase (wegen des ganzen Laubs und so) immer mit gesenktem Blick unterwegs war.

Und Norbert? Er hatte mich zunächst kaum wiedererkannt, so gesund, meinte er, sähe ich aus, ganz im Unterschied zu unserer ersten, Jahre zurückliegenden Begegnung in meinem Ex-Büro – und so beneidenswert braungebrannt!

Er fragte mich, ob ich direkt aus dem Urlaub käme, und tippte auf die Kanaren. Er witterte einen großartigen Aufstieg bei mir.

Als ich ihm dann von meinem neuen Tätigkeitsfeld berichtete, schüttelte sich sein Kopf, so als würde der einen derart abwegigen Gedanken gar nicht zu den Ohren hereinlassen wollen.

»Was? Das kann doch nicht sein, so eine ausgewiesene Fachkraft wie Sie, so ein Experte … Also …« Er ließ eine Pause. »Wenn Sie wollen, ich hätte da sofort eine Stelle für Sie.«

Ich bat mir Bedenkzeit aus, obwohl es da nichts zu bedenken gab. Mit der U-Bahn fuhr ich zunächst in die falsche Richtung, merkte es aber erst spät, weil ja alles auf einmal ganz neu war, ich sah die Welt mit neuen Augen und nahm deshalb an den unbekannten Stationen, die vor dem U-Bahn-Fenster auftauchten, zunächst keinerlei Anstoß.

Am nächsten Tag sagte ich zu.

Das war der Beginn einer neuen Ära.

Norbert hoffte, mit meiner Hilfe einen Fuß in die Tür der undurchsichtigen Verwaltungswelt zu bekommen. Wir hatten lange Gespräche, manchmal bis spät in die Nacht. Von vielem, was ich ihm da erzählte, zeigte sich Norbert tief erschüttert.

Aus dieser fernen Zeit stammt übrigens auch das Du zwischen uns. Längst hätten wir das, um die anderen NOAH-Mitarbeiter nicht durch unseren vertrauten Umgang zu verschrecken, ändern sollen. Mehrmals hatte ich auch schon halbherzig Anlauf genommen, es dann aber einfach nie fertiggebracht, Norbert das Sie anzubieten.

»Norbert«, laut kleinem Vornamenbuch (ahd.: nord + beraht) Norden und glänzend, berühmt … Ich weiß mehr über dich, mein lieber Chef, als du denkst!

Monika brachte ich diese überraschende Wendung in meinem Leben schonend bei. Als ich ihr erzählte, daß ich von nun an eigenverantwortlich für die gesamte Außenpräsentation der Firma NOAH zuständig sei, sagte sie nur leise: »Mensch, Hannes, mach bloß nicht wieder alles kaputt.«

»Von wegen«, erwiderte ich und schwieg stolz. Ich wollte beleidigt sein, brachte es aber in diesem glücklichen Moment nicht übers Herz.

Dann sagte ich ihr beiläufig, nachdem ich sie lange genug auf die Folter gespannt hatte, daß ich gewissermaßen auf der Ebene der Chefetage tätig sein würde.

»Chefetage?«

Ihre Nachfrage, ob denn außer mir und meinem neuen Chef überhaupt noch jemand bei dieser Firma, deren Namen sie übrigens auch noch nie gehört hatte, arbeite, zeigte nur ihr völliges Unverständnis der Lage.

Ich sagte nichts weiter. Wir waren damals ja gerade erst im Aufbau begriffen, da war es völlig klar, daß noch nicht alle Stellen besetzt sein konnten.

Sirenen, ich höre euch nicht!

Beide Ohren hatte ich fest mit Watte zugepfropft. Ich saß im Büro, an meinem Schreibtisch, ich mußte mich konzentrieren. Draußen, hinter dem angekippten Fenster, huschten stumm die Schemen der Autos vorüber.

Die Zeit verging nicht, sie war mir einfach davongeflogen! So rasch wie Münzen, die durch einen Automaten rattern. Nur mit dem Unterschied, daß man die unaufhörlich im dunklen Kasten der Vergangenheit verschwindende und verrinnende Zeit nicht mehr hören konnte: die Wochen und Monate, die Jahre – geräuschlos hatten sie sich davongemacht, waren unmerklich vom Wandkalender abgeblättert und schließlich in den Papierkorb gewandert, den ich jeden Abend, kurz vor Büroschluß, leerte.

Gerade erst, so schien mir, hatte ich bei NOAH angefangen, da feierte ich auch schon mein einjähriges Betriebszugehörigkeitsjubiläum. Und nun waren es schon bald drei Jahre, daß ich hier war. In diesen knapp drei Jahren hatte ich Mitarbeiter kommen und gehen sehen; in letzter Zeit allerdings vor allem *gehen*.

Für 16 Uhr war eine außerordentliche Belegschaftsversammlung in der Kantine angesetzt worden. Norbert hatte mich gebeten, aus meiner Sicht einen Diskussionsbeitrag zum anstehenden Thema beizusteuern. Das Thema, das tiefschwarz auf den Handzettel aus blaßgrauem Recyclingpapier gedruckt war, lautete: »Wege aus der Krise«.

Krise? Ich stopfte die Watte noch einmal tiefer und fester in die Ohren.

Sicher, in letzter Zeit hatte sich das Publikum noch rarer als ohnehin schon gemacht. Wir traten auf der Stelle, es ging nicht voran. Das lag, gar keine Frage, am Standort. Die Rechnung: billige Quadratmeterkosten zum Preis für eine weitere Anfahrt, schien immer weniger aufzugehen.

Die vergessenen Einlagerungsbestände alter Rabattkunden moderten in den Boxen vor sich hin, hier gab es kaum eine nennenswerte Bewegung. Von dem florierenden Geschäft, wie es Norbert einst vorgeschwebt hatte, waren wir noch weiter entfernt als vom ohnehin viel zu weiten Stadtzentrum, das uns, via Fernsehturm, nachts seine lockenden, Nähe vortäuschenden Signale sandte.

Ich ging noch einmal die Werbekampagnen der letzten Monate durch. Sie hatten so gut wie nichts gebracht. Die SB-Einlagerungs-Idee hatte die Menschen nicht erreicht.

Gut, sagte ich mir, wenn die Menschen nicht zu uns kommen, dann … Ja, *dann!* Genau, das war die Lösung: kompletter Kurs- und Richtungswechsel! Ich fuhr den Computer hoch. Kaum stand die leere Seite flimmernd vor mir, fuhr auch ich zu einer ungeahnten Hochform auf: Rasch tippte ich all das ein, was mir schon lange auf dem Herzen lag.

Erst beim Schreiben, als der Überdruck langsam nachließ, merkte ich, was sich da mit der Zeit angestaut hatte.

Vanessa hatte vier orangefarbene Warmhaltekannen mit Kaffee hingestellt. Kekse? Keine. Die Lage schien ernster zu sein, als ich bisher angenommen hatte.

Ich suchte mir einen Platz. Bevor ich mich hinsetzte, klopfte ich die Taschen meiner Jacke ab – ich fand den Kugelschreiber nicht. Der mußte noch auf dem Schreibtisch im Büro liegen. Dabei hatte ich unbedingt mitschreiben wollen.

Norbert, als ich ihm am Vormittag auf dem Flur über den Weg gelaufen war, ein loses Bündel Papiere klemmte unter seinem Arm, hatte angedeutet, daß er ein paar grundsätzliche Worte zum Fragenkomplex »Ordnung und Organisation. Organisiertheit im großen wie im kleinen« sagen würde. Das mußte ich mir jetzt alles so merken.

Um vier war die Kantine voll, bis auf den letzten Platz besetzt.

Und genau das, so Norbert, der in seinen einleitenden Worten zunächst allen für ihr pünktliches Erscheinen gedankt hatte, war der entscheidende Unterschied zu unserer Lagerhalle: Die stand zu zwei Dritteln leer.

Wenn es denn überhaupt noch Nachfrage gab, blockierten Kunden, die man einst mit langfristigen Verträgen (und entsprechenden Rabatten) gelockt hatte, nun die besonders begehrten mittleren Boxengrößen, die Filetstücke. Gewinn aber, so war es messerscharf kalkuliert, machten wir nur, wenn wir annähernd voll ausgelastet waren. Davon konnte im Moment überhaupt keine Rede sein.

»Die aktuelle Bilanz ist so, daß …« Er ließ den Satz offen: eine Leerstelle. Das war deutlich genug. Die Buchhaltung, in Gestalt von Frau Koch-Wengerski, nickte ernst.

»Unter den jetzigen Umständen könnten wir nicht einmal – so komisch das vielleicht klingt – ganz solide aufgeben, also schlicht und einfach Pleite machen.«

»Na, dann is doch allet prima«, meinte jemand laut und wandte sich triumphierend zu seinen Tischnachbarn um.

Eine minderbemittelte Bemerkung, über die wir anderen gnädig hinwegschwiegen.

»Um es ganz klar zu sagen: Wir haben so viele Altlasten, Billigverträge, die teilweise noch bis, was weiß ich, bis 2020 oder länger laufen … Im Prinzip sind das keine Altlasten, sondern Neulasten, die wir ständig vor uns herschieben.

Würden wir jetzt dichtmachen, müßten wir vorfristig die Verträge kündigen … Da läßt sich doch keiner, der billig bis 2020 gemietet hat, einfach nur sein Geld zurückzahlen! Der wäre ja schön dumm. Da werden Vertragsstrafen fällig, klar.«

Nach dieser traurigen Lagebeschreibung fragte Norbert nun der Reihe nach alle Bereiche ab. Es ging um Vorschläge, wie man die Betriebsabläufe optimieren könne, um Hinweise, wo man Mängel sah und wie diese abzustellen seien.

Wir waren vollzählig vertreten: Büro, Buchhaltung, Kasse, »Filter«, Lagerbereich, auch die Security. Nur Krombach hatte sich krank gemeldet. Herr Wodak, der draußen einen Zettel angeklebt hatte: »Wegen Betriebsversammlung ab 16 Uhr geschlossen«, hockte dick und bekümmert rechts vorn, gleich bei der Tür, das mußte bei einem Pförtner wohl so sein.

Natürlich ging es vor allem darum, ob es eventuell Einsparpotentiale gab. Bloß gut, daß Vanessa schon gegangen war. Sie mußte sich zu Hause um ihre kleinen Kinder (Junge, Mädchen, vier und sieben – völlig unverständliche, unaussprechliche Namen!) kümmern. Der Kantinenbereich blieb damit, was Sparmaßnahmen betraf, zum Glück erst einmal außen vor.

Begreiflicherweise scheuten alle davor zurück, Vorschläge zu machen, durch die man selbst womöglich überflüssig wurde. So gab es nur Unverbindliches. Man konnte den Eindruck gewinnen, daß alle rund um die Uhr hart am Limit arbeiteten und es an ein Wunder grenzte, daß sie sich überhaupt für diese Krisensitzung kurzzeitig hatten freimachen können.

Ich äußerte mich zu diesem Programmpunkt nicht. Was ich wirklich leistete, stand auf einem anderen Blatt. Daß bei dieser Art Befragung nicht viel herauskommen würde, hatte ich gleich geahnt.

Selbst bei den geistig etwas gebremsten Mitarbeitern aus dem Lagerbereich war inzwischen angekommen, daß eine große Zahl unserer Einlagerungsboxen leer stand, seit langem verwaist war. Ebenso sahen sie, die täglich in der Halle unterwegs waren, daß sich bei vielen der belegten Boxen überhaupt nichts mehr tat.

Das war auch nicht zu übersehen. Manche Teile der Halle kamen mir wie ein Geisterreich vor. Ging man diese hallenden Gänge entlang, glaubte man das Ticken der Holzwürmer in den antik zerlöcherten Schränken zu hören, ein Zeitzünder. Spinnen hatten ihre feinen Netze über den abgestellten verstaubten Möbeln zusammengezogen, als warteten sie nur auf eine günstige Gelegenheit, heimlich ihre Fracht sonstwohin abzutransportieren.

Es kam nun von seiten des Lagerbereichs der wahrscheinlich nicht ganz ernstgemeinte Vorschlag, daß man eingelagerte Sachen, die ewig und drei Tage nicht abgeholt worden waren, bei denen sich seit Jahren nichts bewegte und die begehrte Boxengrößen nur sinnlos blockierten, ja kurzerhand entsorgen könnte. Damit wäre dann auch ein anderes Problem gelöst: nämlich die Schreddermaschine im »Filter«. Endlich könnte man die mal wieder voll auslasten. Niemand müßte dort mehr beschäftigungslos herumsitzen. Das sei in letzter Zeit ja oft genug bemängelt worden.

Dieser mit Unschuldsmiene von einem der Wortführer vorgebrachte Vorschlag verfehlte seine Wirkung nicht: Norbert war bleich geworden. Die Brille zeichnete ihm zwei drohend schwarze Querstriche ins Gesicht.

»Also schön, Freunde, dann mal Klartext, ihr habt es nicht anders gewollt. Wenn sich nichts grundsätzlich ändert, sind wir eines Tages gezwungen, so schwer mir das fällt, auch Teile, größere Teile unserer Belegschaft … ja, wie soll ich das nun sagen, so daß es jeder kapiert: ›auszulagern‹. Ihr wißt, was ich meine und wohin dann die Reise geht. Dort ist es dann längst nicht mehr so gemütlich wie bei uns in der Halle.«

Mit dieser knallharten Ankündigung war von einem Moment zum anderen absolute Stille eingetreten.

Leise, mühsam beherrscht, setzte Norbert fort: »Wir sind, das ist von Anfang an unser Problem gewesen, überdimensioniert: räumlich … und vor allem, leider, auch personell.«

Ein strafender Blick ging in Richtung der Lagerarbeiter.

Daß es sie überhaupt noch bei uns gab, war ein Überbleibsel aus jener Anfangszeit, als wir noch glaubten, die günstigen Quadratmeterpreise würden uns finanziell genug Spielraum lassen, diesen Komfort anzubieten: Die Lagerarbeiter faßten mit an, wenn Kunden mit schweren oder sperrigen Sachen kamen. Sie räumten auch Sachen hierhin und dorthin und kümmerten sich darum, daß nichts auf den Gängen herumstand. Das war wegen des Brandschutzes wichtig. Aber was sie sonst trieben, ist unbekannt. Andere, konkurrierende Einlagerungshäuser auf SB(=Selbstbedienungs!)-Basis verzichteten längst auf diesen Luxus.

»Und wie es jetzt aussieht, also …«, Norbert blickte in die Runde, »unter den gegebenen Umständen könnte ich nicht mal mehr für eine ordentliche Abfindung garantieren. – Oder?«

Frau Koch-Wengerski, der intimen Kennerin der dunklen Finanzmaterie, hatte Norberts fragender Seitenblick gegolten. Sie bestätigte seine Vermutung mit einem strengen Nicken.

Keine Abfindung? Damit wollte sich niemand abfinden. Murren war zu hören. Noch war es für mich zu früh, etwas zu sagen. Die allgemeine Lage mußte sich erst wieder beruhigen.

Da wir im Detail nicht weiterkamen, wurde es nun erst

einmal grundsätzlich – und das, ausgerechnet, von seiten des Lagerbereichs.

»Das wollte ich ja schon immer mal wissen: Was genau heißt das eigentlich – *Self Storage?*« fragte in die Stille hinein der Wortführer der Blaumänner. Immer wieder geisterte bei Bestellungen auch dieser englischsprachige Begriff herum. Seine Leute am Tisch nickten wißbegierig. Offenbar riß man sich dort jetzt am Riemen und bemühte sich um etwas mehr Ernsthaftigkeit.

Norbert kniff die Augen zusammen, wie bei einem Angriff.

Bevor er, im Moment sprachlos, antworten konnte, besorgte das schon, von seinem Tisch ganz hinten aus, Herr Möbius, Security, der über ein gediegenes Halbwissen, wahrscheinlich Abitur oder so was, verfügte.

Nachdem Möbius schneidend, mit einem Augenverdrehen, seine Übersetzung geliefert hatte, war es wieder ganz still geworden.

»... Selbstlagerung?« wiederholte skeptisch der Wortführer.

»Warum denn nicht?«, meinte einer aus der Blaukitteltruppe, er sah sich unter seinen Leuten um. Die nickten.

Damit die Situation nicht wieder kippte, erklärte Norbert schnell: »Das muß man jetzt nicht wörtlich verstehen. Es heißt ...«

Seine bisherige Befragung hatte ein erschreckendes Bild ergeben: Die Philosophie unserer Firma war bei vielen Mitarbeitern überhaupt noch nicht richtig angekommen, jeder einzelne Bereich hatte bisher immer nur seinen eigenen engen Teilaspekt des Ganzen wahrgenommen.

Norbert ließ sich deshalb zu seinem kleinen Stegreifreferat hinreißen, das ich, abgesehen von dem kleinen Schlenker zur Organisiertheit im kleinen, schon aus zig Kundengesprächen kannte. Ich mußte nicht zuhören. Innerlich bereitete ich mich schon auf meinen Beitrag vor.

»Ja, und was machen wir da nun?« fragte jemand resigniert, als Norbert fertig war. Der zuckte die Schultern und gab die Frage mit Rundumblick an uns alle weiter.

Ich spürte, jetzt war ich an der Reihe. Schließlich, ich war es, der an der Schnittstelle zwischen drinnen und draußen saß, dort, wo sich für die Firma alles, Wohl oder Wehe, entschied.

Ich meldete mich, stand auf.

Zunächst legte ich zum allgemeinen Verständnis dar, daß wir gewissermaßen in einem Graubereich agierten: zwischen Ja (alles behalten) und Nein (alles entsorgen, also hundertprozentigem Müll, der sofort auf der Halde landet), wir hier stünden für einen dritten Weg, für den Aufschub, für … *kann man ja vielleicht noch mal gebrauchen.*

Wenn, wie es bisher viel zu oft geschehen ist, die Kunden uns unsortiert ihren Kram weiterreichten, dann verschoben und verdrängten sie damit nur ihr Problem, das nicht kleiner wurde, sondern größer. Denn dann erstreckte sich das Reich ihrer Unordnung nun auch noch auf die Fläche der bei uns angemieteten Auslagerungsbox. Wir könnten zynisch sein und sagen: bitte, warum nicht. In diesem Fall wären wir aber nicht viel mehr als eine bessere Müllhalde.

Wenn wir nur darauf warteten, daß die Kunden sich zu uns verirrten (als Schlüsselerlebnis hier: Firma Arslan, Neukölln), könnten wir lange warten. Unser Service müßte daher vielmehr in der Beratung bestehen, das heißt: an Ort und Stelle, bei den Kunden selbst, die Sachen vorzusortieren. Erst dann schälte sich heraus, was generell wegkonnte und was, zeitlich begrenzt, ausgelagert werden mußte. Läßt man die Leute aber einfach in ihrem Chaos sitzen, kommt es erst gar nicht dazu, daß sie etwas auslagern. Sie stellen sich die Frage gar nicht. Oder sie schieben einfach nur, wie gesehen, die Sachen ungeordnet zu uns weiter, ohne daß dadurch eine Lösung in Sichtweite käme. Das ist dann ein einmaliger »Befreiungsschlag«, und nichts ist gebessert.

Wir müßten deshalb bestrebt sein, allmählich unverzichtbarer Partner des Kunden, wenn schon nicht zentraler, so doch permanenter Teil seiner Gedankenwelt zu werden.

»Um es auf den Punkt zu bringen: Wir müssen auf die Menschen zugehen. Ich weiß«, sagte ich, »das klingt banal. Aber so ist es auch, es *ist* banal, eine ganz einfache Sache.«

Die ganze Zeit, während ich sprach, mußte ich an Monika denken. Ich hatte nämlich unter anderem das Beispiel des Hotelzimmers gebracht, das, so unpersönlich es im ersten Moment auch aussieht, schon nach wenigen Stunden eindeutige Spuren seines momentanen Benutzers aufweist. Daraus folgt: Jeder von uns ist mit seinem ganz persönlichen Ordnungssystem in der Welt unterwegs.

War es auch kein Hotel, aus dem ich diese Erfahrung geschöpft hatte, so doch Pension »Schwalbennest«, wo wir vor ein paar Monaten, Ende August, eine alles in allem schöne, unvergeßliche Urlaubswoche verbracht hatten.

Als Monika dort das winzige Bad unter der Dachschräge, wo ich mir dauernd den Kopf stieß, eingeräumt und die Spiegelkonsole mit ihren mir altbekannten Kosmetika bestückt hatte, dachte ich im ersten Moment: Ich bin zu Hause. Originalgetreu war von Monika ihre häusliche Ordnung (sprich: Unordnung) wiederhergestellt worden, die als festes Muster und Handlungsprogramm irgendwo in ihrem dunkelblonden Kopf existieren mußte.

Nach meinen Ausführungen gab es insgesamt drei Fragen. Zuallererst: ob wir uns, wenn wir den Leuten halfen, Ordnung in ihre Sachen zu bringen, damit nicht ins eigene Fleisch schnitten?

Meine Antwort: »Ein klares Nein!«

Dann eine längere Pause, damit sich das setzen konnte, schließlich erklärte ich es im einzelnen: »Erst wenn wir den Leuten vor Ort helfen, ihre Sachen zu sortieren und zu strukturieren, fällt auch für uns hier draußen etwas ab. Erst dann werden wir eine sinnvolle und nachhaltige Ergänzung ihres privaten oder betrieblichen Ordnungssystems.«

Im Zusammenhang mit dem bereits des öfteren in der Diskussion verwendeten Begriff der »Entsorgung« versuchte ich, wenn auch wenig geglückt, weil es leider etwas zu abstrakt blieb, auf ein Grundproblem unserer, wie ich immer wieder finde, »kranken« Gesellschaft einzugehen, besonders deutlich im medizinischen Bereich zu beobachten: Dort gibt es eine Vorsorge, eine Nachsorge, zwischendurch macht man sich auch dauernd Sorgen. So gesehen ein rundum sorgenvolles Leben: Der Begriff der »Sorge« begleitet uns vom Anfang bis zum Ende. Insofern sei unser (erweitertes) »Entsorgungsprogramm« auch eine Hilfe, eine sozialhygienische Maßnahme …

Norbert hatte besorgt den Blick von seinen Papieren gehoben – obwohl, das fügte ich nun rasch hinzu, ich persönlich die Ansicht verträte, wir sollten uns eher als »Befreier« verstehen, worauf Norbert den Blick wieder beruhigt in seine Unterlagen versenkte.

Ein paar Schwierigkeiten gab es mit den Fremdwörtern in meinem Kurzvortrag, obwohl ich da eigentlich aufgepaßt hatte.

An einer Stelle meiner Ausführungen, und zwar, als ich dargelegt hatte, daß die Menschen pausenlos damit beschäftigt seien, sich ihr Leben und ihre Wohnungen einzurichten, worüber sie ersteres völlig verpaßten, und daß sie in ihren zeitweiligen irdischen Behausungen unentwegt Sinnloses aufhäuften, um es provisorisch zwischen sich und die große, schrecklich gähnende Leere zu stellen, mußte tatsächlich der Begriff »Horror vacui« gefallen sein.

»Was ist das denn?« wollte jemand wissen.

»Das ist Latein«, erklärte ich.

»Ach so.«

Damit war auch das geklärt, und wir konnten uns nun der nächsten, der letzten Frage zuwenden.

Natürlich, ich hatte mich mit Rücksicht auf die vorhandene Zuhörerschaft – Norbert zählte nicht, der war mit seinen Zahlen beschäftigt – streng davor gehütet, den schillernden Begriff der Entropie auch nur zu erwähnen, lediglich eine gewisse vage Andeutung dahin gehend hatte ich nicht unterlassen können. Das genügte aber schon! So viel immerhin war hängengeblieben, daß wir als Normalzustand nicht die Ordnung, sondern, im Gegenteil, die Unordnung ansehen müssen.

»Ordnung ist dann also … nicht normal?« vergewisserte sich ein Skeptiker aus dem Lagerbereich.

»Nein«, bestätigte ich, »ist sie ganz und gar nicht.«

Als einziger, was mich nicht wunderte, hatte Herr Möbius, Security, sachverständig von hinten dazu genickt.

Kopfschütteln hingegen bei den anderen. Man stieß sich an, suchte gegenseitig Blickkontakt, sah auch zu Norbert hinüber.

Doch der blieb weiterhin im Studium seiner bedrohlichen Geschäftszahlen gefangen, aus denen es für ihn kein Entrinnen mehr zu geben schien.

Nach der Sitzung nahm Norbert mich beiseite. Er dankte mir für die interessanten Ausführungen und sagte, er könne nur hoffen, daß das auch alles richtig angekommen sei.

Dann erzählte er mir, daß er vor ein paar Tagen einen alten Kunden, einen gewissen Jalousien-Schultze aus Wedding, zufällig in unserer Halle getroffen hatte. Vor Unzeiten hatte der mal eine Lagerbox bei uns angemietet und wollte nur mal nachgucken, wie es jetzt dort aussah. Die Lagerbox war randvoll gefüllt. Wahrscheinlich hätte man das alles, da es seit Jahren keinerlei Bewegung mehr gegeben hatte, auch wegschmeißen können. Aber Herr Schultze bezahlte ja regelmäßig per Einzugsermächtigung seine Boxenmiete und …

»Ist das nun zynisch«, fragte Norbert mich, »hier alles beim alten zu belassen, oder sollte man ihn nicht einmal daraufhin ansprechen, und ihm, so wie du es vorgeschlagen hast, etwas gründlicher auf den Zahn fühlen?«

Das wußte ich im Moment auch nicht.

Auf Norberts entsprechende Nachfrage jedenfalls hatte ihm Jalousien-Schultze geantwortet, das alles sei natürlich erst mal nur ein Provisorium.

»Nichts«, so zitierte ich (mit einem nachdenklich in die Ferne gerichteten Blick) die treffenden Worte eines großen SB- und Umzugstheoretikers, »ist so dauerhaft wie ein Provisorium.«

Norbert nickte. »Vielleicht fährst du ja trotzdem einfach mal vorbei in seiner Firma und guckst dich da um?«

Er würde mir die Schultze-Unterlagen und auch die Boxennummer, damit ich mir selbst ein Bild machen konnte, in den nächsten Tagen zukommen lassen. »Nur damit du einen Überblick hast, Hannes.«

»Kennst du Däniken?« fragte ich ihn.

»Erich von …? – Klar doch, natürlich.«

»Na dann weißt du vielleicht auch, was ich meine.«

»…???«

»Die Nasca-Linien, in der Wüste von Peru«, half ich ihm auf die Sprünge.

»Hm.« Zweifelnd sah er mich an. »Und was hat das jetzt mit Schultze zu tun?«

»Jahrhundertelang sind die Menschen dort in der Wüste tagaus, tagein gedankenlos mit ihren Maultieren über diese weißen Linien gelaufen, ohne sie überhaupt wahrzunehmen, ohne irgend etwas davon zu erkennen. Sie konnten nichts sehen, weil es viel zu nah vor ihren Augen lag. So wie wir vieles Naheliegende nicht sehen. Es fehlte ganz einfach der Überblick.«

»Schön – und weiter?«

»Erst vom Flugzeug aus konnte man schließlich die rätselhaft symmetrische Struktur erkennen, diesen vermeintlichen Landeplatz der Außerirdischen. Den erkannte man erst aus der Luft.«

»Ja gut, aber wie stellst du dir das bei Jalousien-Schultze nun vor? Jetzt mal ganz praktisch, meine ich.«

»Mal sehen.«

Nachdenklich ging ich zurück ins Büro, in meine kleine Welt.

Mir schwirrte der Kopf von dem, was ich auf unserer Krisensitzung gehört hatte, mehr noch aber von dem, was ich selbst gesagt hatte.

Worauf hatte ich mich da nur wieder eingelassen?

Theoretisch war es sicher nach wie vor richtig, sich im Direktkontakt um die Menschen zu kümmern – und praktisch?

Ich habe nun schon so lange mit Menschen zu tun. Sie sind mir rätselhaft, werden mir im Grunde immer rätselhafter. Vielleicht doch nicht der richtige Umgang für mich? Ich dachte an die beiden Kunden, mit denen ich zuletzt Kontakt gehabt hatte, und ich konnte nur den Kopf schütteln.

Mit unserer Kundin Frau X (Name geändert!) war ein paar Tage zuvor wegen einer kurzfristigen Terminverlängerung eine telefonische Rücksprache nötig geworden. Als ich sie dann endlich, endlich erreicht hatte, mußte sie dringend in eine Besprechung. Sie bat mich, nach elf bei ihr anzurufen.

Ich überbrückte die Zeit, indem ich aus dem Fenster sah, meinen Schreibtisch tiefenscharf aufräumte, die Bleistifte anspitzte – immer mit Blick auf den blauen Wecker.

Als es dann um elf war, griff ich zum Hörer, nahm ihn ab – legte ihn wieder auf.

Wenn ich sofort, Punkt elf, bei ihr anrief, würde sie doch denken, nur wir wären es, die etwas von ihr wollten. Das würde die Vertragsverhandlungen unnötig erschweren. Auch sie wollte etwas von uns. Also warten. Wann war der richtige Zeitpunkt? Nach der Mittagspause? War es da nicht vielleicht schon zu spät? Die Zeit drängte, denn schließlich wollten ja auch wir etwas von ihr: nämlich, daß sie den alten Vertrag zu neuen, für sie nur ein ganz klein wenig schlechteren Konditionen verlängerte.

Ganz schwierig: Ist man in der Situation, von jemandem etwas zu wollen, tritt man ihm schon nicht mehr frei und unbeschwert gegenüber, überlegt hin und her, starrt das schweigsame Telefon an und verliert sich – und einen halben Tag dabei! – in Überlegungen, Erwägungen … Am besten, man will oder wünscht gar nichts. Nur wunschlos ist man glücklich.

Über all dem Hin und Her hatte ich Frau X ganz vergessen.

Kurz nach vier stürzte ich nach einem ausgiebigen Inspektionsgang durch die Halle in mein Büro, rief bei Frau X an und landete, wie ich es fast befürchtet hatte, auf ihrem AB, demgegenüber ich mich aber in ein tiefes, unmißverständliches Schweigen hüllte.

Herr Y, um auch hier einen anderen Namen zu verwenden, war ebenfalls ein abschreckendes Beispiel aus jüngster Zeit.

Selbstverständlich gilt für den gesamten SB-Einlagerungsbereich, daß leichtverderbliche Waren dort nicht eingelagert werden dürfen (ebensowenig wie Waffen, Munition oder Drogen – von lebenden Haustieren ganz zu schweigen!). Bei Herrn Y hatten wir ein Auge zugedrückt. Sicher waren Konservendosen, denen sein ganzes Geschäftsinteresse galt, nicht leichtverderblich, aber es ist bei fehlerhaftem Verschluß schon vorgekommen, daß sich, wenn das Verfallsdatum weit überschritten war, gefährliche Gase im Innern gebildet haben und die Dosen daraufhin explodiert sind.

Als Zwischenhändler, der Restaurants und kleine AsiaMärkte belieferte, hatte Herr Y eine mittelgroße Box der Kategorie 2 a bei uns angemietet, und eigentlich funktionierte das Geschäft mit ihm vorbildlich. Er brachte neue Paletten, holte die alten ab; alles war »paletti«.

So ging ich einmal, als ich seinen vertrauten weißen Lieferwagen auf dem Kundenparkplatz erspäht hatte, hinüber in die Halle und unterhielt mich ein wenig mit ihm. Vielleicht konnte man aus dem positiven Beispiel, das Herr Y gab, auch etwas für den Umgang mit anderen Kunden lernen.

Direkt neben seiner Box befand sich ein größerer Lagerraum, den eine bekannte Berliner Sargfirma für aufgelaufene Überkapazitäten angemietet hatte, erfahrungsgemäß kam es bei ihrer Kundschaft zu starken, schwer kalkulierbaren Schwankungen.

Als wir nun vor seiner Box standen und uns unterhielten, kamen diskrete graue Männer und trugen Särge an uns vorbei, nach nebenan, wo bereits, übereinandergestapelt, eine große Anzahl solcher Behältnisse lagerte.

»Sagen Sie mir bitte – sofort –, daß das jetzt ein Irrtum ist«, flüsterte Herr Y. Seine Brille funkelte mich entrüstet im kalten Licht der Hallenbeleuchtung an.

»Nein, nein, das ist schon ganz richtig so.«

»Herr Felix …« Er suchte nach Worten, fand im Moment aber keine, deshalb klappte sein Mund nur ergebnislos auf und zu. »Wenn das meine Kunden erfahren«, ließ er schließlich mit Grabesstimme vernehmen.

»Hören Sie, das sind natürlich leere Särge, die stehen nur auf Nachfrage hier. Wenn die Männer dann weg sind, ich habe einen Nachschlüssel, wir können gerne mal nachschauen.«

Nebenan knirschte und ächzte es.

»Bloß nicht«, stöhnte er, »bloß nicht.«

Er war von der fixen Idee besessen, daß seine Kunden unbedingt Wind von dieser unmittelbaren, unheimlichen Nachbarschaft bekommen würden: »Das flüstere ich Ihnen: Alle unangenehmen Sachen kommen eines Tages ans Licht!«

Ich weiß nicht, aus welcher trüben Quelle er diese Lebensweisheit bezogen hatte. Vielleicht hing es über verschlungene Pfade mit seinem großangelegten Dosenhandel zusammen.

Geduldig versuchte ich, ihn zu beruhigen: »Das ist doch der Lauf der Welt. Die einen Menschen essen fröhlich und vergnügt Erbsen, Linsen, weiße Bohnen, was weiß ich, aus Ihren Büchsen, andere Menschen aber müssen vielleicht sterben und liegen dann – nein, nicht nebenan! – aber in einer der Kisten, die nebenan nur für alle Fälle, für den Tag X, lagern. So ist es nun mal. Ein ständiges Kommen und Gehen.«

Meine Worte, so hatte ich den Eindruck, erreichten ihn nicht.

Ich hatte noch kurz überlegt, ob ich ihn nicht auch auf den prinzipiellen Unterschied zwischen Särgen und Urnen hinweisen sollte, wobei letztere, als Metalldosen, ja in einem viel engeren, viel problematischeren Verhältnis zu seinem speziellen Lagergut, den Lebensmitteldosen, stünden – es dann aber doch unterlassen.

Herr Y schüttelte nur den Kopf.

Der bloße Anblick dieser schlichten Erdmöbel aus Kiefer und Eiche mußte ihn tief getroffen haben, so tief, daß davon sogar sein Innerstes, sein Geschäftssinn, berührt worden war.

Auf einmal ging Herr Y in die Offensive: Er wolle wegen dieser besonderen Umstände neu verhandeln und wenigstens einen besseren Boxenpreis für sich herausholen; das sei doch mehr als selbstverständlich. Und als ich nichts darauf erwiderte, fragte er mich: »Sagen Sie mal, Sie halten mich wohl für blöd, oder?«

Was sollte ich dem Mann darauf antworten? Ich schwieg ihn wissend an.

»Ich habe dadurch, wie Sie ja sehen, einen wirtschaftlichen Schaden«, beharrte er.

Mit den Fingerspitzen prüfte er, Quadratzentimeter für Quadratzentimeter, die Dichte der Trennwand nach nebenan, zum »Jenseits«. Er roch, nein: er schnupperte sogar inbrünstig daran. Daß der Mann einen Schaden hatte, sah ich sehr wohl. Ob das allerdings ein wirtschaftlicher war, bezweifelte ich.

Ich verwies ihn schließlich an Norbert, bei dem er sich aber nie meldete. Er blieb unser Kunde, auch wenn er mir, sah er mich zufällig, weiträumig aus dem Weg ging.

Lange hatte ich am Abend nach unserer Krisensitzung noch still für mich in meinem kleinen Büro gesessen und die göttliche Ruhe, die hier herrschte, genossen. Die Vorstellung, in Zukunft wieder draußen mit Menschen zu tun haben zu müssen, erschreckte mich. Menschliches ist mir fremd. Sehr sogar.

Spät war es geworden, als ich nach Hause kam. Es war dunkel. Monika war noch nicht von der Arbeit da, oder – sie war schon dagewesen und noch einmal fortgegangen. Auch das lag im Dunkel. Da nirgendwo, obwohl wir das x-mal vereinbart hatten, ein Zettel mit einer Nachricht von ihr lag, blieb diese Frage offen.

Nun mußte ich also, wie schon so oft, als Indianer losziehen und Spuren lesen. Das war aber nicht schwer. Mein siebter Sinn hatte mich nicht getäuscht, schon bald war ich auf eine heiße Spur gestoßen, einen Krümelpfad in der Küche, der geradewegs zum Abfalleimer führte. Dort: Reste! (*Alle unangenehmen Sachen kommen eines Tages ans Licht!* – Stimmt.)

Nur zur Erklärung: Monika sah in dem zu Anfang der 1990er Jahre aufgekommenen Pizzaservice, dessen Telefonnummer sie auswendig herbeten konnte, einen Akt der Befreiung – insbesondere des weiblichen Geschlechts –, der ihr in seiner weltverändernden, umwälzenden Wirkung viel wichtiger zu sein schien, als es die ganze friedliche Revolution des Jahres 1989 gewesen war.

Dieser Sichtweise konnte ich mich nie anschließen.

Ich war wegen dieser ewigen Pizzas, die es seitdem regelmäßig bei uns gab (mein Gott, was hatten wir früher, als es nichts gab, nicht alles gekocht!) und bei denen die schwarzlockige italienische Goldketten-Mafia federführend war (diese »Italiener« waren aber in Wirklichkeit, wie ich später erfahren habe, Albaner ohne richtige Aufenthaltspapiere), einmal sogar in einen unbefristeten Hungerstreik getreten, den ich dann jedoch, leider ohne Erfolg, hatte abbrechen müssen, weil ich zum Abend hin wider Erwarten doch wieder sehr hungrig geworden war.

Ich persönlich bevorzugte seit längerem Miracoli, zwar auch nur ein Fertiggericht, oder genauer: ein *Fast*-Fertiggericht, es ließ einem aber zumindest im Ansatz die Illusion, tatsächlich etwas gekocht zu haben.

Schon wegen dieser unförmigen Riesenpappen, die ich mühsam mit beiden Händen aus dem Abfalleimer zerrte, wobei selbstverständlich die eingehängte hauchzarte Plastiktüte zerriß und der gesamte Inhalt des Kaffeefilterbeutels (vom Morgen) sich braun auf den Abfalleimerboden verkrümelte, war ich prinzipiell gegen diese Pizzas, die, abgesehen von der reichlichen Pappe rundum, auch selbst ganz pappig schmeckten, sie mußten dieses Pappige verinnerlicht haben.

Eigentlich gehörten Pappreste ja in die blaue Tonne; andererseits, da Teile davon glänzend durchgefettet waren, vielleicht doch eher in den normalen Hausmüll? Man stand hier vor einer schwierigen Entscheidung.

Ich trennte die fettkontaminierten Teile von den anderen, so gut es ging. Damit aber die große Pappe, die ich nun in den Papierabfall entsorgte, dort nicht gleich alles wieder verstopfte, zerkleinerte ich sie mit einigen kräftigen, gut gezielten Karateschlägen.

Ich lag schon im Bett, als ich Monika draußen hörte. Sie machte sehr leise. Donnerstag – Sport!, fiel mir ein, natürlich. Die Klappe fiel zu, der Tag war im Kasten. Die Klospülung rauschte. Ich stellte mich schlafend, als Monika lautlos die Schlafzimmertür öffnete und das Flurlicht auf mein Gesicht fiel.

Messie und Messias

Ende Oktober startete ich, in Absprache mit Norbert, einen Pilotversuch. Die entscheidende Frage war: »Kann eine Firma (in diesem Fall die Firma Jalousien-Schultze), die bisher nur einmal Sachen bei uns in der SB-Halle eingelagert hatte, durch eine gezielte Beratung vor Ort zu einer systematischeren Zusammenarbeit bewegt werden?«

Auf der Suche nach einer Antwort brach ich an jenem Donnerstagmorgen gegen 8.35 Uhr, es kann auch etwas früher gewesen sein, von zu Hause aus auf und fuhr gar nicht erst zur Arbeit, das wäre ein Umweg gewesen, sondern gleich direkt zu der besagten Firma im Norden Berlins.

Von diesem Datum aus führen viele Strahlen in die Zukunft, die schon vorsichtig schimmernd am Horizont aufleuchtete. Es regnete in Strömen.

Da ich kein Navigationsgerät an Bord hatte, mußte ich allein nach Instrumenten und allgemeiner Ortskenntnis auf Sichtflug einschweben. Das war nicht einfach: trüb die Aussicht (und auch die nur ein paar Meter weit), rundum gediegene Weltuntergangsstimmung! Während ich warm und trocken in meiner Fahrerkabine saß, ging draußen die Sintflut nieder.

Das Radio hatte ich irgendwann ausgeschaltet, weil ich auch auf Geräusche achten mußte.

Auf der Gegenfahrbahn schwamm ein Feuerwehrauto vorüber, es sandte verzweifelte Licht- und Lautsignale aus.

Dann, von einem Moment zum anderen, brach der Jaulton weg, und das rote Gefährt war verschwunden, verschluckt von den Wassermassen, ich war wieder allein auf der Straße, zwischen den steinernen Ufern der Bordsteine, und, wie mir schien, ganz allein auf der Welt, die gerade unterging.

Mein Scheibenwischer arbeitete auf Hochbetrieb, wischte für Sekunden den Blick frei, bevor alles vor meinen Augen wieder verschwamm. Ziel war eine Fabriketage im Wedding, zweiter Hinterhof, unweit vom Leopoldplatz.

Schon auf der Hinfahrt ging ich verschiedene Szenarien durch. Herr Schultze war Inhaber einer Firma für, wie es vollständig hieß: »Jalousien und Verdunklungssysteme«. Lag nicht vielleicht hierin schon der Schlüssel zum Verständnis seines speziellen Ordnungsproblems, das sich wenig später tatsächlich als ein gewaltiges Unordnungsproblem entpuppen sollte?

Womöglich war es bei ihm auch eine Berufskrankheit.

Wer sich Tag für Tag beruflich mit »Verdunklungssystemen« befaßte, hatte sich vielleicht, mehr als es gut war, mit der Unordnung – dem dunklen Geheimnis, das diese Rolladensysteme verbergen sollten – arrangiert oder sogar identifiziert und war so zum Mittelsmann, zum Handlanger der Unordnung geworden.

Anders gefragt: Wenn jemand Feuerwehrmann oder Lokführer ist, kann ich mir ungefähr denken, was der als kleiner Junge später mal werden wollte. Was aber will ein kleiner Junge werden, aus dem später einmal der Inhaber einer Firma für »Jalousien und Verdunklungssysteme« werden sollte? Das konnte ich mir beim besten Willen nicht vorstellen.

Mit solchen Gedanken fuhr ich durch den schmalen, dunklen Schlauch einer Durchfahrt in den ersten Hof ein: kurzes Luftholen, kurzzeitiges Aussetzen des Prasselregens, bevor er dann im Innenhof um so heftiger auf mich nieder-

rauschte. Die Mülltonnen glänzten unter diesem allgegen-
wärtigen Wasserfall, auf dem spiegelnden Asphalt explodier-
ten die Tropfen.

Weiter, in den zweiten Hof. Hohe Mauern umstellten ihn.
Es war eng dort, ich mußte lange kurbeln, zentimeterweise
vor- und zurücksetzen, ehe ich zwischen einer braunen ro-
stigen Teppichklopfstange und der bröckeligen Hauswand
die endgültige Parkposition – ein weißumrandetes Rechteck:
»Kunden Jalousien-Schultze« – erreicht hatte und endlich
den Sicherheitsgurt lösen konnte.

Mit schnellen Schritten, den Aktenkoffer über dem Kopf,
die Pfützen überspringend, erreichte ich das Vordach am
Eingang. Dort brachte ich mich soweit in Ordnung. Von
oben trommelte es wild auf die Membran des blechernen
Schrägdaches.

Aufstieg durch den Treppenhausschacht.

Still war es hier, der tosende Regenlärm war draußen vor
der schweren Stahltür geblieben, die behäbig und dumpf hinter mir ins Schloß gesunken war. In der Mitte des Aufgangs,
gesichert durch Felder eines militärgrünen Stahlgitternetzes,
auf dem sich schmierig klebriger Staub abgesetzt hatte, stand
ein Lastenaufzug für Schwergewichtiges bereit.

Ich stieg langsam die ausgetretenen, an den Kanten eisen-
beschlagenen Stufen hinauf, mir war beklommen, ging es
doch bei diesem Besuch um einen wichtigen Vorstoß, vielleicht sogar um nichts weniger als einen entscheidenden
Neuanfang für unsere Aktivitäten.

An die speckigen Wände waren schablonierte Buchstaben gedruckt: »Maschinensaal 3. St.« Eine schwarze Hand
aus den 1920er Jahren streckte den Zeigefinger aus und wies
schräg nach oben. Ich folgte dieser stummen Aufforderung
und kam im dritten Stockwerk an einer Werkstatt für Wer-
bedrucke und an einem PC-Outlet-Store vorbei.

Obwohl längst das Kleingewerbe Einzug gehalten hatte und an die Stelle der hier ursprünglich ansässigen Maschinenbaufabrik gerückt war (irgendwas mit »... & Co.« am Ende, wie es der fast abgeblätterte Rest an der Backsteinfassade im Hof verraten hatte), roch das Gebäude aus allen Poren seines alten Mauerwerks noch immer nach Öl.

Im vierten Stock ging es nicht weiter. Dort klingelte ich.

Mit einem Summerton sprang sofort die Tür auf, und aus dem Innern hörte ich eine ferne Stimme: »Kommen Sie!«

Nun begann die eigentliche Detektivarbeit.

Unauffällig ließ ich den Blick schweifen, suchte nach versteckten Hinweisen: Es galt, Verdächtiges aufzuspüren, das uns helfen konnte, die Schuldigen ausfindig zu machen, die es zu verantworten haben, daß sich, wie ich es gleich mit eigenen Augen sehen sollte, ein normales Büro in ein Chaos verwandelt hatte.

Ich wurde mit der Nase darauf gestoßen, als ich das Spalier der übervollen, überquellenden Flurregale abschritt: Katalogstapel, die in lange, unter dieser Last durchbogene Fächer gequetscht waren, Papiermuster in allen möglichen Formaten, Farben und Farbschattierungen, halb ab- oder aufgewickelte Markisenstoffballen, Reste einer altertümlichen schwarzgoldigen *Mundlos*-Nähmaschine, Kisten, Pappkartons und -schachteln mit Zubehörteilen, Scheren in allen Größen, Ösen und Schnallen, Bindfäden, Seile, ganze Drahtrollen.

Am Ende des Gangs ging es rechts zum Sekretariat, links stand die Tür zu Schultzes Chefzimmer offen. Bevor ich klopfen konnte, sagte eine Stimme: »Treten Sie ein, bitte.«

Ich trat ein, und ich stand vor einer Barrikade.

Herr Schultze war aufgestanden. Er streckte mir seine Hand entgegen und erkundigte sich, ob es schwer gewesen sei, den Weg zu finden. Ich schüttelte den Kopf. Er bat mich, Platz zu nehmen. Ich ließ mich auf dem Besucherstuhl nieder, und die Barrikade vor mir ragte gleich noch ein Stück höher, abwehrender auf.

Ganz im Gegensatz zu seiner Umgebung machte Herr Schultze einen sehr aufgeräumten Eindruck. Er lächelte mir zu.

Im Geiste fegte ich schon mal alles beiseite, was sich zwischen uns auftürmte. Hier waren nicht einfach nur Berge, nein: hier waren ganze Gebirgsmassive aus Akten zu versetzen. Äußerlich ließ ich mir nichts anmerken, hielt mich bedeckt, innerlich war ich in Hochspannung.

»Na, hier sieht es ja mächtig nach Arbeit aus«, begann ich so neutral wie möglich unser Gespräch. Es kam darauf an, die richtige Balance zwischen naiver, unverfänglicher Bewunderung und professioneller Besorgnis zu finden.

»Stimmt, so sieht es aus.« Herr Schultzes Blick ruhte nachdenklich auf mir. »Aber ich kann Sie beruhigen: Es sieht nur so aus. Deswegen habe ich ja angerufen und mit Ihrem Chef einen Termin vereinbart.«

Im stillen mußte ich ihn korrigieren: Es war Norbert, der ihm diesen Termin aufgedrückt hatte.

Ich sah mich um, nahm einen weiten Anlauf – und: »Haben Sie gestern abend eigentlich Fußball gesehen?«

»Ja. Warum?«

»Die rote Karte in der 51. Minute …« spielte ich ihm nun ganz direkt den Ball zu.

»Also, ob die berechtigt war, darüber läßt sich nun wirklich streiten.«

»Richtig. Haben Sie aber auch bemerkt, was danach passierte?«

»Danach? Äh'm …«, demonstrativ sah er auf die Armbanduhr. »Ehrlich gesagt, ich habe nicht gedacht, daß wir hier die ganze Zeit über Fußball reden wollen«, ließ er meine Frage geschickt abprallen.

»Herr Schultze, wir sind bereits beim Thema.«

Ich klappte den Aktenkoffer auf – da anderswo kein Platz dafür war, mußte ich das auf meinen wackeligen, durchnäßten Knien tun – und zog das Foto hervor, das ich gestern abend extra noch aus dem Internet ausgedruckt hatte.

»Zu zehnt hat Inter viel besser gespielt. Stimmt doch, oder? Aber wie kommt das, Herr Schultze? Ein Mann weniger auf dem Platz – und, tja: Das Spiel läuft auf einmal viel besser?«

Ich legte ihm nun, zumindest in Stichworten, dar, was mir gestern abend auf dem Sofa bei der kritischen Spielbeobachtung klargeworden war.

»Schauen Sie mal bitte hier, Herr Schultze.«

Über den Kammzug seines Papier- und Aktengebirges reichte ich ihm die Kopie des Schwarzweißfotos: Es zeigte kleine, vollbärtige Männer Ende des 19. Jahrhunderts in England, die in viel zu großen, bis an die Knie reichenden Hosen steckten und wild entschlossen über einen dunklen Stoppelrasen rannten.

»Wissenschaftlich ist erwiesen, daß die Menschen seitdem im Durchschnitt nicht nur um einige, sondern sogar um etliche Zentimeter gewachsen sind. Die Größe der Fußballplätze variiert zwar, aber, so gesehen, sie hätte sich kontinuierlich eigentlich nur in eine einzige Richtung verändern dürfen, nämlich: sie hätte mitwachsen müssen, um so mit den größer werdenden Spielern Schritt zu halten. Das ist nicht der Fall.«

Herr Schultze nickte abwartend.

»Platzgröße und Spieleranzahl«, setzte ich fort, »harmonieren längst nicht mehr. Außerdem, die Spieler sind heute viel athletischer als früher, was übrigens ein viel größeres Verletzungsrisiko mit sich bringt. Einer der Gründe, neben vielen anderen, für die Krise des Fußballsports.«

Herr Schultze wollte etwas sagen, doch ich steuerte gerade

das erste große Fazit an und ließ mich jetzt nicht mehr unterbrechen.

»Kaum ist nun aber ein Spieler vom Platz gestellt worden, schon, wie wir gesehen haben, läuft die Sache, ich möchte mal so sagen: wieder rund. Warum? Ganz einfach: Die verbliebenen Spieler haben mehr Platz, sie haben den nötigen Freiraum, sie können sich besser entfalten, schlagen weitere Pässe …«

»Ich ahne schon«, unterbrach mich Herr Schultze ungeduldig, »worauf Sie hinauswollen.«

Erstaunt blickte ich von dem Foto auf, das er mir gerade wieder zurückgegeben hatte. Offen gesagt, mit einer derartig schnellen Auffassungsgabe hatte ich bei ihm nicht gerechnet.

Als er nun tatsächlich seine Vermutung äußerte, daß es bei diesem Beispiel womöglich um das Verhältnis von Platz und Bewegungsfreiheit gehe, wußte ich, in Herrn Schultze hatte ich einen klugen, durchaus ebenbürtigen Partner, mit dem ich die anstehenden Fragen auf Augenhöhe verhandeln konnte.

»Möchten Sie einen Kaffee?« fragte er mich.

Warum nicht, ich nickte.

»Marlen, machst du uns bitte zwei Tassen?«

»Ja, Chef, wird erledigt, gleich«, kam es als Antwort aus dem Sekretariat.

»Na schön. Dann können wir ja jetzt anfangen«, sagte ich.

Am liebsten hätte ich Schultzes Schreibtisch zunächst in seinem jetzigen traurigen Zustand fotografisch dokumentiert – das wäre für »Vorher-Nachher-Bilder« nützlich gewesen. Doch ich hatte keinen Fotoapparat dabei. Das mußte ich mir für weitere Außentermine unbedingt vormerken; ich notierte es mir innerlich.

Natürlich war ich nicht blindlings in dieses Gespräch hineingestolpert, ich hatte mich vorbereitet, gründlich.

Bei den alten Griechen wird der Urzustand der Welt als ein »Chaos« beschrieben: ein Ungeborenes, das weder hell noch dunkel, weder trocken noch feucht, weder warm noch kalt ist, sondern – nun kommt es! – »alles als eine gestaltlose Masse in sich vereinigt«. Diese Masse bildete sich zur Eiform, aus der im Verlauf der Zeiten ein Mannweib hervortrat. Dieses nun schied die Elemente, aus Luft und Feuer wurde der Himmel, aus Erde und Wasser – die Erde.

Ohne im engeren Sinne ein Chaosforscher zu sein: Schon ein einziger Blick hatte genügt, um zu sehen, daß wir hier weit entfernt von jeder Art Sortierung waren und uns noch inmitten jenes nebelhaften Urzustandes befanden. Daraus mußte die Ordnung der Welt erst noch geschöpft werden.

»Sie erlauben?« fragte ich.

»Bitte.«

Wahllos nahm ich eine der Mappen vom wackeligen Stapel. Die Weltordnung (Welt-Unordnung!) geriet damit noch lange nicht aus dem Lot. Wie auch? Das konnte sie gar nicht. Diese Mappe lag hier ebenso zufällig wie all die anderen unter und neben ihr. Es herrschte das Zufallsprinzip. Von einer Notwendigkeit waren wir noch unendlich weit entfernt, oder, um es etwas genauer zu sagen: fast zweieinhalb Stunden.

Doch ehe wir schließlich diesen Zustand erreichen sollten, mußten wir uns erst, Schritt für Schritt, in ein Neuland vortasten.

»Wozu«, so hatte ich ganz simpel begonnen, »ist Ihrer Meinung nach ein Schreibtisch da?«

»Zum Schreiben?« meinte Herr Schultze, in einem belustigt unbekümmerten Tonfall; er versuchte, den Ernst meiner Grundsatzfrage ironisch zu unterlaufen. »Wie der Name ja schon sagt.«

»Ich sehe, wir verstehen uns. – Jedenfalls: *nicht* als Ablage.«

Nun wurde meine Stimme leise, fast drohend: »Wenn es so ein *Brief*«, ich hatte einen Info-Werbebrief, der mir mit seinem vulgären blauen 33-Cent-Porto-Stempel sofort ins Auge gefallen war, von einem der Stapel gegriffen, »wenn es so ein Allerweltsbrief bis auf Ihren Schreibtisch geschafft hat, Herr Schultze, dann ist schon alles zu spät. Diese Art von Brief hat nur einen einzigen Adressaten.«

Neugierig blickte er mich an.

»Wo ist Ihr Papierkorb?«

Mit einer Kopfbewegung wies er mir den Weg dorthin.

Kurzerhand, per Luftpost!, verfrachtete ich den Brief an seinen wahren Bestimmungsort, er landete im dunklen Innern des Korbes.

Herr Schultze schien noch zu zweifeln, deshalb bückte ich mich und zog Umschlag nebst nebulösem Inhalt noch einmal aus dem Abfall hervor.

»Herr Schultze, wissen Sie, was hier steht? Hier steht: *Wichtige Information, nur für Sie persönlich!*« – Sie sind doch wirklich nicht so eine Null-Persönlichkeit, daß Sie die mit Hunderttausenden – ach, was weiß ich –, mit Millionen anderen Haushalten teilen und sich durch solch eine Anrede persönlich angesprochen fühlen können, oder?«

Stumm schüttelte er den Kopf.

»Also: weg damit!«

Und damit verschwand das Corpus delicti, und diesmal endgültig, von der Bildfläche.

Eins zu null für mich.

»Sie müssen endlich damit aufhören, die geduldige Abwurfstelle für solche Wurfsendungen zu sein. Es geht hier schließlich um die Rettung Ihrer Identität, Ihrer Individualität, die mit solchem Allerweltskram nur zugeschüttet wird, Tag für Tag.«

Da er, wie mir sofort klar gewesen war, ein Problem damit zu haben schien, Wichtiges von Unwichtigem zu unterscheiden, wollte ich es mit dem klassischen »Insel-Test« versuchen.

Mir waren, und vermutlich hatte das meine Entscheidung beeinflußt, zwei Fotos aufgefallen, sie steckten in einem goldenen Blechrahmen, der als Aufsteller auf dem überfüllten, seitlich von seinem Schreibtisch angebrachten Aktenbord stand.

Vor allem das eine: Herr Schultze an Bord seines Motorbootes. Er hinter dem Steuer, und der Fahrtwind bläst kräftig durch das, was nach fast fünfzig Jahren von seinem Haupthaar übriggeblieben war.

Auf dem Foto nebenan, in einem häuslichen, jedenfalls windstilleren Ambiente aufgenommen, waren Frau Schultze und der gemeinsame Sohn zu sehen. Sie haben die Köpfe aneinandergelegt. Beide schauen freundlich, aber auch ernst. Schultze junior war die Bonsai-Ausführung seines Schöpfers.

Draußen, mit einem letzten röchelnden Schnaufer, hatte die Kaffeemaschine ihre wichtige Arbeit vollendet. Wir hörten Geschirrklappern.

»Also, schauen Sie sich doch jetzt bitte mal um, Herr Schultze: Was würden Sie hier aus Ihrem Büro unbedingt mit auf eine einsame Insel nehmen?«

Ratlos, fast ein wenig bekümmert, blickte er um sich.

Da erschien, mit einem Tablett in den schmalen, manikürten Händen, Schultzes Sekretärin. Sein betrübter Blick hellte sich auf.

»Darf ich vorstellen …?«

Ihren ganzen Namen habe ich leider vergessen, ich weiß nur, daß sie Marlen hieß. Er stellte sie mir übrigens ausdrücklich als »Chefsekretärin« vor, obwohl keine andere Sekretärin auf der Etage zu sehen war.

Raubtierhaft bleckte Marlen ihre Zähne zu einem Lächeln, dann kurvte sie um den Schreibtisch herum, wo Herr Schultze eilig ein paar Papiere zusammengerafft und auf einem anderen provisorischen Misthaufen abgelegt hatte, um für das Tablett eine kleine Abstellfläche zu schaffen.

Marlen stöckelte wieder nach draußen, feinste Partikel ihres Parfüms schwebten noch irritierend durch den Raum, ehe sie sich langsam setzten.

Schultze schloß kurz die Augen, tief atmete er durch.

Dann streute er gedankenlos Zucker in den Kaffee, rührte um.

»Also, wo waren wir stehengeblieben?« fragte er zerstreut.

»Insel, Herr Schultze! Was Sie auf eine einsame Insel mitnehmen würden.«

Nachdenklich schaute er zur offenen Tür, durch die soeben Marlen entschwunden war. Er schwieg.

Soll ich sagen, daß Marlen formvollendet war? Sie war es.

Das Formvollendete betraf aber nicht so sehr die Umgangsformen, da herrschte eher ein schnoddriger Berliner Tonfall vor. In gewissem Sinne stellte sie das schwarze, ringelgelockte Kontrastprogramm zur brav und strohblond gescheitelten Foto-Frau Schultze dar, deren Vorzüge sich auf die häusliche Sphäre zu beschränken schienen.

Sosehr Marlen auch im äußeren Erscheinungsbild auf den ersten Anblick überzeugen konnte, später, als ich das Geschirr nach draußen ins Sekretariat brachte, um überhaupt Platz fürs Aufräumen zu schaffen, war ich einfach nur sprachlos über den Zustand ihres Arbeitsplatzes.

Schultzes Chefsekretärin war hochgradig unordentlich, insofern, wie meine Großmutter es wohl genannt hätte, ein »liederliches« Frauenzimmer: Schminkzeug, Feinpinsel und Puderquasten, ein Sortiment von Nagelfeilen, kleine Fläschchen mit Nagellack und so weiter – die gepflegte Erscheinung forderte ihren Tribut. Weiterhin gab es Hundefotos, Glanz-zeitschriften, selbst ein Kofferradio, das auf dem Schreibtisch einer Sekretärin überhaupt nichts zu suchen hatte. Irgendwo, vermüllt, sicher auch ein Telefon, das wahrscheinlich nur zu orten war, wenn es von außen jemand anwählte.

Hatte ich bis dahin vielleicht noch geglaubt oder gehofft: *Gut, ein Ausrutscher, das ist hier eben mal so passiert,* wurde ich schon im nächsten Augenblick eines Besseren belehrt: Neben der Tür, über dem Waschbecken, hing ein Wandspiegel, zwischen Spiegelglas und Rahmen war eine sogenannte »Spaßpostkarte«, wie man sie auf Drehständern überall vor Schreibwarenläden finden kann, geklemmt.

Und was war darauf zu lesen? Das war der Gipfel. Dieses Chaos war kein momentaner Ausrutscher, nein, es steckte durchaus System dahinter. Schwarz auf weiß stand auf der Karte, was für diese »Chefsekretärin« ganz offensichtlich als Leitspruch figurierte. Dieses Motto war derart platt, daß sich alles in mir sträubt, es hier noch einmal wörtlich wiederzugeben. Sinngemäß ging es um die Wechselverhältnisse von Genie und Chaos, von Ordnung und der damit verbundenen Faulheit, etwas zu suchen. Das soll an dieser Stelle als Hinweis vollauf genügen.

Es war bezeichnend, daß Schultze so etwas tolerierte. Aber eigentlich: kein Wunder! Dieses Sekretariat war die Fortsetzung des Schultzeschen Schreibtischs mit anderen Mitteln – es war eine einzige Ordnungswidrigkeit.

Betrachtete man alles zusammen, sah es so aus, als hätten sich die beiden hier, in dieser vierten Fabriketage unterm Dach, in stiller Übereinkunft ihr Lotternest gebaut.

Nein, es gab in diesem Sekretariat keine Fehler, die man eventuell hätte abstellen können, dieses Sekretariat selbst war der Fehler.

Wieder zurück, hatte ich auf Schultzes Schreibtisch inzwischen neben der Tischleuchte etwas entdeckt: eine langstielige Steingutvase. In unverhohlen künstlerischer Absicht standen darin die Mumien dreier eingestaubter Trockenblumen. Ich seufzte schwer.

Um einen Anfang zu machen, richtete sich mein Blick nun streng auf dieses erschütternde Arrangement, mein Blick blieb aber unerwidert, Schultze rückte die Vase nur ein winziges Stück zur Seite. Sofort kam neues Ungemach zum Vorschein.

Die frei gewordene Sichtachse eröffnete die Aussicht auf ein Stilleben ganz eigener Art: In einem Schuhkarton (Größe 8 – das war früher, glaube ich, 42, jedenfalls, man konnte sich darunter noch mehr vorstellen als heute), in solch einem Schuhkarton also hatte Schultze, wie ich von meinem Sitzplatz aus erkennen konnte, eine ausufernde Sammlung von Büroklammern angelegt. Wozu, fragte ich mich, brauchte er da überhaupt eine Sekretärin?

Ihn selbst fragte ich das natürlich nicht.

Um es hier ganz unumwunden, ganz unverblümt anzusprechen: Natürlich hatte ich mir inzwischen meine Gedanken darüber gemacht, was das Verhältnis Herr Schultze – Marlen anging und auch darüber, was die beiden in ihrem Nest so alles trieben.

Allen weiterführenden Spekulationen aber, denen ich mich bis dahin, und zwar ziemlich plastisch und hemmungslos, hingegeben hatte, war von dem Moment an abrupt ein Riegel vorgeschoben worden, als ich mich etwas gründlicher auch im hinteren Bereich seines Büros umgeschaut und die Sitzgruppe erspäht hatte.

Theoretisch waren das zwei Sessel, ein Tisch und ein Sofa. Das Sofa selbst aber war praktisch nicht zu sehen. Zu sehen war nur eine Akten-, Prospekte- und Zeitungsablage, unter der man mit einiger Phantasie ein Sofa erahnen konnte.

Im Sekretariat rumpelte ein Faxgerät los.

»Sie müssen nicht nur den Schreibtisch, Sie müssen zuerst Ihr Leben in Ordnung bringen, Herr Schultze. Die Ordnung beginnt im Kopf. Beginnen Sie damit, Ihren Kopf zu entrümpeln, fixe Ideen zu entfernen, über die Sie immer wieder stolpern …«

»Chef?!«

Das war Marlen von nebenan. Herr Schultze zuckte mit einem wohligen Zittern seines Doppelkinns zusammen. »Ja«, rief er zurück – »Entschuldigen Sie bitte«, wandte er sich halblaut an mich –, »was ist?«

»Auftragsbestätigung Liebenwerder 42 a ist da.«

»Gut. Ruf Mirko an. Der müßte seit halb acht da irgendwo in der Gegend herumschwirren. Kann er nachher gleich hin und das Aufmaß machen. – Entschuldigen Sie, Herr …«

»Felix.«

»… Herr Felix, entschuldigen Sie bitte, aber Sie sehen ja selbst, der Laden hier muß weitergehen.«

Wie auf Bestellung klingelte nun auch das Telefon. Der Anruf kam zuerst draußen bei Marlen an.

»Moment, ich stell durch«, hörten wir sie sagen, dann kam wahrscheinlich, so wie ich es gestern gehört hatte, ein Stück Musik vom Band, Herrn Schultzes Lippen zählte lautlos bis sieben, schließlich nahm er ab: »Schultze-Jalousien, ja bitte?«

Das Telefonsystem der Firma war, auf seine Weise, perfekt. Es täuschte vollständig über das innerbetriebliche Chaos hinweg.

Gestern, als ich noch einmal wegen des Termins nachfragen wollte, und der Schlager, bei dem es thematisch um den dauernden Wechsel von Sonnenschein und Regen ging, vom Band gelaufen war, war mir Jalousien-Schultze in Wedding aus der Entfernung noch wie ein großer, mustergültig durchorganisierter Betrieb vorgekommen.

Schulterzuckend, nachdem er eine Notiz auf ein winziges freies Stück der Schreibtischunterlage gekritzelt hatte, legte Schultze den Hörer wieder auf.

»Was gefällt Ihnen eigentlich am meisten, wenn Sie draußen sind, unterwegs mit Ihrem Motorboot?« wollte ich von ihm wissen.

»Hm. Wie soll ich sagen …?«, er lehnte sich entspannt in seinem Schreibtischsessel zurück und ließ den Blick verträumt zum Fenster schweifen. »Das ist immer so ein Gefühl … Freiheit würde ich mal sagen.«

»Sehen Sie«, sagte ich, »auf dem Wasser steht einem nichts im Wege. Da hat man Platz. Und jetzt schaffen wir auch hier, auf Ihrem Schreibtisch, so ein bißchen Freiheit oder Platz, was im Grunde dasselbe ist.«

Ich war aufgestanden und hatte damit begonnen, die Aktenberge abzutragen. Herr Schultze assistierte – allerdings ein bißchen halbherzig und unentschlossen, wie ich fand.

»Keine Angst, Herr Schultze! Hier kommt nichts weg. Wir sortieren das nachher alles neu. Aber es hat gar keinen Zweck, das nur auf dem Schreibtisch hin und her zu schieben. Das hilft gar nichts. Da drücken wir uns nur vor der Entscheidung.«

Entscheidungsschwäche – die nämlich hatte ich als den wunden Punkt bei ihm ausgemacht!

»Verstehen Sie mich bitte nicht falsch. Es geht mir nicht um eine äußere Ordnung. Im Grunde darf es hier aussehen, wie es will. Aber Sie, Herr Schultze, Sie brauchen ein Prinzip, nach dem Sie sich wieder zurechtfinden können.«

Auf meine Frage, was ihm wichtiger sei: kreatives Chaos oder vernünftige Ordnung, hatte er geantwortet: »Beides.« Das sei nun mal im Jalousienbau so – was ich, erstens, nicht kapierte und worauf ich ihm, zweitens, entgegnen mußte, daß das keine Antwort sei.

Da hatte er nur die Schultern gezuckt. Im Hintergrund, ohne das weiter vertiefen zu wollen, spielte hier sicher auch der ganze Fragenkomplex Frau Schultze – Marlen mit hinein.

Ganz allmählich war im Prozeß des Abräumens die Schreibtischplatte zum Vorschein gekommen. Lange hatte sie kein Licht mehr gesehen, stumpf und blind schaute sie uns an.

Dieser Befreiungsschlag machte nun auch den weiteren Weg frei, eine Schneise zum Computer war geschlagen. Ich nahm auf Schultzes Chefsessel Platz und knöpfte mir den PC vor. Älteres Modell, bißchen langsam vielleicht, aber, auf den ersten Blick, soweit alles in Ordnung.

Natürlich: viel zu viele ungelöschte E-Mails im Aus- und Eingang, ein seit Menschengedenken nicht mehr geleerter Papierkorb, aber immerhin, ich entdeckte am linken Rand eine Favoritenliste. Allein ihr Vorhandensein war ein Hoffnungsschimmer, zeigte mir das doch, daß Schultze zumindest rudimentär in der Lage war, Prioritäten zu setzen und sich dadurch lästige Umwege zu sparen. Das machte mir Mut, daran konnte angeknüpft werden.

Ich ging zurück auf den Desktop und wollte nun gemeinsam mit ihm seine Ordner durchforsten und sie in »aktive« und »inaktive« unterteilen.

Schultze druckste ein bißchen herum, dann bat er mich, nicht in die Ordner zu schauen.

Warum?

»Betriebsgeheimnis«, sagte er leise.

Ich konnte mir zwar nicht vorstellen, welche Betriebsgeheimnisse eine Jalousienfirma haben sollte, vielleicht hing das auch mit seinen Verdunklungssystemen zusammen; Schultzes

Ansinnen verminderte jedenfalls die Erfolgsaussichten meiner Aufräumaktivitäten, ohne Kenntnis der Ordnerinhalte kamen wir hier einfach nicht weiter – aber ich bohrte da nicht nach. Dafür hatte sich mein Blick jetzt fragend auf die bunten Desktopsymbole gerichtet. Wieder und wieder ging ich sie von oben nach unten durch.

»Sagen Sie mal, Herr Schultze, wo liegen bei Ihnen denn die Spiele?«

»Welche Spiele?«

»Na … Freecell, Backgammon, Solitär.«

»Ach so, die. Warten Sie mal.« Er war neben mich getreten: »Über *Startfeld*, dann *Alle Programme* … und hier, hier oberhalb von *Zubehör* sind sie, sehen Sie: *Spiele*.«

»Ich würde dringend, sehr dringend empfehlen, Herr Schultze, die direkt auf den Desktop zu ziehen.«

»Und warum? Hat das einen Grund?«

»Ja. Ich habe gerade – das haben Sie gar nicht bemerkt – die Zeit gestoppt. Gut, wenn Sie sitzen, geht es vielleicht etwas schneller, aber Sie haben sieben Sekunden gebraucht, um zu den Spielen zu gelangen: sieben Sekunden! Sagen wir, man kann es mit einiger Übung auch in fünf Sekunden schaffen. Aber rechnen Sie mal selbst: Gehen wir von drei Spielen am Tag aus – morgens eines zum Warmwerden, dann eines nach dem Mittagessen und kurz vor Feierabend, zur Belohnung, das letzte Spiel –, macht das pro Tag 15 Sekunden.«

Verdutzt sah er mich an.

Ich nickte: »Das scheint nicht viel zu sein, ja. Da gebe ich Ihnen völlig recht. Macht aber, aufs Jahr gerechnet, wenn wir von 200 Arbeitstagen ausgehen … Moment … ja: 50 Minuten. – Menschenskind, da haben wir doch einen echten Zeitdieb entdeckt.«

»Aber …«

»Überlegen Sie mal: fast eine Stunde.«

Inzwischen hatte Herr Schultze auf der Vorderkante des Besucherstuhls Platz genommen. Ich lehnte mich im Chefsessel zurück, strich mit der flachen Hand über den Schreibtisch, dann ließ ich die Finger trommeln.

»Eine Stunde im Leben eines Menschen, das kann verdammt viel sein. Erinnern Sie sich noch: Eine Schulstunde zum Beispiel, die nie vergeht, weil man die Vokabeln oder Formeln nicht gelernt hat und jeden Moment … Oder, anderes Beispiel«, ich beugte mich über den Schreibtisch nach vorn, »Sie sollen hingerichtet werden, Herr Schultze. Stellen Sie sich das mal bitte vor. Ihr letztes Stündlein hat geschlagen. Was einem da nicht alles durch den Kopf geht, nicht wahr? Man läßt das ganze Leben noch einmal an sich vorüberziehen, in dieser einen Stunde …«

Herr Schultze sah unauffällig – nein: sehr auffällig natürlich! – auf seine Armbanduhr; ich nickte. Gut, dieses drastische Beispiel hatte ich ja auch nur deswegen gewählt, um ihm den Ernst der Lage zu verdeutlichen.

Wir standen auf und gingen nun daran, gemeinsam die am Boden liegenden Akten zu sortieren. Neben der Tür stand ein unscheinbarer leerer Pappkarton, und Herr Schultze wollte schon damit beginnen, einen Teil der Akten dorthinein zu verfrachten.

»Halt«, mahnte ich leise, »Vorsicht.«

Herr Schultze zog seine Hand zurück, er hielt inne.

»Wie lange steht dieser Karton schon dort?«

»Weiß ich nicht«, bekannte Schultze freimütig.

»Sehen Sie«, sagte ich, »ein Problem.«

Ich hatte sehr leise gesprochen, fast geflüstert. Aber der Karton konnte uns sowieso nicht mehr hören, ich hatte kurzerhand seinen Deckel zugeklappt.

»Manche Dinge erschleichen sich heimlich ihren Platz. Dieser Karton ist vielleicht zufällig einmal vor Wochen oder

Monaten dort stehengeblieben. Gut, Sie haben vielleicht nur versäumt, ihn gleich wegzuräumen, Sie waren einfach nur einen Moment achtlos, mit den Gedanken woanders.«

Schultze sah mich erstaunt an.

»Sehen Sie, nun genügt es schon, daß Sie ein paar Tage lang an ihm vorbeigehen. Wohlgemerkt, Sie achten gar nicht auf ihn, nehmen ihn nur aus den Augenwinkeln wahr. Er erreicht gar nicht Ihr Bewußtsein, Herr Schultze. Um so schlimmer! Desto schwieriger wird es nun für Sie, ihn bewußt auszusortieren. So erobert er sich seinen Platz. Nach ein paar Tagen gehört er schon fest zum Bild Ihres Büros und ist einfach nicht mehr wegzudenken. Ein sinnloser Gegenstand hat sich auf diese Weise festgesetzt. Das Chaos, Herr Schultze, beginnt dort, wo der Zufall regiert.«

»Und nun?«

»Besser gleich weg damit.« Mit der Fußspitze schob ich den Karton zur Seite, so weit, daß er außerhalb unserer Reichweite war.

Jetzt konnten wir endlich mit der eigentlichen Arbeit beginnen. Manche der Akten konnten ganz weg; andere, das waren laufende Vorgänge, sollten ins Regal kommen, das allerdings noch freigeräumt werden mußte. Es blieb eine dritte, kritische Masse übrig, für die sich keine klare Zuweisung ergab.

»Und wohin jetzt damit?« fragte Herr Schultze, der am Boden kniete, in gespielter (übrigens: in ziemlich schlecht gespielter) Verzweiflung.

»Da wüßte ich was.«

Wenig später faltete ich eine der hellbraunen Pappen, die ich aus dem Auto geholt hatte, zu einem NOAH-Standardkarton zusammen. Die anderen Pappen ließ ich ihm für die Weiterarbeit da, die er jetzt auch gut selbst erledigen konnte.

»Soll ich 'ne Curry mitbringen, Chef?« rief Marlen von draußen.

Herr Schultze schüttelte den Kopf.

»Also?«

»Nein«, rief er zurück.

Vielleicht freute er sich so über die neu gewonnene Leere auf seinem Schreibtisch, daß er jetzt nicht einmal mehr eine Gelegenheits-Currywurst darauf dulden wollte. Das fand ich etwas übertrieben, aber gut, ein Anfang war hier gemacht.

Als ich hinaus auf den Hof trat, strahlte die Sonne – ebenso wie ich. Ich stellte den Karton mit der kostbaren Fracht ab und betätigte die Fernbedienung: Verschwörerisch blinkerte mir mein frisch gewaschenes Firmenauto zu.

Er und sie und 1000 Fragen

»Sponholz« stand auf dem ovalen Keramikschildchen an der Wohnungstür im zweiten Stock des alten Berliner Mietshauses in Reinickendorf, das ich ein paar Tage später besuchte – und das war auch völlig richtig so: Genau dorthin mußte ich ja.

Das bunte Schild war im Stile einer sinnvoll durchgeführten Freizeitbeschäftigung von Hand gefertigt: Zwischen flatternden Schmetterlingen und stilisierten Gänseblümchen waren die Vornamen »Kerstin + Frank« hingemalt. Auch das war korrekt so, schließlich hatte eine »Kerstin« Sponholz uns geschrieben.

Darunter gab es wahrscheinlich noch einen dritten Namen, der aber unsichtbar blieb. Er war mit einem breiten braunen Paketbandstreifen zugeklebt.

Wie nah Licht und Schatten, genauer gesagt: Erfolg und Mißerfolg, beeinanderliegen, zeigte schon dieser Besuch, den ich beim Ehepaar Sponholz absolvierte. Dessen, wie es mir zumindest am Anfang schien, »bessere Hälfte« hatte sich auf unsere Zeitungsannonce hin gemeldet. Von Norbert, den ich ausführlich über die Schultze-Vorortinspektion informiert hatte, war mir dieses Schreiben einfach so, kommentarlos, zur Erledigung ins Fach gelegt worden.

Vielleicht hatte er diese Sponholz-Angelegenheit in ihrer weitreichenden Bedeutung nicht richtig erkennen können, weil seine Hoffnungen noch zu sehr auf den sogenannten

Firmen- und Großkunden lagen; mir jedenfalls war aus dem Anschreiben sofort klargeworden – mit Familie Sponholz stand uns ein für den Sektor Privatkunden exemplarischer Fall gegenüber: nicht mehr ganz junges Ehepaar, Kind ist wegen Ausbildung, Studium oder, das kann ja auch sein, dauernden Streitereien mit den Eltern ausgezogen; man will sich wohnungsmäßig verkleinern, ohne gleich alle Möbel auf den Sperrmüll schaffen zu müssen, vielleicht konnte man ja später das eine oder andere davon noch gebrauchen.

Die typische Pattsituation zwischen heute und morgen, in der unsere SB-Einlagerungshalle eine entscheidende Rolle spielen konnte.

Ich sammelte mich noch einmal, drückte den *Sesam-öffne-dich*-Knopf, einige Zeit verging, dann ging die Tür auf, und Frau Sponholz stand vor mir. Sie sah an mir herunter.

»Nicht nötig«, sagte sie, ich hatte gerade damit begonnen, mir gründlich die Schuhe auf dem *Salve*-Fußabtreter abzustreichen.

»Sie sehen ja selbst.«

Ich sah es, als ich, an ihr vorbei, einen ersten schüchternen Blick in das Wohnungsinnere warf: Um die Auslegware zu schonen, war der Flur mit einer breiten Rollbahn aus grauer Pappe ausgelegt worden.

»Frank?!« Die Stimme der Frau hallte im Flur, der bereits vollständig beräumt war. Eine nackte Glühbirne beleuchtete die gespenstisch leere Szene.

Die Frau öffnete eine Tür links; dem stumm wiehernden Pferdeposter an der Tür nach zu urteilen, war es das ehemalige Kinderzimmer.

Statt eines Kindes hockte dort jedoch ein Mann im Kleiderschrank, genauer gesagt in dessen Resten, das heißt: zwischen den aufragenden Seitenteilen und der Hinterwand. Die beiden Vordertüren waren bereits abgebaut – eine wackelige

Angelegenheit. Der Mann war gerade dabei, über Kopf eine Schraube zu lösen.

»Wir haben Besuch! – ... was machst du denn hier?« fragte die Frau.

»Ich wohne hier. Noch!« knurrte der Mann, ohne seine Arbeit zu unterbrechen. Die Schrauben zwischen seinen Lippen hinderten ihn am freien Sprechen. Er würdigte uns keines Blickes. Dafür sah ich mich um. Der Raum war mit Umzugskisten und vagabundierendem Hausrat vollgestellt.

»Frank! Das ist Herr Felix. Es ist extra gekommen von der Firma, du weißt doch, wegen dieser Einlagerungssache.«

»Angenehm, komme gleich«, kam es zwischen den Schrauben hervor.

»Das war mein Mann«, erklärte Frau Sponholz, als sie die Tür geschlossen hatte und wir wieder im Flur standen. Verständnisvoll nickte ich ihr zu.

Wir gingen ins Wohnzimmer.

Es verdiente diesen Namen eigentlich nur noch wegen der Sitzgruppe, die wie eine einsame beigefarbene Weltraumstation durch die Weiten dieses leeren Raums schwebte. Passend dazu auch das andere noch verbliebene Einrichtungsstück: ein breiter Flachbildfernseher. Mit dem konnte man sich, gegebenenfalls, für ein paar Stunden in eine ferne, bewohnbarere Galaxie wegbeamen.

Wir nahmen Platz.

Ich kam darauf zurück, daß sie, Frau Sponholz, es gewesen war, die die Initiative ergriffen und den Brief an uns geschrieben hatte.

»Wissen Sie, Frau Sponholz, das liegt ja seit Urzeiten fest in uns verankert, in unseren Genen. Die Frau bleibt zu Hause, kümmert sich um die Belange in der Höhle, sie putzt und hält Ordnung, während der Mann draußen umherschweift und zur Jagd ...«

100

Nebenan polterte es. Das mußte der Schrank gewesen sein.

»Frank?!«

»Alles in Ordnung«, kam es dumpf von hinter der Wand.

»… zur Jagd also?« fragte Frau Sponholz pikiert nach. »Das ist ja nun auch schon ein bißchen her, oder?«

»Gut, wenn wir es uns ins Heute übersetzen, könnte man auch sagen: zum Einkaufen.«

»Also, auch das fällt eher in mein Ressort.«

»Natürlich, die geschlechtsspezifischen Unterschiede, die sind heute viel weniger stark ausgeprägt.«

Frau Sponholz strich sich nachdenklich eine Haarsträhne zur Seite. Sie sah an mir vorbei. Wir schwiegen einen Moment.

Ich kann es nicht beschwören, aber es könnte sein, daß damals, als ich in diesem leeren, hohen Wohnzimmer saß, in mir zum erstenmal jener Gedanke aufkeimte, aus dem später einmal der *Felix-Koeffizient* werden sollte, jene Formel, die mein bescheidener Beitrag zu dem war, was das gesamte Ordnungs- und Einlagerungswesen eines Tages auf neue, breitere Füße stellen würde.

Doch ich will nicht vorgreifen. Erst einmal galt es, die profanen Herausforderungen des Alltags zu bewältigen.

Da wir von Berufs wegen in solchen Grenzsituationen des Alltags wie Umzug, Scheidung oder Wohnungsauflösung auf den Plan treten, konnte es nicht ausbleiben, daß wir da massiv auch mit menschlichen Konflikten und Problemen konfrontiert wurden. Das Problem in diesem Fall war Herr Sponholz.

Bisher war das noch immer ein »Heimspiel« gewesen, wenn Kunden die auszulagernde Fracht ihrer Habseligkeiten mit einem Mietauto zu uns nach draußen brachten. Verschärft wurde der Blick auf die menschlichen Abgründe jetzt dadurch, daß ich, gemäß der neuen Richtlinie, die Menschen zu Hause, in deren eigenen vier Wänden, aufsuchte.

Selten stand mir übrigens der Begriff der »vier Wände« so plastisch vor Augen wie in diesem Wohnzimmer, dessen Wände uns nackt und schweigend, in Reinform sozusagen, umstanden.

Nachdem er sich die Hände gewaschen hatte, kam wenig später auch Herr Sponholz ins Wohnzimmer.

Er setzte sich an den äußersten Rand des Sofas. Vornübergebeugt. Seine Unterarme lagen locker auf den Knien. Zwischen seinen Händen wanderte eine grüne Bierflasche, aus der er kleine Schlucke nahm, nervös hin und her. Er sah aus wie ein Besucher bei sich zu Hause.

Normalerweise hätte ich jetzt den Katalog hervorholen, Quadratmeterpreise und Rabattmodelle erklären sollen. Nach Lage der Dinge schien es mir besser, einen anderen Zugangsweg zu wählen. Um die, wie es ganz offensichtlich war, getrübte Stimmung zwischen den Eheleuten ein wenig aufzuhellen, versuchte ich es mit einem Witz.

»Kennen Sie den? Mann schmeißt Frau aus dem Fenster. In welcher Zeitung steht das auf Seite eins?«

Der Mann hatte zunächst sehr interessiert aufgeblickt, dann aber nur die Schultern gezuckt.

»*Bild?*« tippte die Frau.

»Ja, genau, richtig – *Bild.*«

Sie freute sich, daß dieser Punkt an sie gegangen war, triumphierend schaute sie zu ihrem Mann hinüber.

»So, jetzt passen Sie mal auf: Was nun aber, wenn eine Frau ihren Mann zum Fenster rausschmeißt – wo steht das?«

»Hm … weiß nicht«, bekannte die Frau nach kurzem Überlegen. Auch der Mann schüttelte abweisend den Kopf.

»Na?« Ich spitzte die Lippen: »In … *Schöner Wohnen!*«

Kurz und schrill lachte die Frau auf, sie hielt sich erschrokken den Mund zu.

Der Mann verzog sein Gesicht zu einem gequälten Lächeln, dann widmete er sich wieder intensiv der Betrachtung seiner grünen Bierflasche, die schon fast leer war.

»Möchten Sie vielleicht auch was trinken?« hörte ich die Frau fragen, die meiner Blickrichtung gefolgt sein mußte.

»Danke, nein.«

Es war nun an der Zeit, zur Sache zu kommen.

»Also gut, worum geht es?« fragte ich. »Es geht darum, sich von Sachen zu trennen, die man nicht mehr braucht.«

Die Frau nickte. Ihr Blick streifte kurz, aber sehr eindringlich den Mann, der neben ihr in der Sofaecke saß.

»Jedenfalls: nicht täglich«, ergänzte ich und versuchte, den Mann, der sich noch immer nicht rührte, aufmunternd anzublicken.

»Aber«, sagte der nun leise, ohne den Blick zu heben, »man kann das alles doch nicht einfach so wegschmeißen. Da hängt doch auch Leben dran.«

»Einlagern!, nicht wegschmeißen, Herr Sponholz«, korrigierte ich ihn. – Trotzdem, dieser Einwand, dieser halblaut gesprochene Nachsatz, hatte es in sich, er hatte eine Langzeitwirkung bei mir, wie ein Widerhaken setzte er sich in mir fest; später sollte ich noch oft auf ihn zurückkommen.

»Genau das ist der entscheidende Unterschied zur herkömmlichen Müllentsorgung. Bei NOAH trennen Sie sich ja nicht für immer von diesen Sachen, nur zeitweilig, sie lagern sie bei uns ein ...«

»Das ist ja ... wie ein Sterben auf Raten.«

»Ja, Herr Sponholz, Sie sagen es: Das ist eine völlig neue Lebensqualität. Stellen Sie sich doch mal vor, Sie könnten in Ruhe aussortieren, was Sie im Moment nicht brauchen.«

»Also, ich brauche erst mal gar nichts mehr.«

Der Mann stellte bockig seine leere Bierflasche ab und verschränkte die Arme. Deswegen schwenkte ich nun mit meiner Anrede sachte auf Frau Sponholz um.

»Sie schaffen sich damit den Platz in Ihrer Wohnung, den nötigen Freiraum, den Sie zur Entfaltung Ihrer Persönlichkeit benötigen …«

Ein Argument, das möglicherweise deswegen nicht so richtig verfing, weil es Platz in diesem Wohnzimmer wirklich mehr als reichlich gab. An Leere, wohin man auch blickte, war kein Mangel.

»Vielleicht«, schlug ich vor, »überlegen wir jetzt einfach mal alle gemeinsam, was entbehrlich ist.«

»Das ist sehr komplex«, meldete sich völlig unerwartet aus seiner Sofa-Schmollecke der Mann. Erstaunt sahen Frau Sponholz und ich zu ihm hinüber. Aber er ging nicht weiter ins Detail, beließ es bei diesem Orakelsatz.

»Stimmt, sehr komplex«, hielt ich das als vorläufiges Zwischenresultat fest. »Aber geht es vielleicht auch etwas konkreter?«

»Zum Beispiel«, fiel der Frau jetzt ein, »der Weihnachtsbaumständer. Den braucht man ja nun wirklich nur einmal im Jahr. Die restlichen elf Monate stolpert man darüber.«

»Korrekt.« Dankbar für ihre Kooperationsbereitschaft, nickte ich ihr zu. »Damit sind wir jetzt schon auf einer sehr heißen Spur.«

»Die Weihnachtsbaumbeleuchtung dann auch nicht«, warf der Mann knurrig, aber in der Sache absolut zutreffend ein, sein Blick flackerte.

»Stimmt«, rief ich, »auch die nicht! Sehen Sie, so kommen wir weiter. Also: Alle *saisonalen* Artikel, wenn ich das mal so zusammenfassen darf, fallen darunter.«

Frau Sponholz nickte, Herr Sponholz lehnte sich abwartend zurück.

»Nun ist das, um Ihren Begriff von vorhin noch einmal aufzugreifen, natürlich auch alles sehr komplex. Stellen wir uns vor, wir werfen etwas einfach weg. Garantiert brauchen wir das am nächsten Tag wieder. Fast kriechen wir dafür noch in die Abfalltonne. Wie kommt das? Durch den Akt des Wegwerfens, des ganz bewußten Wegwerfens, ist uns dieses vielleicht lange vergessene Stück wieder ins Bewußtsein gerückt. Unsere Hand hat es schnell entsorgt, in den unteren Schichten unseres Bewußtseins aber rumort es weiter, es stellen sich langsam Zusammenhänge her, Verbindungen. Plötzlich wird uns klar, wozu wir dieses oder jenes Stück dringend gebraucht hätten.«

Angespannt waren die beiden meinen Ausführungen gefolgt, ihre Blicke klebten an meinem Mund.

»SB-Einlagerung«, kam es nun leise von meinen Lippen. »Das löst das Problem. Wir setzen den Dingen eine Frist. Es ist eine Besinnungspause. Für beide Seiten. Sie liegen bei uns auf Bewährung. Wenn Sie die Dinge, sagen wir, drei Jahre lang nicht brauchen, dann wahrscheinlich nie wieder, und sie können tatsächlich endgültig entsorgt werden, weg damit! Falls nicht, auch kein Problem. Zugriff jederzeit möglich.«

Ich ließ eine kurze Pause.

»Wenn wir nun, Punkt für Punkt, Ihre Wohnung unter diesem Aspekt durchgehen, dann … Schauen wir uns doch einfach mal bei Ihnen um.«

Ich hatte mich vorsichtig aus dem wuchtigen Sessel erhoben.

Man versank in dessen weichem Polsterpfuhl grund- und bodenlos, schon die ganze Zeit über hatte der Sessel mir unheimlich den Unterleib gequetscht. Die einzige Sitzhaltung, die er zuließ, ohne daß sein momentaner Besetzer ernsthafte gesundheitliche Schäden davontrug, war, weitgehend der Schwerkraft folgend, darin zu hängen. Doch das ging auch nicht. Während des Gesprächs mußte ich natürlich aufrecht sitzen bleiben.

An den beiden waren die letzten Wochen des Zusammenräumens und -packens nicht spurlos vorübergegangen. Und obwohl sie deutlich auf Distanz zueinander saßen, eines zumindest schienen sie noch gemeinsam zu haben: An ihrem Sofa, der letzten Bastion einstiger Häuslichkeit, waren sie wie festgewachsen.

Zwar hätte ich auch noch zwischen die beiden mit aufs Sofa gepaßt, das jedenfalls nicht so eine Kastrationsmaschine wie der Sessel zu sein schien, aber nun war die Sache anders entschieden: Indem ich aufgestanden war, zwang ich sie förmlich dazu, sich ebenfalls zu erheben.

Wir gingen hinüber ins Ex-Kinderzimmer, wo der Schrank, in seine Einzelteile zerlegt, umzugsfertig an der Wand lehnte. Alles, was in der übrigen Wohnung fehlte, fand sich hier wieder.

Aufmerksam studierte ich die Beschriftungen an den Kartons, die sich bis fast an die Decke stapelten.

›Kerstin + 20 Kilo‹ stand auf einem Karton. Das verstand ich nicht. Ein fragender Blick zu Frau Sponholz.

Die winkte ab: »Nein, nichts zum Einlagern, Herr Felix, das kommt in die Altkleidersammlung. – Wolltest du eigentlich schon lange mal wegbringen, Frank.«

»Hm.«

»Das sind dann also ältere Bekleidungsstücke?« forschte ich weiter nach.

»Ja, abgelegte Sachen.«

»Interessant. Man kann ihnen ja vielleicht doch noch eine zweite Chance geben. Zweiter Frühling …«, gab ich zu bedenken.

»Bloß nicht!« patzte die Frau zurück.

»Manchmal wird ja auch plötzlich wieder etwas topmodern, das ... Es soll ja Experten geben, die Sachen so lange anziehen, bis die wieder modern sind.« (Ich sprach hier wohlüberlegt, aus eigener Erfahrung!)

»Nein!«

Und dieses Nein war unumstößlich, es duldete keine weiteren Erörterungen oder Einwände. Resolut schüttelte Frau Sponholz (oder, um es ganz exakt zu sagen: Kerstin, inzwischen *minus* 20 Kilo!) den Kopf.

Ich sah mir die Frau genauer an. Ihre Hungerkur hatte sie offenbar in diesem Punkt besonders reizbar und störanfällig gemacht. Ich kannte das Problem von Monika. Deswegen glaubte ich nun – gut, dachte ich Idiot noch, daß mir das rechtzeitig eingefallen war! – sachkundig kontern zu können.

»Denken Sie aber bitte auch an den bekannten Jo-Jo-Effekt, Frau Sponholz! Unterschätzen Sie den nicht.«

Seit dem *Schöner-Wohnen*-Einstieg hatte ich den Eindruck gehabt, in Frau Sponholz so etwas wie eine Verbündete in der Wohnung zu haben. Dieser strategische Vorteil war mit der – rückblickend muß ich sagen – völlig unüberlegten Erwähnung des »Jo-Jo-Effekts«, von dem Frau Sponholz im Zustand ihrer momentan erkämpften Schlankheit überhaupt nichts wissen wollte, sofort und unwiderruflich dahin. Ein entscheidender Fehler! Ich hatte hier einen ganz wunden Punkt berührt. Auch der Mann hatte schmerzhaft sein Gesicht verzogen. Es schien in diesem Zusammenhang ein nervenaufreibendes Auf und Ab gegeben zu haben.

Und da sah ich als unscheinbare, stumme Zeugin gleich neben der Tür des Ex-Kinderzimmers die Personenwaage stehen: eine kleine, fußgroße Bühne mit geriffelter Gummimatte, auf der sich in vielen Szenen schon ganze Dramen abgespielt haben mußten.

Beleidigt fixierte Frau Sponholz mich, als ich mir einen anderen Kartonstapel zwecks Begutachtung vornahm.

Aus den Augenwinkeln sah ich, daß sie sich prüfend, von der Seite her, in der Spiegeleinfassung der Schranktür betrachtete, die schräg an der Wand lehnte. Ich ließ mir nichts anmerken. Schlimm genug, daß ich meinen Vorteil so leichtfertig verspielt hatte.

Ein ganzer Kartonstapel war mit der Beschriftung »Erinnerungen / Reiseandenken«, und zwar durchnumeriert von eins bis sieben, versehen.

»Das zum Beispiel wäre doch so etwas. Man braucht es nicht immer, aber wegwerfen möchte man es auch nicht gleich – hier wäre eine SB-Einlagerung geradezu ideal«, fand ich.

»… sag mal, hast du hier ›Dänemark 2001‹ dazugeschrieben?« wandte Frau Sponholz sich plötzlich an ihren Mann, ohne auf meinen Hinweis einzugehen.

»Ja, klar. Wer denn sonst?«

»Wir waren aber nicht 2001, sondern 2002 da.«

»Kann nicht sein. Ich …«

»Aber wenn ich es dir doch sage.«

»Glaube ich nicht.«

»Doch. Floh war damals elf, und sie kam dann in die fünfte.«

»Na schauen wir doch einfach mal nach.«

Der Mann wuchtete den betreffenden Karton herunter. Frau Sponholz pustete ein paar Staubflocken weg, dann öffneten sie ihn: Karten, auch Fotos und bunte Ansichtskarten, kamen zum Vorschein, darunter Muscheln, Seesterne und andere Mitbringsel.

»Guck mal, wie dick ich hier noch war!«

»Gar nicht«, sagte der Mann, »da hab ich bloß einen extrem blöden Winkel erwischt. Da ist ja auch noch die Hälfte Schatten vom Haus mit drauf.«

Ein dankbarer Seitenblick über ihre Schulter, dann durchstöberten sie weiter zusammen die Fotos und breiteten auch die übrigen Schätze auf dem Boden aus.

»Moment«, sagte Frau Sponholz, die sich auf einmal wieder meiner erinnert hatte, »wir müssen hier nur kurz mal was gucken.«

Ich nickte und tat so, als würde ich schon mal mit einer Bestandsaufnahme des übrigen herumstehenden Hausrats beginnen, aber eigentlich war das unnötig, sie beachteten mich gar nicht mehr, ich war Luft für sie.

Mit jedem neu ans Licht gezogenen Foto blätterten sie eine andere Seite im Album ihrer gemeinsamen Erinnerungen auf. Vor dem Hintergrund dieses Sommerurlaubs entstand eine Vertrautheit, die ich den beiden, so wie ich sie bisher kennengelernt hatte, gar nicht zugetraut hätte. Sie waren in den Tonfall einer intensiven, sehr intimen Zwiesprache gewechselt, und ein Außenstehender wie ich konnte kaum etwas davon entschlüsseln. Der Strudel ihrer Erinnerungen riß sie fort.

Ob Familie Sponholz 2001 oder 2002 in Dänemark gewesen war, weiß ich nicht, das wurde auch nicht geklärt. Ich weiß nur, daß sie ein rotes Ferienhaus auf der Insel Fanø gehabt hatten, in dem überall Hundehaare gelegen hatten und wo sie deshalb erst mal saugen und die Sofakissen ausschütteln mußten, daß gleich am ersten Abend »Floh« verschwunden war, sie sich dann aber doch wieder eingefunden hatte, sie war nur beim Lagerfeuer unten am Strand gewesen, wo sich alle Neuankömmlinge versammelt hatten, dort hatte sie auch dieses rothaarige Mädchen, wie war gleich der Name?, aus Oldenburg kennengelernt, das hatten sie dann am nächsten Tag mitgenommen bei ihrer Radtour zur Südspitze der Insel, wo der Leuchtturm steht, und dann, in der zweiten Woche, hatte dieser Dauerregen eingesetzt, und als der Vermieter zufällig vorbeikam und sah, daß sie den Kamin mit Treibholz, Kistenteilen und so weiter vom Strand befeuerten, hatte er ihnen erklärt, daß die Salzrückstände im Rauch den Schornstein zerfräßen, deshalb waren sie aufs Festland nach Esbjerg gefahren, zu dem großen Supermarkt, beim Runterfahren von der Autofähre war Herr Sponholz etwas zu schnell gewesen und hatte unten mit der Schürze aufgesetzt (»Ja, aber nur ein bißchen.« – »Stimmt, waren nur ein paar Kratzer, hat man später gar nicht mehr gesehen.«), und dann, kaum hatten sie das Holz hinterm Haus aufgestapelt, kam die Sonne doch wieder zum Vorschein, und einmal, als sie am Strand waren, sahen sie den dicken Mann, der sein Auto direkt am Wasser geparkt hatte, was in Deutschland ja absolut unmöglich wäre, und der hatte mit seinem herabstürzenden pinkfarbenen Flugdrachen beinahe den Hund eines deutschen Rentnerpaars erlegt, das nachher …

Gegenseitig hatten sie sich in ihren von Fotos und Postkarten angeregten Erinnerungen befeuert, immer mehr Details waren ihnen wieder eingefallen, so daß sie während ihrer Reise in die Vergangenheit meine Anwesenheit im Raum völlig vergessen hatten.

Mich traf ein entsprechend erstaunter Blick, als Herr Sponholz einmal aufsah. Er hatte sich aufgerichtet. Sein Blick sagte: *Was wollen Sie hier eigentlich?* Frau Sponholz hatte sich demonstrativ neben ihren Mann gestellt und musterte mich streng.

Zwei gegen einen – das war ja feige; angesichts dieser feindlichen Übermacht beschloß ich, besser den Rückzug anzutreten.

Ich sah es ein: Es war unmöglich, diese persönlich so wertvollen Erinnerungskisten in unsere SB-Einlagerungshalle zu verbringen.

Ungesagt blieb des weiteren mein in die Zukunft weisender Hinweis, daß man ja später vielleicht einmal an Alzheimer erkranken würde und die »persönlichen Erinnerungen« dann sowieso nichts als Staubfänger wären. Ebenso behielt ich den im Grunde völlig richtigen Satz »Alles aufheben zu müssen ist eine Krankheit« für mich. Auch meine Schulweisheit »Vergessen zu können ist die Voraussetzung fürs Erinnern« konnte ich hier wohl vergessen.

»Überlegen Sie es sich doch einfach mal in aller Ruhe«, sagte ich ohne große Hoffnung. Ich hielt ihnen unseren lappigen Firmenprospekt hin.

»Nein, danke!« Das kam jetzt fast im Chor – dazu synchrones Kopfschütteln.

Dann stand ich wieder draußen, vor der Tür.

Drinnen hörte ich ihre gedämpften Stimmen. Vielleicht hatte ich hier wenigstens so etwas wie einen Hausfrieden gestiftet. Vorsichtig zog ich an einer Ecke das braune Paketband ab: »Floh« war also in Wirklichkeit Jennifer. Als Erkenntnisgewinn war das aber nicht sehr viel.

Vögel und andere Flugzeuge verdüsterten den Himmel über mir, als ich unten auf der Straße stand. Es lärmte höllisch.

Doch war das nichts im Vergleich zu den tausend lauten, drängenden Fragen, die mich innerlich von allen Seiten bestürmten.

Ich setzte mich ins Auto und versuchte, zur Ruhe zu kommen. Wir dürfen uns nicht auf die rein materielle Seite beschränken. Die Dinge sind mit lebhaften Erinnerungen verknüpft, zum Teil mit starken Emotionen: »Da hängt doch auch Leben dran.« Dafür hatten wir bisher noch keine optimale Lösung gefunden.

Als ich die Stapel der Umzugskisten bei Familie Sponholz gesehen hatte, war mir mit einem inneren Schauder unser letzter Umzug eingefallen. Dreimal umgezogen, so heißt es ja, ist wie einmal abgebrannt. Es *war* dies unser dritter Umzug gewesen, das Resultat war entsprechend.

Als Experte, der ich damals schon war, hatte ich diesmal alle Fäden in der Hand gehalten. Monika ließ mir bereitwillig den Vortritt. Daß wir dann vieles nie mehr wiedergefunden hatten, lag nicht an mir, sondern am System, das einfach noch nicht ausgefeilt genug gewesen war, es mußte erst in der Praxis seinen letzten Schliff bekommen.

Unter dem, was verlorengegangen war, war auch jener zentrale Zettel gewesen, auf dem ich zwischenzeitlich, zwischen Kisten und Koffern, kniend auf den Dielen der neubezogenen Wohnung, alles das notiert hatte, was verlorengegangen war. Mit anderen Worten: Meine Verlustliste war weg! Und sie fand sich auch nirgendwo mehr an.

Ein paar Momente war ich deswegen niedergeschlagen, ja sogar verzweifelt gewesen. Dann wurde mir klar: Hätte ich den Zettel wieder, müßte ich ja systematisch nach all diesen Verlustobjekten fahnden. So aber fehlten nicht nur die Dinge, darüber hinaus hatte ich ja auch gar keinen Begriff mehr davon, was im einzelnen fehlte. Mit diesem fehlenden Wissen fehlten zwar auch weiterhin die Dinge, aber sie fehlten nicht eigentlich mehr mir, sie fehlten *an sich*. Sie hatten ihre Existenz in ein anderes Reich, jenseits des sichtbaren, verlagert. Am Grunde einer dunklen Kiste vielleicht oder eines alten Koffers existierten sie nun für sich, losgelöst von mir. Und nur mitunter wehte mich von dort die dunkle, staubige Ahnung an: Etwas fehlt, irgend etwas ist dir unwiederbringlich verlorengegangen. Abgesehen davon fehlte mir nichts.

Merkregel 1, die ich damals formulierte: Derartige Zettel sind sehr hilfreich – besonders dann, wenn sie fehlen.

Bei diesem vorerst letzten Umzug hatte ich mir übrigens vorgenommen, unbedingt klüger zu sein als all die Male zuvor und die besonders wichtigen Sachen (Versicherungspolicen, Impfausweis, Aktivistenabzeichen und so weiter) besonders gut wegzulegen.

Das machte ich also, und zwar so gut – eine Erfahrung, die wahrscheinlich jeder schon einmal gemacht hat –, daß diese Unterlagen bis auf weiteres unauffindbar blieben.

Besonders gut weggelegte Dinge – Merkregel 2 – kann man vergessen. Vielmehr, man *muß* sie vergessen!

Monika, die schon immer ein sehr spezielles, zwiespältiges Verhältnis zur gesamten Ordnungs- und Einlagerungsproblematik hatte, staunte, wieviel diesmal verlorengegangen war. Ihre spitze Bemerkung, daß es bei diesem Umzug, den ja, wohlgemerkt, ich von A bis Z organisiert hatte, besonders chaotisch zugegangen sei, verfehlte jedoch völlig den eigentlichen Kern des Problems.

»Es geht nicht um eine Oberflächenordnung«, versuchte ich, ihr zu erklären, »man muß die Dinge von Grund auf in Ordnung bringen. Nicht daß es nur auf den ersten Blick so ein bißchen ›nett‹ und ›adrett‹ aussieht, verstehst du? Die wahre Ordnung kann in den Augen des anderen zunächst durchaus ein Chaos sein. Sie kann – und muß mitunter sogar – das Auge beleidigen. Davon darf man sich nie im Leben abhalten lassen.«

»Trotzdem, wo ist der Toaster? Den hattest du doch eingepackt.«

Ich wandte mich wieder den Umzugskartons und -kisten zu. »Bevor ich dir suchen helfe, Monika – ich muß noch mal im einzelnen darüber nachdenken, was hier los war, wo es eventuell eine undichte Stelle gegeben haben könnte.«

Während ich also weiter theoretisch nach möglichen Schwachstellen in meinem System fahndete, ging Monika gleich am ersten Abend in der neuen Wohnung noch einmal los und kam nach einer halben Stunde mit einem brandneuen

Markentoaster zurück, dessen schickes blaumetallicfarbenes Gehäuse es ihr wohl schon länger angetan hatte.

Dafür, und das ist die große Chance beim Umziehen, tauchen unvermutet andere Dinge auf, die jahrelang unbeachtet irgendwo gelegen hatten und in aller Stille vor sich hin gereift waren.

So zum Beispiel eine hellgrüne DIN-A4-Mappe mit der Aufschrift »Wohnungsangelegenheiten«.

Staub zu Staub

Obwohl ich den Staubsauger an einem absolut sicheren Ort deponiert hatte (flach liegend, mit eingezogener Schnur, hinter Schuhschränkchen und Garderobe!) – eines Tages hatte Monika ihn doch entdeckt.

Ich saß im Wohnzimmer, da setzte draußen das aufheulende Geräusch ein, dieses heisere Röhren! Es zu hören, aufzuspringen, hinauszustürzen, das geschah in Sekunden. Monika stand im Flur, sie stand im Begriff, die Arbeit von Wochen zunichte zu machen.

Ich warf mich den beiden entgegen: »Tu das nicht!« rief ich. »Bitte!!!« Ich wollte den AUS-Knopf drücken, doch Monika hielt ungerührt den Staubsauger mit beiden Händen fest.

»Monika, hör mir bitte wenigstens *ein*mal im Leben zu, es ist wichtig.«

Sie konnte oder wollte nicht hören.

»Wer losläßt«, fiel mir da in meiner höchsten Verzweiflung ein, »hat beide Hände frei!« Diesen guten Rat Han Shans mußte ich leider brüllen (was ihm sicher einiges von seiner subtilen Wirkung nahm), denn der Staubsauger röhrte weiterhin in unverhältnismäßiger Lautstärke.

Schließlich gelang es mir doch, das Haushaltsgerät Monikas Händen zu entwinden und den Erlöser-Knopf zu drücken: Stille, göttliche Stille. Der aufgewirbelte Staub konnte sich setzen. Endlich. Innerlich aufgewühlt, ging ich zurück, setzte mich wieder an meine Arbeit, während Monika unsichtbar, im Bad oder in der Küche, verschwand.

Später, als Monika zufällig ins Wohnzimmer kam, sah sie, daß sie mich bei meiner stillen Beschäftigung am Mikroskop gestört hatte. Es war mein altes Schülermikroskop aus dem Optikerbaukasten, über dem schon oft, praktisch bei jedem Umzug, das Damoklesschwert der Entsorgung gegangen hatte. Bloß gut, daß ich jedesmal eisern geblieben war, jetzt leistete es mir unverzichtbare Dienste.

»Ich untersuche etwas«, erklärte ich ihr aus dem Mundwinkel, ohne den Blick von der Okularlinse zu lassen.

»So? Was denn?« wollte sie wissen.

»Bitte«, sagte ich, »schau es dir ruhig einmal an. Du wirst staunen.« Ich stand auf, Monika kam zweifelnd näher, sie setzte sich umständlich an meinen Platz und beugte sich tief über das Mikroskop.

In diesem Augenblick, als ich sie so sitzen sah, liebte ich sie unheimlich. Eine Haarsträhne war ihr ins Gesicht gefallen, eine andere klemmte hinter dem geröteten Ohr, konzentriert hatte sie das linke Auge zusammengekniffen, die Lippen fragend gespitzt; ihre süßen Nackenwirbelchen, überhaupt: ihr weißer Nacken … Fast hätte ich mich da vergessen!

Ach hätte ich mich doch dieses eine Mal vergessen: Da war es nämlich wieder die liebe alte Monika, die ich noch von früher her kannte. Doch dann machte sie einen entscheidenden Fehler.

Sie machte den Mund auf.

Sie sagte etwas.

Alles wäre vielleicht anders gekommen, vieles hätte noch gerettet werden können, einiges wäre eventuell sogar wieder richtig gut geworden, hätte sie bloß nicht diesen einen Satz gesagt. Sie sagte, wörtlich: »Also, ich seh' hier nichts.«

Da war er wieder, dieser Ton: schnippisch – und von oben herab, obwohl er doch nur tiefste, allertiefste Unkenntnis verriet.

Sollte ich Monika nun erklären, was es mit meiner Untersuchung auf sich hatte? Daß ich damit begonnen hatte, unseren Hausstaub auf seine Feinstruktur hin zu untersuchen?

Natürlich war auf den ersten Blick nicht viel zu sehen, begreiflicherweise mußte ihr der gläserne Objekttisch, oberflächlich betrachtet, leer erscheinen.

Angesichts ihrer Arroganz brachte ich kein einziges erklärendes Wort heraus. Dabei, ich hätte ihr so viel zu erzählen gehabt! Von meinen Kundenbesuchen und von meiner Idee, die in den letzten Tagen und Wochen gereift war und allmählich feste Gestalt angenommen hatte.

Monika war aufgestanden, sie sah auf die Uhr. Mit ihrer Kollegin Kerstin aus der Hemdenabteilung war sie fürs Kino verabredet, sie mußte sich noch umziehen. Punkt sieben machte sie sich, wie ich hier treffsicher, mit einiger Bitterkeit festhalte, »aus dem Staub«.

----- Staub!

Wie hatte ich ihn nur all die Jahre so gründlich übersehen können? Was an der Oberfläche wie schlichtes graues Hausfrauenelend aussah, war doch in Wahrheit reinster Goldstaub! Ein mächtiger Verbündeter, der mir kraft seiner Allgegenwart helfen konnte, die Wohnung bis in ihre verborgensten Winkel zu erforschen und ihr die letzten Geheimnisse zu entreißen.

Kleinste Partikel (Durchmesser 0,5 bis 0,0005 Millimeter) genügen schon: Unaufhörlich rieseln sie, man möchte meinen aus dem Weltall oder aus dem Nichts, auf uns herab und stäuben auf diskrete Weise die gesamte Wohnung ein. Sie markieren ihr Areal. Mit diesem einfachen technischen

Hilfsmittel, das am allerbesten ganz ohne unser Zutun funktioniert, ist ein feines, ein staubfeines Sensorium geschaffen, welches als unbestechlicher Detektor sämtliche Bewegungen und Nicht-Bewegungen in der Wohnung registriert.

Dadurch, daß die gesamte Wohnfläche mit dieser hauchdünnen Schicht ausgelegt ist, können wir sehr genau unsere Spuren, die durch diese Staubwüste führen, verfolgen.

Erstaunliche Entdeckungen sind zu machen!

Von den 87 Quadratmetern bezahlter Wohnfläche nutzen wir nur circa zwei Drittel. Hinter dem Schuhschrank, überhaupt: auf, unter, zwischen den Schränken, im Kabeldschungel hinter dem Fernseher, im Schatten der Grünpflanzen – unbetretene Gebiete, weiße Flecken auf der Landkarte, wo man sie nie vermutet hätte.

Auch links und rechts des allabendlich benutzten Pilgerweges, der – mit gelegentlichen Abstechern zum Kühlschrank – vom Fernsehsessel zum Klo (und wieder zurück) führt, verweist sein schlichtes alltagsgraues Dasein auf völlig unbenutzte Wohnflächen.

Allgemein: Dort, wo er sich dauerhaft absetzen kann (übrigens auch unter dem Sofa, hinten!), gilt Alarmstufe eins. Wir werden auf Dinge und Orte hingewiesen, die lange nicht benutzt oder betreten worden sind, auf Wege, die schon ewig nicht mehr gegangen wurden. Scharfe Trennlinien lassen sich auf diese Weise kreuz und quer durch die einzelnen Zimmer ziehen.

Seit Jahren nicht mehr benutzte Dinge, die unter einer Staubschicht regelrecht begraben sind, können nun wieder hervorgeholt und, gegebenenfalls, aussortiert werden, oder es ist zumindest eine SB-Einlagerung für sie in Betracht zu ziehen.

Wenn ich daran denke, wie oft ich in meinem Leben schon völlig sinn- und gedankenlos diesen kostbaren Staub einfach

so zusammengefegt, weggewischt hatte – unglaublich! …
Staub hab' ich schon oft gewischt, da wird sich Mutti freu'n. Ja,
Mutti vielleicht, und für den Moment. Grundsätzlich aber
war man mit solch einer geistlosen Vorgehensweise auf dem
Irrweg.

Bewundernswert sind auch seine vielgestaltigen Aus-
drucksmöglichkeiten: Man kann genau aus ihm ablesen, wie
lange er schon an einem Ort gelegen hat – irgendwann beginnt er nämlich zu flocken. Bisweilen gebiert er nach längerer Liegezeit auch graue »Wollmäuse«, die beim leisesten
Windhauch erschrocken davonhuschen, unter das Sofa zum
Beispiel, wo eine ganze Schar von Wollmäusen lebt.

Schon ein paar magere Sonnenstrahlen, die an einem
schläfrigen Sonntagnachmittag im Spätherbst durchs Fenster fallen, genügen, um einen schräg im Zimmer stehenden,
innen voll ausgeleuchteten Quader der Stubenluft in eine
flirrende Wunderwelt aus Millionen feinster Teilchen und
Stäubchen zu verzaubern.

Sein natürlicher Feind ist der *Staubsauger* oder, wie im Fall
Monika, die Staubsaugerin.

Der gemeine *Staublappen* oder das *Staubtuch* wirbeln nur
kurzzeitig Staub auf. Sie stellen keine echte Gefahr für ihn
dar. Ihrerseits sind sie die spartanisch-neuzeitlichen Nach-
fahren des sogenannten, früher weitverbreiteten *Staubwedels*.
Wenn letzterer mit seinen Straußenfedern auch ein wenig
operettenhaft wirkt und in »die guten Stuben« der alten Zeit
zu gehören scheint – Vorsicht: Straußenfedern ziehen elek-
trostatisch den Staub an. Der Staubwedel als solcher ist deshalb in seiner Wirkkraft keinesfalls zu unterschätzen!

Im kunstvollen Zusammenspiel mit feingesponnenen
Spinnweben bildet der Hausstaub mitunter auch … – Doch
ich will das hier nicht zu weit vertiefen.

Meine zahlreichen Exkursionen, bisweilen regelrechte Expeditionen, hatten mich in diesem Herbst in Büros, oft ganze Büroetagen, in fremde Wohnungen und Einfamilienhäuser geführt. Seitdem hatte ich den fremden Blick. Mir war klargeworden, daß wir über die elementaren Zusammenhänge des Wohnens noch viel zu wenig Bescheid wußten. Wie aber sollten wir mit NOAH bestehen können, wenn über diesen Grundfragen ein derart tiefes Dunkel der Unwissenheit lag?

Sicher wäre es übertrieben zu behaupten, ich hätte unsere Wohnung zu einem offiziellen »Versuchslabor« oder »Experimentierfeld« umgestaltet. Aber es lag doch nichts näher, als diese Staubstudien nicht im luftigen Irgendwo, sondern im häuslichen Nahbereich durchzuführen.

Gerade diese häusliche Nähe, in der ich arbeitete, hatte unbestreitbare Vorzüge: Um so größer war doch das Erstaunen, wenn sich das scheinbar Vertraute in sein Gegenteil verkehrte, wenn unter dem streng wissenschaftlichen Blick in der eigenen Wohnung bislang unerforschte Gebiete sichtbar wurden.

Man mußte nur einmal auf eine Leiter steigen (beim Gardinenaufhängen etwa oder beim Einschrauben einer neuen Lampe), da sah man aus dieser momentanen Vogelperspektive geschützte Staubecken, ja regelrechte Staubreservate.

Darüber hinaus riß diese Draufsicht auch viele Gegenstände der Wohnung aus einem Zusammenhang, in dem sie für uns nur durch Gewöhnung und unsere alltägliche Betriebsblindheit standen, der von oben betrachtet aber vollkommen willkürlich und unsinnig war.

Diese stets neuen Blickwinkel der Betrachtung trieben meinen Forschergeist immer weiter voran.

Wenn ich noch einmal zurückverfolge, was mich überhaupt auf den entscheidenden Einfall gebracht hatte, im Staub einen Gradmesser zu sehen, ein sensibles Medium, das all unsere Bewegungen, ebenso aber auch unseren Stillstand aufzeichnete, so war es, wie schon so oft, das Studium der Bücher gewesen, das mir letztendlich auf die Sprünge geholfen hatte.

Begonnen hatte alles an einem Dienstagabend. Ich weiß es noch so genau, weil da Monikas Lieblingsserie lief. Wir aßen beim Fernsehen Abendbrot. Ich angelte mir eine Gewürzgurke aus dem Glas, ließ sie abtropfen und ruhelos meine Blicke durchs Wohnzimmer schweifen.

Mir taten, wie so oft schon, die Seriendarsteller leid. Ich konnte gar nicht hingucken. Dienstag für Dienstag mußten sie, als Ärzte oder Krankenschwestern verkleidet, dringende, hochkomplizierte medizinische Eingriffe vornehmen, steckten aber, als ob ihr schwerer Dienst nicht schon genügen würde, nebenbei noch in jeder Menge hochkomplizierter Privatprobleme.

Da wurde mein schweifender Blick magnetisch von einem goldschimmernden Buchrücken im Regal angezogen: »*Geschichte des Abfalls ...*« las ich, ich schluckte den Rest Gurke herunter, verschluckte mich fast daran.

Augenblicklich war in mir die Hoffnung aufgeblitzt, hier vielleicht endlich einmal eine historische Gesamtdarstellung der Abfall- und Müllproblematik zu finden. Vielleicht hatte Monika ja recht: Ich konnte nie abschalten, war immer im Dienst.

»Sag mal«, hatte sie mich vor einiger Zeit unwillig beim Frühstück unterbrochen, es war an einem Montagmorgen, und ich wollte gerade damit beginnen, ihr detailliert meinen Wochenplan darzulegen, »bist du eigentlich mit deinem Chef verheiratet oder mit mir?«

»Das nicht. Aber Norbert und ich, wir haben ein Verhältnis ...«

»Dachte ich's mir doch«, sagte sie und nippte am heißen Kaffee.

»... ein Verhältnis, Monika, das sich über die Jahre hin gut und vertrauensvoll entwickelt hat. Deshalb hält er ja so große Stücke auf mich.«

Mit quietschenden Reifen stoppte der Notarztwagen am Eingang der Fernsehklinik. Ich stand auf, ging zum Regal, wischte mir die feuchten Finger am Taschentuch ab und zog das Buch heraus.

Ein ledergebundener imponierender Prachtband, den meines Wissens noch nie jemand von uns benutzt hatte, es war ein Erbstück aus Monikas Linie mütterlicherseits. Zwar handelte es sich tatsächlich um eine historische Darstellung, doch ging es hier vornehmlich um die politischen Verhältnisse zwischen den Niederlanden und Spanien im 16. Jahrhundert. – Nicht mein momentanes Thema. Das größte Geheimnis lag aber nicht in dem Buche, sondern *auf* dem Buch: Staub.

Da niemand von uns es jemals gelesen hatte (Monika schüttelte auf meine diesbezügliche Frage hin nur abweisend den Kopf – gerade lief eine hochkomplizierte OP, wo alles auf Messers Schneide stand!), dieses Buch also jahrelang unbenutzt geblieben war, hatte sich diese markante Staubschicht darauf absetzen können.

Hier erkannte ich zum erstenmal, was für ein wichtiger Wegweiser durch die Welt des Wohnens uns der Staub sein konnte.

Längst lag Monika im Bett, und die Mondscheibe fremdelte blaß zwischen den Satellitenschüsseln auf dem Hausdach gegenüber, da durchforschte ich noch einmal in aller Ruhe unseren gesamten Buchbestand.

Sicher, der US-amerikanische NASA-Astronaut Armstrong hatte damals technisch ganz andere Möglichkeiten gehabt, als er fast schwerelos und wie in Zeitlupe über die Mondoberfläche geschwebt war, um den Mondstaub zu untersuchen. Doch mein Platz war hier.

Ich stieß dabei auch auf ein Buch, das mir vor Jahrzehnten, beim Festakt zur Jugendweihe, feierlich überreicht worden war. Leider hatte ich es nie gelesen, obwohl es mich jetzt, schon allein von seinem Thema her, brennend interessierte: »Wir sind nicht Staub im Wind«. Der Autor hieß Max Walter Schulz. Müllermeierschulze? Kannte ich nicht, ich legte mir das Buch aber für alle Fälle zur Seite.

Immer und überall kam ich zu demselben, schon bekannten Resultat: Staub war ein Gradmesser für Benutzungshäufigkeit oder eben dafür, wie selten etwas – und das betraf die meisten unserer Bücher – benutzt worden war. Lediglich unten, auf den dicken Telefonbüchern, lag so gut wie keiner.

Am nächsten Abend, während ich so tat, als würde ich gemeinsam mit Monika aufmerksam das Fernsehprogramm verfolgen, ruhte mein Blick gedankenschwer auf dem Buchregal.

In der Ratgeberliteratur wird empfohlen, Bücher, die einem nicht gefallen haben, auszusortieren, um Platz für neue zu schaffen. Nun stellte sich bei vielen der Bücher diese Frage überhaupt nicht, da wir sie ja gar nicht gelesen hatten.

Aber auch was die Bücher betraf, die von uns gelesen worden waren und die uns gefallen hatten, galt es gründlich aufzuräumen – und zwar mit völlig falschen Vorstellungen!

Im Gegensatz zu obigem Ratschlag stellte sich nämlich die Frage ganz anders: Wäre es nicht viel vernünftiger, gerade jene Bücher wegzugeben, die uns gefallen haben? Sie haben schließlich einmal ihren Zweck erfüllt, es kann also nur schlechter werden mit ihnen: Plötzlich gefallen sie uns nicht mehr. Und wer sagt denn, daß ein Buch, das mir gestern *nicht* gefiel, mir nicht gerade heute sehr gut gefallen könnte? Ließe ich ihm diese Chance nicht, es wäre ein Todesurteil.

Das Aussortieren war äußerst schwierig. Deshalb versuchte ich es zunächst mit einer Neuordnung. Zusammenfassend muß ich sagen: Alle mir bekannten Ordnungssysteme versagten auf die eine oder andere Weise.

Die chronologische Ordnung (etwa nach Erscheinungs- oder Anschaffungsjahr) kam von vornherein nicht in Frage. Dieses System ist lediglich bei amtlichen Schriftwechseln angebracht.

Die in Bibliotheken übliche Ordnung nach Sachgebieten erwies sich ebenso als schwierig. Monikas bevorzugte Bücher waren Romane, die sich hartnäckig einer sinnvollen Zuordnung zu Themen- oder Sachgebieten widersetzten (später dazu mehr).

Blieb also nur das gute alte Alphabet.

Aber auch dieses bewährte System versagte: Hier gerieten Autoren und Bücher nebeneinander, die überhaupt nichts miteinander zu tun hatten. Das Alphabet brachte mir nur alles noch mehr durcheinander. Außerdem zeigte sich ein technisches Problem: Wegen der unterschiedlichen Buchformate mußte es Ausnahmeregelungen geben (überformatige Bücher: liegend, unten), die unterschiedliche Höhe der Bücher erzeugte zudem auf ihnen ideale, weil schmale, für Putzlappen kaum erreichbare Staubablageflächen, die sich nicht vermeiden ließen.

Fazit: Man kann Bücher in Privathaushalten überhaupt nicht sinnvoll ordnen! Die vernünftigste und platzsparendste Methode ist noch immer, sie der Größe nach einzuräumen.

Um mich zunächst, bei all dieser Unübersichtlichkeit, auf einen streng begrenzten Teilbereich zu konzentrieren, nahm ich mir Monikas Bücher vor.

Waren wir im Buchladen, das heißt in der Filiale der Buchhandelskette bei uns im Einkaufszentrum, schritt sie zielsicher zum Regal mit den Bestsellern und suchte sich dort etwas aus, wobei mir das Ordnungssystem gerade dieses Regals merkwürdig vorkam. Ganz oben stand nicht das, was selten und kostbar war, sondern die breite Masse. Es war so gesehen eine auf den Kopf, auf die Spitze gestellte Pyramide.

Vorzugsweise aber handelte es sich bei Monikas Büchern um sogenannte »Liebesromane«, die sie gleich bei uns um die Ecke im Supermarkt kaufen konnte, im Kassenbereich lag eine reichliche Auswahl davon auf einem Wühltisch herum. Manchmal machte Monika auch augenverdrehend Witze über diese, wie sie es nannte, »Schmachtfetzen«, aber das änderte nichts daran, daß sie sie trotzdem las und nicht davon lassen konnte. Meist spielten diese Romane im Arztmilieu – hier hatte Monika wohl direkte Anregungen aus ihren Fernsehserien empfangen –, was eine thematische Zuordnung zu den Themengebieten »Medizin« und / oder »Unterhaltung« nahelegte.

Angeblich brauchte Monika diese Bücher zur Entspannung. Aber keine Spur davon. Im Gegenteil, sie war voll innerer Anspannung, wenn sie sich darin festlas, und sie durfte dabei auch nicht gestört werden.

Um nun nicht wochenlang auf den herabrieselnden Staub warten zu müssen, ließ ich mir einen Trick einfallen. Mit roten Gummis schnürte ich die Seiten ihrer Bücher zusammen, aber so, daß es von außen nicht zu sehen war.

Nun mußte ich nur darauf warten, daß Monika sich eines Tages bei mir meldete. Wenn sie etwas nicht gleich versteht, ist sie ja sofort zur Stelle.

Eine Woche verging. Zwei Wochen vergingen.

Um es kurz zu machen: Ganze zweieinhalb Wochen lang hatte Monika kein einziges ihrer sogenannten »Lieblingsbücher« angerührt. Ich nahm einen ganzen Schwung davon, steckte ihn in einen Karton und verbrachte diesen in den Keller.

»Wo ist eigentlich Doktor Marten?«

»… wer?« fragte ich scheinbar ahnungslos zurück.

»Na, du weißt doch: Doktor Marten. Ich suche die vorletzte Folge.« Monika, die Hände in den Hüften, ging mit schiefgelegtem Kopf am Buchregal entlang, ihr Blick glitt fragend über die Buchrücken. »Sag mal, wo sind die denn überhaupt alle?«

»Ach so, die. Im Keller.«

»Was? Wo? Du wolltest die doch nicht etwa auf den Müll …?«

»… nein.«

»Mensch, Hannes, ich weiß selbst, daß das Schwachsinn ist, aber heute abend muß ich mich einfach mal ablenken. Kurz vor Ladenschluß war die Hölle los, lauter nervende Umtauschkunden und –« Monika sah mich an. »Wolltest du die wirklich wegwerfen?«

»Nein, nein, ich hab hier nur mal ein bißchen aufgeräumt, da brauchte ich Platz, Bewegungsfreiheit. Das im Keller, das ist nur ein Zwischenlager. Ich hole dir das gern auch gleich wieder alles hoch, kein Problem.« Was ich erfahren wollte – man kann fast drei Wochen ohne seine angeblichen »Lieblingsbücher« auskommen –, hatte ich ja bereits erfahren.

»Du mit deinem Ordnungswahn …«

Ich nahm den Kellerschlüssel vom Haken und ging nach unten. Mich störte offen gesagt das *wahn* in dieser Verbindung. Ich hatte Monika schon vorschlagen wollen, doch besser von »Ordnungsliebe« zu sprechen. Aber das kam mir auch komisch vor: Ordnung und Liebe passen einfach nicht

126

zusammen. Das klang wie Leistung aus Leidenschaft. Da möchte man auch lieber nicht wissen, was für perverse »Leidenschaften« da im Hintergrund stehen.

Wenn schon, dann ginge noch am ehesten: »Liebeswahn ...«

Ich schloß die Kellertür auf und befreite Dr. Marten & Co. aus ihrem muffigen Verlies. Wenig später stand der Karton wieder im Wohnungsflur.

Der Ehefrieden war gerettet, das heißt, am Abend lag Monika mit Dr. Marten neben mir im Ehebett, ich starrte die Decke an. Gegen zehn drehte ich mich mit einem Ruck auf die Seite und starrte Monika an.

»Ich bin heute sehr müde«, sagte sie leise zu ihrem Buch und knipste auch bald die Nachttischlampe aus. Den schmalen bunten Roman hatte sie auf die Konsole am Kopfende geworfen, weil ihr Nachtschränkchen sowieso immer notorisch überfüllt war.

Als sie ruhig und gleichmäßig neben mir atmete, tastete ich mich mit der Hand vor, endlich bekam ich das Buch zu fassen.

Ich habe oft Menschen davon berichten hören, wie sie als Kind heimlich unter der Bettdecke gelesen haben. Das habe ich nie gemacht, ich mußte es nie tun. Mutter sah es sogar gern, wenn ich abends im Bett noch las, sie versprach sich davon einiges für meine Bildung.

Aufstehen wollte ich jetzt nicht noch mal, es war auch schon ziemlich kalt, und da für alle Fälle (Stromausfall zum Beispiel) eine Taschenlampe in meinem Nachtschränkchen lag, kroch ich nun mit Dr. Marten unter die Bettdecke. Die vorletzte Folge hieß: »Dr. Marten muß sich entscheiden«.

Der Strahl meiner Notfalltaschenlampe beleuchtete von allen Seiten die merkwürdigen Verhältnisse in Dr. Martens Kurklinik. Auf dem Schutzumschlag war die Situation, in der sich der arme Chefarzt befand, sehr übersichtlich dargestellt: Er, sonnengebräunt und grau meliert, lehnt, beide Hände flach in den Taschen des sauberen Arztkittels, gedankenversunken an seinem feuerrot blitzenden Ferrari. Das Stethoskop hängt vor seiner blütenweißen Hemdbrust, als würde es im nächsten Moment streng wissenschaftlich in ihn hineinhorchen wollen.

Weit bin ich allerdings mit meiner Lektüre nicht gekommen. Unter meiner Bettdecke, im Ein-Mann-Zelt, wurde es bald stickig, und die Luft blieb mir weg.

Einmal, das ist einige Jahre her, suchte ich im Spätherbst, als es schon die ersten Frostnächte gab und ich das Vogelhäuschen für den Winterbetrieb vorbereitete, vergeblich nach meinem alten blauen Mantel, der mir oft guten Winterdienst geleistet hatte. Monika tat so, als bemerkte sie das nicht.

Erst als ich mich bei meiner Suche mit der Taschenlampe bis weit in ihre Schrankhälfte (das heißt: in ihr Schrankdreiviertel) vorgefunzelt hatte, wo es ein wenig wie damals im Erzieherinnenschrank des Kindergartens roch, fiel es ihr plötzlich wieder ein: »Ach den! Den hab ich neulich weggeschmissen.«

»Ohne mich zu fragen?« fragte ich.

»Ja. Du hättest dich doch sowieso nie von dem getrennt.«

Stimmt.

»Außerdem, du hast den doch kaum noch angezogen.«

Stimmt auch. Aber vielleicht wollte ich ihn ja nur schonen? So einfach war das also. Genausogut hätte sie ja auch mich wegschmeißen können.

In meiner Erinnerung verwandelte sich der Mantel in ein Prachtstück, das in seinem langen Leben niemals von einem gierigen Mottengeschwader durchsiebt worden war, dessen Kragen nicht speckig glänzte und dessen Ärmel keineswegs völlig durchgescheuert waren. Mir war, als hätte ich mit diesem Mantel mein bestes, kostbarstes Stück verloren.

Der einzige mildernde Umstand, der für Monika sprach, war, daß sie beruflich auf der Gegenseite der Barrikade stand. Als Verkäuferin vertrat sie die Interessen des Konsums, während ich für die andere Hälfte, die Einlagerung und den Abfall, zuständig war. Insofern verkörperten wir beide den geschlossenen Kreislauf der modernen Warenwirtschaft.

Monika hat mir oft erzählt, wie sehr sie es genoß, wenn das Warenhaus öffnete und das Publikum zu ihr in die Herrenabteilung strömte, sie sprach tatsächlich von ihrem »Publikum«. Der Gang zwischen den Ständern war ihr Laufsteg, ihre Bühne. Und jedes Verkaufsgespräch – ein kleiner Auftritt, mit genau vorgeschriebenem Text, den sie natürlich spielerisch variieren konnte: *»Also dieses Sakko, das verkaufe ich sehr gern.«* – *»Das sitzt doch bei Ihnen wie angegossen!«* – *»Als hätte dieses Jackett nur auf Sie gewartet.«*

Kam sie nach der Arbeit aus der Stadtmitte zurück nach Hause, wirkte sie manchmal wie eine Besucherin. Kein Wunder, wenn sie doch tagsüber, als wäre das nichts, einfach mal so ein paar italienische Anzüge für 899 Euro das Stück verkaufte. Zu Hause trafen wir uns, aus entgegengesetzten Richtungen kommend, auf halber Strecke: Sie kam aus dem Zentrum, ich von der Peripherie.

Der Gerechtigkeit halber muß ich sagen, sie hat mich oft gefragt, ob wir nicht auch mal gemeinsam etwas unternehmen sollten. Einige Male bin ich nach der Arbeit in die Stadt gefahren, obwohl mir das schwerfiel. Wenn ich von draußen kam und unseren Block sah, die ersten Lichter der Zivilisation, verließ mich alle Lust, noch weiter bis in die Stadt zu fahren.

Einmal hatte ich sie von der Arbeit abgeholt, wir wollten ins Kino gehen. Vorher war ich noch in unserer Wohnung gewesen, um mich umzuziehen und einiges im Haushalt zu erledigen.

Traditionell, das muß ich an dieser Stelle erklären, ist das Bügeln meine Domäne; Monika ist viel zu ungeduldig dafür.

»Hast du eigentlich das Bügeleisen ausgemacht?« fragte sie mich, weil ich manchmal etwas vergeßlich bin.

»Äh … nein«, antwortete ich nachdenklich.

»Nein?!«

»Nein.«

In aller Ruhe studierte ich weiter das Kinoprogramm und war bei einem spanischen Film hängengeblieben.

Monika sah mich groß an.

»… ich hatte es gar nicht angemacht«, erklärte ich ihr nun.

»Ein Glück! Aber – wolltest du nicht heute noch bügeln?«

»Natürlich wollte ich, ja. Aber dieser Plan ist von mir kurzfristig ad acta gelegt worden.«

»*Ad acta*«, wiederholte sie, als hätte ich etwas Unanständiges gesagt. Verständnislos schüttelte sie den Kopf.

»Ja was denn?«, konterte ich geistesgegenwärtig. »Hätte ich lieber das Bügeleisen anlassen sollen, damit die ganze Bude abfackelt? – Nee.«

Darauf nun wieder entgegnete Monika etwas. So ging das hin und her. Ich bin dann, weil wir uns in dieser Frage nicht vernünftig einigen konnten, einfach zurückgefahren, und Monika ist allein ins Kino gegangen. Nicht in meinen spanischen Film, sondern in einen amerikanischen, von der Stange.

Ganz aus heiterem Himmel war Monika nach der anfangs geschilderten Affäre mit dem Staubsauger tagelang ausgesprochen freundlich zu mir gewesen. Ich verfinsterte mich entsprechend: Durch mein Verhalten hatte ich ihr meines Wissens keinerlei Anlaß für ein derart unbegreifliches Verhalten mir gegenüber gegeben.

Wir saßen beim Frühstück.

Befremdet sah ich die goldene Toastscheibe an, die sie mir unaufgefordert auf den Teller gelegt hatte. Ebenso skeptisch betrachtete ich das Süßkirschmarmeladenglas, sie hatte es bis an meinen Tellerrand über den Tisch geschoben.

»Hast du eigentlich …«, fragte sie mich mit vollem Mund, »schon eine Idee, wohin wir dieses Jahr in den Urlaub fahren wollen? Wieder Ostsee? Ich habe noch jede Menge Resturlaub.«

Ich zuckte die Schultern und knüpfte kurz darauf unauffällig an den Tonfall ihrer Frage an. »Hast du eigentlich …«, fragte ich sie, »einen anderen Mann?«

Sie setzte die Kaffeetasse abrupt ab und sah mich an: »Einen anderen … du meinst wohl, ob ich überhaupt einen Mann habe?«

Dann aß sie weiter, als ob nichts geschehen wäre.

Ich stand auf und begab mich zur Spüle, um dort den Abwasch zu machen, allerdings, ohne mir die Schürze umzubinden. Ich hätte den Abwasch auch stehenlassen können. Aber die Eierbecher säuberte ich lieber gleich, ehe das Eigelb daran festklebte, was man später nur sehr schwer wieder abbekam.

»Hör mal, Hannes«, sagte sie leise hinter meinem Rücken, »ich hab heute wirklich keine Lust, mich mir dir zu streiten.«

Okay, heute nicht, aber vielleicht morgen? Es war eine Frage von Lust & Laune, ob sie sich mit mir streiten und mir die Hölle heißmachen wollte.

Doch Monika – ausgerechnet Monika! – war es, die mich am Abend dieses Tages auf den alles entscheidenden Gedanken bringen sollte! Eine scheinbar beiläufig von ihr gestellte Frage brachte mir endlich die Antwort.

»Sollen die jetzt hier immer so stehen?« hatte Monika mich gefragt, als sie gegen sieben aus dem Flur zur Küchentür hereinkam – und zwar mit deutlich unterkühltem Seitenblick auf die leeren Weinflaschen, die unmittelbar neben der Tür standen.

Müde hob ich den Blick. Was hätte ich ihr nun ernsthaft darauf antworten können?

Ja?

Nein, damit wäre es mir nicht ernst gewesen. Die Flaschen standen einfach nur da, weil ich es bis jetzt nicht geschafft hatte, sie nach unten zu bringen. Durch ein *Ja* hätte ich mich gewissermaßen zum Verbündeten der Flaschen gemacht, wäre auf Augenhöhe mit ihnen geraten, eine Schicksalsgemeinschaft. Doch ich wollte ihnen diesen Platz an der Tür ja keinesfalls erstreiten, schon gar nicht für »immer«. Derart viel, wie Monikas Frage nahelegte, lag mir an diesen leeren Flaschen wirklich nicht.

Aber auch ein *Nein* wäre in diesem Falle völlig falsch gewesen: ein feiger Rückzug! Außerdem ebenfalls ein Eingeständnis, daß ich persönlich etwas mit diesen Flaschen zu tun haben könnte. Ein *Nein* hätte mich ja, weiter gedacht, zu der theoretisch naheliegenden Konsequenz veranlassen können, die Flaschen jetzt sofort, auf der Stelle, nach unten zu bringen. Erwartete Monika etwa das? Darauf konnte sie lange warten.

Monikas Frage war gar keine Frage, weil es darauf keine richtige Antwort gab: eine Luftblase, die sinnlos über den Dingen schwebte. Wie ich überhaupt in den letzten Jahren hatte feststellen müssen, daß Wörter und Dinge zunehmend immer weniger zusammenpaßten, sehr eigensinnig ihre eigenen Wege gingen. Speziell an manch einer der völlig willkürlichen Namensgebungen war mir das störend aufgefallen, da machte sich neuerdings eine unglaubliche Leichtsinnigkeit breit.

Ich zum Beispiel trug seit langem, das war ein Geburtstagsgeschenk Monikas, Herrenunterhosen der Marke »Esprit«, und ich fragte mich jeden Morgen, warum.

Da Dienstag war, saß Monika im Wohnzimmer und sah Serie. Ich saß am Küchentisch und sah mir die Serie der leeren Flaschen genauer an.

Oft ist es ja so, daß uns selbst nebensächlichste, unscheinbarste Dinge, wenn wir sie nur lange genug beobachten, unheimlich viel über die Welt, in der wir leben, verraten können. Drei Flaschen: 0,75 Liter, 15 Vol.-%. Das waren ja nicht einfach nur drei Punkte auf der Weltkarte. Nein, sie ragten auf, fast 30 Zentimeter hoch. Und obwohl sie inzwischen leer waren, ihre grünen Glaskörper umschlossen noch immer ein Volumen von insgesamt 2,25 Liter säuerlich riechender Küchenluft.

Diese Betrachtungen führten mich nun schrittweise zu Grundzügen meiner Theorie über die Dinge und ihren Platz in der Welt. Es war nur noch eine Frage der Zeit ... Ja!, womit wir nun auch schon bei der Verknüpfung von Raum und Zeit wären.

Die Flasche (oder ein beliebiges anderes Ding) existiert als Körper im Raum, dreidimensional, in Länge, Breite – und in der Höhe! Letzterer hatten wir bisher in unserer Arbeit viel zu wenig Beachtung geschenkt.

Der Zeitstrahl führt noch eine vierte Dimension ein und ordnet die Dinge chronologisch, in ihrem Werden und Vergehen. Anders gesagt: Es hätte auch nichts genutzt, die Flaschen »erst mal« irgendwohin wegzustellen, sie von der Bildfläche verschwinden zu lassen. Damit hätte ich das Problem nur verlagert, nicht gelöst.

So, sie immer im Blickfeld, konnte ich Tag für Tag mitverfolgen, wie sie sich mehrten, bis so viele von ihnen beisammen waren, daß es sich auch lohnte, nach unten zu gehen zur grünen Tonne auf den Hof, um sie dort leidenschaftlich zu zerscherbeln.

An diesem Abend war Monika es gewesen, die sich geduldig, Stück für Stück, in mein Hoheitsgebiet des Ehebettes vorgearbeitet hatte. Da ich mit den Gedanken schon weit vorausgeeilt war und begonnen hatte, im Kopfe meine Ideen über die Körperlichkeit der Dinge genau auszuformulieren, hielt ich Monika, als es zu ersten Handgreiflichkeiten kam, nur gedankenlos irgendwo fest. Es war dunkel, und ihr Körper verwandelte sich in meinen Armen in einen schwer atmenden Fremdkörper.

Ich sehe was, was du nicht siehst

»Norbert! Ich habe nachgedacht!«

Erschrocken fuhr Norbert von seinen Papieren auf, mit einer Hand zog er die schwarze Brille aus dem Gesicht. Seine Augen waren nackt und fragend auf mich gerichtet, der Mund – halb offen.

»Ja«, bestätigte ich noch einmal.

»Setz dich doch erst mal, bitte.« Sein abgeklappter Brillenbügel zeigte müde auf den Besucherstuhl.

Ich nahm Platz, aber nur auf der vorderen Kante, so daß ich jederzeit aufspringen konnte. Was ich ihm zu sagen hatte, mußte ich ihm im Stehen, besser noch: im Gehen, im Auf- und Abschreiten, mitteilen. Es war zwar nur ein kleiner Vortrag, aber doch eine Zusammenfassung all dessen, was sich in den letzten Tagen in meinem Kopf abgespielt und nun zu einer schlüssigen Idee verdichtet hatte.

»Der Mensch«, so begann ich, »hat einen Körper.«

Norbert nickte, sagte aber nichts.

»Er ist also ein dreidimensionales Wesen.«

Es war Norbert anzusehen, daß dieser Gedanke, wenn auch nicht völlig neu, so doch im Moment etwas überraschend für ihn war. Wahrscheinlich hatte er die ganze Sache so noch nie betrachtet.

»Der Mensch lebt im Raum: Länge mal Breite mal …«, ich erhob meinen Zeigefinger, »… Höhe.«

Durchdringend sah Norbert mich an.

»Seine Miete«, fuhr ich fort, und ich flüsterte, um die Wirkung des nun Folgenden zu steigern, »seine Miete aber bezahlt er nicht nach dem Raum, in dem er lebt, sondern nach der Fläche, auf der er lebt. Das ist ein eklatanter Widerspruch. Der Mensch, ein dreidimensionales Wesen, bezahlt die Miete nicht nach Kubikmetern, sondern nach Quadratmetern – also *zwei*dimensional.«

Ich streckte ihm gespreizt Mittel- und Zeigefinger der Linken entgegen. Unwillkürlich wich Norbert zurück. Ganz offensichtlich: Der Schreck, angesichts dieser ans Licht gebrachten Tatsache, war ihm in die Glieder gefahren. Er wollte sich das aber wahrscheinlich nicht anmerken lassen, und so tat er, als würde er sich nur bequem, die Hände vor dem Bauch gefaltet, in seinem Bürosessel zurechtsetzen.

Das war auch richtig so, denn nun folgte mein Vortrag: »Wenn wir davon ausgehen, daß in Mitteleuropa eine normale Wohnraumhöhe drei Meter beträgt, dann versehen wir solch eine Wohnung mit dem Koeffizienten eins. Am Mietpreis ändert sich also nichts. Das wäre dann sozusagen die Normalwohnung. Klar? Wenn wir nun …«

»Hannes, mal ehrlich: Was willst du jetzt eigentlich von mir, was willst du mir damit sagen?« unterbrach mich Norbert, der noch immer nicht begriffen hatte, worauf das alles schnurgerade und zielsicher hinauslief. »Ich müßte hier wirklich dringend, sehr dringend, noch ein paar andere Sachen erledig…«

»Kleinen Moment noch, wirst du gleich sehen. – Eine Wohnung mit einer Raumhöhe von 2,90 Meter bekäme dann den Koeffizienten 0,9 zugewiesen, 2,80 Meter entsprechend also den Koeffizienten 0,8 und so weiter. Das geht hinunter bis zu einer Wohnraumhöhe 2 Meter, die bekäme den Koeffizienten null.«

»Null«, wiederholte Norbert matt.

»Genau. – Was erreichen wir nun mit diesen Koeffizienten? Das war doch sinngemäß deine Frage, oder?«

Ich ließ ihm noch eine kleine Pause zum Verdauen des Gehörten, dann setzte ich fort: »Wir haben damit die Möglichkeit einer völligen Neuberechnung der Mieten in der Hand. Fast alle bisherigen Mietberechnungen stimmen nicht, weil sie diesen wichtigen Faktor nicht berücksichtigen, nämlich: daß der Mensch im Raume und nicht in der Fläche lebt. Auf diese Weise wird der Mensch plattgemacht. Alle Wohnungen müssen deshalb neu nach bewohnten Kubikmetern berechnet werden. Wer nun zum Beispiel eine Wohnung hat, deren Höhe unterhalb der normalen Wohnhöhe ist, hat entsprechend weniger Möglichkeiten, seine Sachen in die Höhe zu stapeln. Ihm sind nach oben hin Grenzen gesetzt. Die bisherige Miete solch einer Wohnung wird mit dem entsprechenden Koeffizienten multipliziert – sagen wir zum Beispiel mit 0,8 –, und schon ergibt sich eine Mietminderung, um einen finanziellen Ausgleich für die fehlende Raumhöhe zu schaffen.«

»Hm. Und was ist, wenn der Koeffizient gleich null ist?«

»Hochinteressanter Fall, ein Grenzfall!« Ich war froh, daß Norbert endlich begann, ernsthaft mitzuarbeiten.

»Wir multiplizieren die bisherige Miete mit null und erhalten dann insgesamt …«

»Null.«

»Ganz genau: null! Diese Wohnung ist nicht bewohnbar, folglich ist sie auch nicht vermietbar. Es kann keine Miete verlangt werden, weil man von niemandem verlangen kann, mit eingezogenem Kopf in solch einem Karnickelstall von zwei Meter Höhe dahinzuvegetieren.«

»Da bin ich aber platt«, bekannte Norbert säuerlich lächelnd. Insofern gehörte er nach eigenem Eingeständnis immer noch der Fläche an, obwohl wir gerade im Begriffe standen, diese zu verlassen. Ruhig durchschritt ich weiter den Raum (längst war ich aufgestanden), auch wenn es vorerst nur der Raum von Norberts Büro war – den anderen Raum, den, der mir vorschwebte, mußten wir erst noch gemeinsam erobern.

»Ach so, Hannes, und was ist mit Altbauten, Raumhöhe vier Meter und mehr? Bezahlen die dann Luxussteuer? Da bekäme ich ein Problem … Andererseits, die sind aber auch schwerer zu beheizen …«

»Nicht alles auf einmal, Norbert, bitte«, wies ich ihn streng, doch keineswegs unhöflich, zurecht, »wir müssen schrittweise vorgehen.«

Ich hatte gemerkt, daß Norbert noch unschlüssig war. Deshalb war es sinnlos, von einem Thema zum anderen zu springen, das lenkte nur ab. Ich erklärte ihm nun die praktischen Konsequenzen, vor allem auch, weil das direkte Auswirkungen auf unsere Arbeit haben konnte.

»Als erstes, anstelle des jetzigen Zerrspiegels ist ein völlig neuer Mietspiegel aufzustellen, einer, der die realen Verhältnisse so widerspiegelt, daß man sich darin auch wiedererkennen kann. Mit anderen Worten: Wer zum Beispiel in einer Sozialwohnung wohnt mit einem Koeffizienten unterhalb der Eins, zahlt entsprechend weniger Miete beziehungsweise, jetzt wird es brennend interessant für uns, Norbert: Er erhält Gutscheine, die er bei uns einlösen kann, damit er das, was er bei sich zu Hause nicht in Höhenregalen unterbringen kann, bei uns in der SB-Einlagerungshalle deponiert.«

Norbert hob den Blick, er schwieg mich nachdenklich an.

Ich rechnete ihm das Ganze kurz an einem Beispiel vor: »Eine 75-Quadratmeter-Wohnung, die bisherige Kaltmiete beträgt 600 Euro. Wegen einer Raumhöhe von lediglich 2,80 Metern multiplizieren wir die Monatsmiete mit dem Koeffizienten 0,8 und erhalten eine neue Miete von 480 Euro.

Für die Differenz von 120 Euro kommt – in Form von Einlagerungsgutscheinen – natürlich der Vermieter auf, weil er eine Normalhöhe dieser Wohnung nicht gewährleisten kann.«

Ich schob Norbert eine Liste über den Tisch.

Auf der waren die Adressen des Mieterschutzbundes, der Mieterpartei, aber auch anderer Interessenvertreter, zum Beispiel des Tierschutzbundes, notiert, die uns dabei behilflich sein konnten, diese schreiende soziale Ungerechtigkeit endlich abzustellen.

Auch an die Arbeitnehmerflügel der beiden großen Volksparteien hatte ich gedacht, aber die würden wir uns erst dann ins Boot holen, wenn die Sache schon richtig angelaufen war. Skeptisch betrachtete Norbert die Liste – dann mich.

Ich kam ihm noch einen weiteren großen Schritt entgegen. Im Prinzip, so erläuterte ich ihm, arbeiteten wir ja bereits heute schon unter der stillschweigenden Voraussetzung, daß der Mensch einen Körper hat.

»Ach ja?« fragte Norbert interessiert.

»Ja! Wenn wir zum Beispiel unseren Kunden immer wieder davon abraten, den Stauraum, der sich unter ihren Betten befindet, mit Hilfe sogenannter Bettkästen oder -kisten zu nutzen, so wie es ihnen von manch einem übereifrigen Raumplaner oder sonstigem Ordnungstheoretiker ja empfohlen wird, Betonung im letzteren Fall ganz eindeutig auf ›Theoretiker‹, dann tun wir das doch aus der tiefen Einsicht heraus, daß der Mensch bei einer normalen Betriebstemperatur von circa 37 Grad Celsius einen wärmeabstrahlenden Körper hat – schon das Vorhandensein von zehn Menschen kann einen ganzen Raum ja irrsinnig aufheizen.«

Norbert spielte unschlüssig an seinem obersten Hemdknopf herum, meinem festen Blick wich er aus.

»Dieser menschliche Wärmekörper, sofern er auf einem Bett liegt, braucht zur normalen Luftzirkulation freien

Platz unter dem Bett. Sonst stockt es, Stichwort: Mief. Der Mensch als Körper – ich sage damit also überhaupt nichts umwerfend Neues.«

»Nee«, mußte nun auch Norbert zugeben.

»Davon sind wir ja immer ausgegangen.«

»Ja«, seufzte Norbert. »Daß der Mensch einen Körper hat, das habe ich inzwischen kapiert, ja. War mir offen gesagt auch vorher schon irgendwie bekannt.«

Warum zum Teufel blieb er dann trotzdem so hartnäckig in der Reserve? Was mich zur Verzweiflung bringen kann: Wenn man logisch schlüssig einen Gedanken entwickelt und das Gegenüber – bloß, weil noch nie jemand diesen Gedanken einfach zu Ende gedacht hat – verzieht abschätzig den Mund.

»Okay, ich hab verstanden«, sagte Norbert nur, er wollte sich wieder seinen Papieren zuwenden, »träum weiter.«

Dabei war nicht ich es, der träumte, sondern er, Norbert, das Kind seiner Zeit. Insofern konnte ich es ihm nicht einmal übelnehmen.

In keinem einzigen Punkt meiner Argumentation hatte er mir widersprechen können, vorsichtshalber hatte ich ihn noch einmal alle Punkte einzeln abgefragt (»Lebt der Mensch im Raum?« – »Jaaa…« – »Hat er einen Körper?« – »Ja doch« – und so weiter), doch vor der letzten Konsequenz, da schreckte er zurück.

Daran krankt unsere ganze Welt! Wir wissen, was zu tun wäre, nein: was unverzüglich zu tun ist, sofort, auf der Stelle, aber wir tun es nicht. Tun statt dessen so, als ginge alles ewig so weiter. Aber so geht es nicht weiter, Freunde: so nicht, meine Lieben!

Inzwischen hatte ich mich wieder hingesetzt.

»Ich gebe zu, Norbert, eine der ganz zentralen Fragen haben wir damit noch nicht einmal berührt.«

»Nämlich?«

»Warum wir überhaupt so viel Kram anhäufen, der verstaut werden muß, lauter Müll in spe. Das ist der Grundfehler unseres Systems. Damit das ganze funktioniert, muß es unaufhörlich wachsen, diese dauernd hergebeteten Wachstumsraten. Und das in einer Welt immer knapper werdender Ressourcen …«

»Stimmt.« Norbert sah streng auf die Uhr. »Auch meine Zeit wird allmählich knapp.«

Er wollte dann trotzdem noch wissen, wie ich denn überhaupt auf meine Theorie (er nannte es: »diese sonderbaren Gedanken«) gekommen war. Ich erklärte es ihm, erzählte, wie ich Dienstag bei uns zu Hause in der Küche gesessen hatte und daß es – ganz simpel! – die eingehende Betrachtung dreier leerer 0,75-Liter-Weinflaschen gewesen war, die mich letztlich inspiriert hatte.

»Klar.« Norbert nickte. »Das hätte ich mir ja auch denken können. Na klar.«

Um nicht bei solchen belanglosen Einzelheiten wie den Weinflaschen, die uns hier nicht weiterbrachten, stehenzubleiben, stellte ich meine bisher vorgetragenen Überlegungen noch kurz in einen größeren Zusammenhang.

»Im Grunde geht es um den ganzen Menschen! Er bewegt sich in Raum und Zeit. Er hat einen Körper, Bedürfnisse, auch körperliche … Wir sind noch längst nicht soweit, das auch nur annähernd zu verstehen, geschweige denn exakt zu erfassen.«

Norbert hatte einen Keks genommen und knabberte interessiert daran herum.

»Der Mensch ist nicht platt und flächig, Norbert, sein Lebenslauf kriecht nicht flach auf der Ebene hin. Der Mensch, er hat Träume, Wünsche, die ihn erheben.«

Er schob mir stumm die Keksschachtel über den Tisch,

doch ich sah darüber hinweg – blickte ihm direkt ins Gesicht.

»Vielleicht, was weiß ich, meldet er sich bei einer Castingshow, damit er eines Tages sichtbar wird, heraustritt aus dem Dunkel, sich heraushebt aus der grauen Menge, um endlich ganz oben im Scheinwerferlicht zu stehen.«

»Sag mal, Hannes«, Norbert hatte im Knabbern innegehalten, »willst du jetzt etwa auch noch zum Theater, oder was?«

Ich schüttelte betrübt den Kopf. Wieder hatte er mir nicht folgen können, wieder diese Skepsis in den Mundwinkeln, die jeden kühnen Gedanken schon im Ansatz zernagte.

»Weißt du«, sagte er, »ich würde auch ganz gerne träumen. Dazu müßte ich allerdings erst mal wieder richtig schlafen können. Hast du dir rein zufällig mal die Abrechnung vom letzten Monat angesehen?«

Ich verneinte. Komische Frage! Dazu, das war doch wohl klar, hatte ich nun wirklich keine Zeit gehabt.

»Hast du auch nicht viel verpaßt ... Wenn nicht bald ein Wunder geschieht ...«

»Wunder«, hakte ich hier erfreut ein, »du sagst es, Norbert. Es sind ja nicht nur die Träume und Wünsche, die ein Mensch hat, Wunder, die gehören ebenso mit dazu. Ohne Wunder kann kein Mensch leben.«

Norbert nickte: »Ja, danke, danke für den Tip. Ganz ausgezeichnet.«

Verwundert betrachtete ich den kleinen grauen Störenfried, der, kaum war ich wieder in meinem Büro, unverfroren zu klingeln begonnen hatte.

Sollte ich – oder sollte ich nicht? Es konnte ja auch Norbert sein, dem vielleicht doch noch etwas Wichtiges eingefallen war. Ich nahm ab.

Ja, sagte ich.

»Nein!« brüllte ich und legte wieder auf.

Schon wieder! In den letzten Tagen war es wiederholt zu sehr eindeutigen Annäherungsversuchen seitens einer Mitarbeiterin der Buchhaltung gekommen. Die Rede ist von – na? – natürlich: von der Koch-Wengerski!

Erst waren es nur vereinzelte, fast wie verirrte Telefonanrufe gewesen, und ich hatte diesem unsinnigen Treiben keine weitere Beachtung geschenkt. Dann steigerte sich das, bis daraus regelrechter Telefonterror wurde. Diese Frau verfolgte mich, rund um die Uhr. Wenn es klingelte, wußte ich schon immer, wer dran war, so daß ich, wenn ich den Hörer abgenommen hatte, nur noch »Nein« sagte und sofort wieder auflegte.

Die Art, wie sie mir nachstellte, wurde immer dreister, immer unverschämter. Am Ende kam sie dann sogar mehrmals höchstpersönlich in mein Büro, riß die Tür auf, stand da und … Diese funkelnd auf mich gerichteten Blicke, diese … nein, keine Einzelheiten! Sie sprach so laut, daß ich nicht verstehen konnte, was sie überhaupt sagte.

Sollte sie meinetwegen Druck machen, soviel sie wollte. Der Druckausgleich in meiner Kopf-Kabine funktionierte noch immer ganz ausgezeichnet, darauf war und ist Verlaß.

Kurz vor Feierabend kam Norbert noch einmal vorbei.

Ich setzte mich zurecht. Sicher war ihm erst jetzt richtig aufgegangen, was er von mir in meinem Kurzvortrag zu hören bekommen hatte.

Halbe Drehung mit dem Bürostuhl nach rechts, so daß ich ihn genau im Blickfeld hatte. Norbert hatte sich auf den Stuhl gleich neben der Ablage gesetzt.

»Ich höre«, sagte ich – wenn vielleicht auch keine Entschuldigung, so doch wenigstens eine Erklärung dafür, weshalb er mir heute vormittag nur so schwerfällig hatte folgen können. Aber – von wegen!

»Mal im Ernst, Hannes, soll die arme Koch-Wengerski hier noch auf Knien angerutscht kommen, damit du ihr endlich, endlich mal die Rechnungsmappe zurückgibst? Auf der sitzt du doch nun schon geschlagene zwei Wochen herum, ohne daß was damit passiert wäre, Mensch, die braucht das doch, für die Quartalsabrechnung.«

Die »arme Koch-Wengerski« – Norbert deckte diese Person also auch noch. Gut, ich rückte die Unterlagen heraus, mit denen ich im Moment sowieso nichts anfangen konnte. Aber mit dem Verhalten dieser haarigen, dieser rothaarigen!, Person war ich trotzdem keineswegs einverstanden.

Es kam noch besser!

In der Woche darauf, am Donnerstag, inspizierte ich mein Postfach draußen im Gang, dazu war ich lange nicht gekommen. Und, schau an, ich wurde fündig: ein Brief! Auf den ersten Blick sah er sehr amtlich aus.

Ich riß den Umschlag auf und begann im Gehen zu lesen – unglaublich! Ich blieb stehen, auch mein Herz stand einen Moment lang still. Doch schon im nächsten Augenblick gingen, nein, liefen meine Füße blind ins Büro zurück. Dort schaltete ich sofort den Computer an, hier mußte gehandelt werden, unverzüglich.

Ort: Zi. 9, Datum: heute, *»5 vor 12!«*
Hochverehrter Norbert!
Hiermit muß ich Dich umgehend über einen äußerst unangenehmen Vorfall in Kenntnis setzen. Irgendein Vollidiot
(... so hätte ich fast geschrieben!), jedenfalls: eine völlig unbefugte Person, hat, und zwar unter Deinem (!) Namen, mit Datum und Stempel von Freitag, einen dummen, geradezu

unverschämten Brief an mich gerichtet – an mich persönlich! Besagtes Schreiben, richtig mit NOAH-Briefkopf und
Pipapo, lag heute vormittag in meinem Fach. Das Ding sah
auf den ersten Blick tatsächlich wie eine förmliche Abmah-
nung aus.

Die Infamie dieses rätselhaften Schriftstückes ist nicht zu
überbieten, und sie steigert sich von Zeile zu Zeile. So wird
mir darin von einer offensichtlich geistesverwirrten Person
unter anderem vorgeworfen, ich hätte auf dem PC die auto-
matische Abwesenheitsnotiz *Out of Office AutoReply* aktiviert,
obwohl ich doch die ganze Zeit über im Büro war und bin.
Und diese haltlose Beschuldigung wird in einem anmaßen-
den, nachgerade triumphierenden Tonfall vorgebracht!

Du lieber Himmel! Norbert, Du weißt selbst am besten,
daß ich im Moment mit wichtigen, unser aller Schicksal
betreffenden Fragen rund um die Uhr ringe, so daß von
meiner Seite aus mit dieser elektronischen Abwesenheitsnotiz nur vorsorglich eine wegen intensiver innerer geistiger
Schwerstarbeit durchaus mögliche »*Geistes*-Abwesenheit«
aus dem Büro signalisiert werden sollte.

Ich will Dich nicht mit weiteren Einzelheiten dieses Schriftstückes langweilen oder quälen. Nur dies noch – makaberer
Höhepunkt des ganzen Spuks: Dieser Jemand hat täuschend
echt, das muß man ihm allerdings lassen, *Deine* Unterschrift
nachgeahmt (den stolzen, kühnen Aufstrich beim N, der mir
immer ganz besonders imponiert, weil er so prägnant Deine
Entschlossenheit ausdrückt).

Dies allein erfüllt schon rein juristisch den Tatbestand einer
Urkundenfälschung. Wir sollten diese Umtriebe nicht un-
beobachtet lassen. Derlei Dunkelmännertum kann, wie wir
beide wissen, den Betriebsfrieden erheblich gefährden. Ich
weiß nicht, ob wir sofort Maßnahmen einleiten müssen,
um den Übeltäter dingfest zu machen. Ich vermute dahin-

ter übrigens eine Übeltäterin, und zwar aus dem Bereich Kasse/Buchhaltung ... Aber dies nur nebenbei und unter uns. Das alles ist vorerst noch streng vertraulich.

Vorsicht aber ist in jedem Falle geboten!

Um baldige Rücksprache, ggf. auch am Telefon, wird hiermit höflichst ersucht!

Mit dem Ausdruck tiefster Hochachtung

Dein

Usw. usf.

Zu den Akten

… ja, zu den Akten müssen wir jetzt kommen, unverzüglich, das duldet keinerlei Aufschub mehr!

Bei unserem letzten Umzug war mir eine hellgrüne DIN-A4-Mappe in die Hände gefallen. Ich wußte erst nichts damit anzufangen, und fast wäre sie wieder in der Versenkung verschwunden, nur ein Zufall hatte sie vor diesem Schicksal bewahrt.

Ordner, die die launige, durchaus gutgemeinte Verlegenheitsaufschrift »Verschiedenes« tragen, sind keine Ordner, sondern der Anfang vom Ende: Hier hat das Chaos bereits siegessicher und breit grinsend seinen Fuß in die halboffene Tür gesetzt.

In solch einen unbestimmt bezeichneten »Ordner« hatte ich diese Mappe zunächst verfrachtet, schon bald aber dieses unsinnige Sammelsurium wieder in seine Einzelteile aufgelöst, das heißt auf dem Fußboden ausgekippt, wo sie nun verstreut herumlagen.

Diese hellgrüne Mappe aber hatte ich aufgehoben und vor mich auf den Tisch gelegt. Auf diese Weise war sie nun erneut ans Licht gekommen: ans Licht der abendlichen Leselampe, das in einem mattgelben Strahlenkegel auf sie fiel. Monika schlief schon.

»Wohnungsangelegenheiten« stand wichtig mit schwarzer Tinte auf dem Deckblatt. Sie enthielt alte Mietverträge, die wir in der Vergangenheit abgeschlossen hatten, historisches

Material also, das, wie mir schlagartig klargeworden war, unter Umständen gute Dienste leisten konnte.

Um das Ergebnis gleich vorwegzunehmen: Der Pioniergeist meiner Theorie bestätigte sich glänzend auch hier. Vor mir hatte noch nie jemand diese merkwürdige Begrenzung auf die Wohnfläche, bei fast völliger Ausblendung des Wohnraums als solchem, erkannt.

Wie es nicht anders zu erwarten gewesen war, zeigte schon ein rasches Durchblättern, daß alle Mietverträge bezogen auf Quadratmeter abgeschlossen worden waren. Im Grunde hatte ich damit auch gerechnet.

Überraschend war ganz etwas anderes!

Beigelegt waren diesen Mietverträgen die zur jeweiligen Zeit gültigen Hausordnungen. Und hier gab es nicht nur gewisse zeitbedingte Unterschiede, die sich etwa aus dem Vorhandensein von Kohleöfen ergaben – das Thema »glühende Asche im Abfallbehälter« zum Beispiel war ein richtiger Dauerbrenner der frühen Jahre –, nein, mehr noch, das vergleichende Studium dieser drei Hausordnungen (1960er Jahre, frühe 1980er Jahre, heute) zeigte eine innewohnende Tendenz hin zum Schnörkellosen, eine Beschränkung auf das Kerngeschäft, eine Begrenzung auf das Wesentliche.

Das konnte mir nur lieb sein, ging es doch auch mir einzig und allein darum, endlich zum Wesen des Begriffs »Wohn-Raum« vorzudringen. Die Zeit arbeitete also für mich, für die erfolgreiche Umsetzung meiner Idee.

Die schrittweise Vereinfachung läßt sich gut in den einzelnen Strängen der verschiedenen Hausordnungen nachzeichnen.

In den 1960er Jahren ließ sich die kommunale Hausverwaltung in einer Art Präambel zu folgendem Bekenntnis hinreißen: »Das Bestreben der Verwaltung ist es, allen Mietern ein friedliches, glückliches und gesundes Wohnen zu sichern.«

Derlei Bekenntnishaftes findet sich in der Folge nicht mehr. Spätere Verwaltungen schweigen sich gründlich über ihr Innerstes aus, von nun an ist allein der Mieter am Zug.

In den frühen 1980er Jahren: »Alle Mieter des Hauses verpflichten sich zur Einhaltung der nachfolgenden Grundsätze« und, noch knapper, noch präziser, heute: »Der Mieter erkennt die Hausordnung als für ihn verbindlich an.«

Was soll man dazu sagen? Ja.

Ganz im ausschweifenden Stile früherer Zeiten war in der Hausordnung der 1960er Jahre auch der Punkt eins ausgeführt: »Die Hausbewohner pflegen im Verkehr mit ihren Mitbewohnern die Gesetze gegenseitiger Solidarität und harmonischer Gemeinschaft. Die Hausbewohner nehmen darum Rücksicht auf ihre Mitbewohner und halten auch ihre Kinder an, sich freundlich und anständig zu benehmen, die Haus- und Gartenanlagen zu schonen und lärmendes Spielen im Hause zu unterlassen.«

Das Schicksal der Kinder! Auch hierin zeigte sich ein markanter Unterschied zu früher. Die heutige Hausverwaltung, in ihrem streng gebietenden Ernst, hat, was diesen ständigen Problem- und Störfall betrifft, Abschied von alten, blumigen Weltverbesserungsabsichten genommen. Sie hält Obacht und ist vor allem bestrebt, den Schaden (Fußball auf dem Rasen, zerbrochene Fensterscheiben, Kokeln im Hausflur), soweit es nur irgend geht, in Grenzen zu halten. Außerdem ist das Thema »Kinder« jetzt inhaltlich an einer anderen Stelle einsortiert: »Abfälle jeder Art dürfen nur in die aufgestellten Mülltonnen geschüttet werden. Daneben geschüttete Abfälle sind sofort zu beseitigen. Sperrige Gegenstände muß der Mieter auf eigene Kosten abholen lassen bzw. die Sperrmüllabfuhr benutzen. Darüber hinaus ist der Mieter verpflichtet, seine Kinder ausreichend zu beaufsichtigen.«

Ein kristallklarer Forderungskatalog! Um es an dieser Stelle zusammenzufassen: Die »Hausordnung« auf ihrem aktuellen Stand ist eine, die diesen Ehrennamen – mit deutlicher Betonung auf »Ordnung« – auch wirklich verdient.

Ein seltsam vertrauter Klang war mir in den Ohren, als ich in der alten Hausordnung gelesen hatte: »Die Hausbewohner pflegen im Verkehr mit ihren Mitbewohnern die Gesetze gegenseitiger Solidarität und harmonischer Gemeinschaft ...«

Woher kannte ich das?

Natürlich, das war genau der gleiche Ton wie damals, als es im Kindergarten hieß: »Und der Hannes ißt jetzt ganz lieb seine Suppe auf!«

Frau Jahn steht neben mir und sieht von oben, über ihre hohe Brüstung hinweg, auf mich herab. Ich kann aber die Suppe nicht auslöffeln. Mein Löffel, ein aluminiumfarbenes U-Boot, ist in die Tiefen der Suppe abgetaucht, er liegt am Grunde des Tellers, er klemmt fest zwischen den Riffen der Mehlklumpen, ich schaffe es nicht, das U-Boot zu bergen. Alle Matrosen müssen in der furchtbaren Blumenkohlsuppe ertrinken. Und ich muß sehr darüber weinen.

Wäre es ein Befehl gewesen: »Iß endlich auf!«, hätte ich ihn befolgen oder verweigern können. Aber das »Hannes ißt jetzt ganz lieb seine Suppe auf!« machte mich zum ferngesteuerten Spielzeug in den Händen von Frau Jahn. An Stelle des Gebotes (Hannes soll seine Suppe auslöffeln), dessen Befolgung ungewiß irgendwo im Zukünftigen verborgen war, kam es durch die eigenwillige sprachliche Prägung schon zum vorweggenommenen Vollzug, Frau Jahns Idee wurde zur materiellen Gewalt, ihre Sprache schuf eine zukünftige Wirklichkeit. Es war nur noch eine Frage der Zeit, bis es hieß: »Endlich, jetzt hat der seine Suppe aufgegessen.«

Und warum mußten wir die Teller mit dieser klumpigen, lauwarmen Mehlsuppe bis zum letzten Grund auslöffeln?

Wir sollten alle Frau Jahns Vorbild folgen und eines Tages genauso unglaublich dick sein wie sie.

Eine andere Frage, die sich wie ein roter Faden durch die drei Hausordnungen zog, war das Schlüsselproblem.

»Bei längerer Abwesenheit sollen die Wohnungsschlüssel für den Bedarfsfall zur Verfügung der Verwaltung gehalten werden, da andernfalls in dringenden Fällen die Räume gewaltsam geöffnet werden müßten.« So Punkt fünf, 1960.

Das klingt vernünftig.

Später aber wollte sich die Hausverwaltung mit diesem heiklen Problem nicht mehr selbst belasten, sondern schob es in weiser Voraussicht weiter: »Bei längerer Abwesenheit empfiehlt es sich, die Wohnungsschlüssel für den Bedarfsfall bei geeigneten Hausbewohnern zu hinterlegen, um zu verhindern, daß notfalls die Räume gewaltsam geöffnet werden müssen.« Punkt sieben, in den 1980er Jahren.

Gut, aber wer bitte schön ist schon dafür »geeignet«? Wenn ich mich in unserem Haus umschaue: Frau Wernicke, Hochparterre, jedenfalls nicht! Zwar ist die immer zu Hause. Ihr Platz am Fenster ist ein Hochsitz, von dem aus sie ständig den gesamten Hauseingangsbereich auf der Jagd nach Neuigkeiten im Visier hat; sie peilt jeden an, der das Haus betritt oder verläßt.

Gäbe man ihr den Schlüssel, es käme der Aufforderung gleich, sich endlich mal, was sie wahrscheinlich immer schon vorhat, gründlich bei uns in der Wohnung umzusehen.

Und Melanie, die Krankenschwester im zweiten? Schwierig. Man begegnet ihr zu den unmöglichsten Zeiten im Hausflur. Sie hat oft Nachtdienst. Da traut man sich nie zu klingeln, weil man ihren Dienstplan nicht kennt. Woher auch?

Dann gibt es Leute wie die Beuls, die wollen sich grundsätzlich nicht mehr mit so etwas belasten, ihre Wohnung ist ein Schneckenhaus, in das sie sich aus der Welt zurückgezogen haben. Sie leben auf einer Kriechspur und betrachten die Welt vorzugsweise aus der Perspektive ihres Türspions. Und bei anderen Mietern im Haus zögert man, sie zu fragen.

Und gleich neben uns – Frau Sander? Aber die war erst vor kurzem eingezogen, die konnte man auch noch nicht fragen. Wir kannten sie ja kaum.

»Das Werfen von Gegenständen oder das Ausschütten von Wasser aus den Fenstern ist unstatthaft«, hieß es mahnend in den 1960er Jahren. Diese Unsitte hatte offenbar mit der Zeit spürbar nachgelassen, in späteren Hausordnungen – kein Wort mehr davon. Wäre darüber hinaus auch »das Werfen von Blicken aus den Fenstern« unstatthaft, Frau Wernicke hätte sicher ein ernstes Problem.

Fasziniert hatte ich übrigens an verschiedenen Stellen der alten Mietverträge die immer wieder dazwischengehämmerten Schreibmaschineneinsprengsel betrachtet.

Mal war ein ganzes Wort durchge-XXX-t. Dann schwebte ein »entfällt« deutlich oberhalb einer ».......«-Linie. Auch die »Besonderen Vereinbarungen« waren in etwas wackeliger, aus der Reihe tanzender Schreibmaschinentypographie hinzugesetzt.

Eine hochinteressante Entwicklung zeichnete sich insbesondere bei der Benutzung der Dachböden ab. Hier wurde ich hellhörig. Während es früher noch ganz allgemein und unverbindlich hieß, daß dort »keine schweren Lasten und leicht brennbaren Gegenstände« zu lagern seien, wurde das in der heutigen Fassung deutlich präzisiert und verschärft, da wird, genau aufgelistet, »das Aufbewahren von Möbeln, Matratzen, Textilien und Futtervorräten« generell und ganz unmißverständlich untersagt.

Stop! Das war sehr wichtig. Ich wußte nicht, ob Norbert das wußte. Auf jeden Fall machte ich mir einen entsprechenden Vermerk.

Unser SB-Einlagerungssystem bekäme dadurch sogar offiziellen Rückhalt. Würde überall nur energisch genug auf die Einhaltung der Hausordnung gepocht, müßten sich doch bald ganze Karawanen in Bewegung setzen, um Möbel, Matratzen und so weiter bei uns einzulagern. Vielleicht könnte man da sogar ein bißchen nachhelfen. Ich dachte an eine Briefkastenaktion: Handzettel mit einem kurzen Auszug aus der Hausordnung und darunter, als Lösung des Problems, unsere Kontakttelefonnummer.

Das eröffnete uns ungeahnte Perspektiven, auch wenn ich selbstkritisch daran denken mußte, daß seit Jahren bei uns auf dem Boden ein altes Bettgestell herumstand, mit dem wir immer wieder umgezogen waren und von dem ich mich nie hatte trennen können.

Spät war es geworden, sehr spät, als ich an diesem Abend nichtsahnend ins Bett stieg. Ich wußte noch nicht, daß am nächsten Tag, während ich nur mal kurz dienstlich im Keller zu tun hatte, Monika von einem Moment zum anderen spurlos aus meinem Leben verschwinden sollte.

Schnee von gestern

Heiß geduscht & kalt erwischt – so in etwa die Lage, als ich am Sonntagmorgen sehr früh, ich habe kaum geschlafen, vor dem beschlagenen Badspiegel stehe; nur allmählich löst sich aus dem Nebel mein Gesicht, ich wische es mit dem Handtuchzipfel frei.

Seit ihrem Verschwinden vor zwei Tagen hat sich Monika nicht wieder gemeldet.

Ich schäume ... zunächst erst einmal mein Gesicht ein! Hinter der Weihnachtsmannmaske, einem Rauschebart aus schneeweißem Rasierschaum, verschwindet es. Die morgendliche Rasur: ein bißchen Frieden, ein Stück Normalität – kleiner Aufschub von circa fünf Minuten. Was danach kommt, liegt noch völlig im Dunkel einer ungewissen Zukunft.

Mit ruhiger Hand setze ich das Messer an. Nun beginnt das Freilegen verborgener Schichten.

Ich bin sehr vorsichtig, besonders nach dieser Nacht, die ein einziger weißer Alptraum war. Oft genug habe ich mich beim Rasieren schon ernsthaft selbst verstümmelt (Kinn! Ohrläppchen!). Bahn für Bahn räume ich das Gesicht leer. Was da zum Vorschein kommt, liegt es vielleicht mit gutem Grund unter grauen Bartstoppeln verborgen? Nein, nicht der Rede wert: nichts als brennende, rosige, an manchen Stellen auch runzelige Haut. Kurzer Kontrollblick: Ich bin mir messerscharf aus dem Gesicht geschnitten.

Als ich zum Hals komme, lege ich den Kopf in den Nakken, betrachte mich von oben herab, gespannt sehe ich zu, wie die scharfe Klinge vorsichtig an meiner Kehle vorbeizieht, elegant den Adamsapfel umkreist.

Na, altes Haus, sage ich, als ich meine fertiggestellte Fassade erblicke, dich gibt's ja auch noch: die rote Nase, ein fragend in die Gegend ragender Gesichts-Erker. Die Augen, Fensterlein meiner müden Seele. Sie blicken trübe in die Welt hinaus. Müßten auch mal wieder geputzt werden: ein Schwall kaltes Wasser ins ahnungslose Gesicht – ah! Unten, fest verschlossen, die Haustür des Mundes.

Der Toaster wirft synchron zwei Scheiben aus: eine für mich – eine für mich. Auch dessen einstige Pracht hat mit den Jahren gelitten, das Metallicblau seines Gehäuses sieht längst nicht mehr so glänzend aus wie am ersten Tage, es ist stumpf geworden, abgestumpft. Das Frühstück krümelt sich wortlos dahin.

Weil die Stille in der Wohnung wie ein Zeitzünder tickt, werfe ich eine CD ein, meinen Lieblingsmusiker: Joe Cocker, »Summer In The City« – das paßt. Es ist Winter. Und ich habe Sehnsucht nach dem Sommer. Aber nicht in der City, sondern zum Beispiel an der See, in Heringsdorf vielleicht, auch wenn ich mir dort dauernd den Kopf an der Dachschräge gestoßen hatte. Um mich daran zu erinnern, schlage ich vorsichtig den Kopf gegen die Wand.

Da ist mir, als hätte ich ein fernes Echo gehört.

Ja, gleich in die ersten Takte des Titelsongs hat sich ein unbekannter Sound gemischt. Trommeln? Ich höre wohl nicht richtig. Die habe ich an dieser Stelle doch noch nie gehört.

Ach so, Frau Sander von nebenan, sie trommelt an die Wand: *»Denken Sie doch bitte auch mal an Ihre Mitmenschen!«*

Stimmt.

Einen Moment lang überlege ich, ob ich jetzt nicht doch voll aufdrehen sollte, damit sie besser mithören kann, damit auch sie was davon hat. Ich greife nach der Fernbedienung, halte sie unschlüssig in der Hand, dann stelle ich leiser.

Beim ersten Titel, den ich noch einmal von Anfang an höre, bin ich der stumme Karaokesänger. Danach schalte ich den Kasten aus. Genug davon. Von nebenan ist nichts mehr zu hören, keinerlei Klagen mehr, Ruhe im Karton!

Aus der Küche will ich mir die letzte Tasse Kaffee holen. Schwarz summt es über der Obstschale. Ich lasse es summen.

Ich kann keiner Fliege etwas zuleide tun! Das heißt: Ich könnte schon, ich bin nur nicht in der Lage dazu. Gehe ich auf Jagd und schlage mit der zusammengefalteten Zeitungsklatsche zu, ist sie auf schwarzer Flugbahn längst brummend wieder irgendwohin verschwunden, andernorts gelandet, um dort gelassen einen erneuten erfolglosen Angriff von mir zu erwarten. Also lasse ich es lieber gleich. Irgendwie – ich weiß aber nicht mehr, wie – bringe ich den Vormittag herum.

Manche Menschen leben nur in der Erinnerung. Schlimm ist nur, wenn man sich an so gar nichts mehr erinnern kann. Beim Kreuzworträtsel versage ich bei den einfachsten Fragen. »Römischer Kaiser mit N …?« Am Ende sehe ich – waagerecht, senkrecht – nur noch ein Gitter vor mir.

Bei meinen ziellosen Streifzügen durch die Wohnung entdecke ich Staub in Ecken, wo ich ihn nie im Leben vermutet hätte. Im Bad wasche ich mir lange und sehr gründlich die Hände. Beim Abtrocknen hebe ich den Blick: Vom silbernen Grund des Spiegels steigt Monikas Bild in mir auf. Ich muß mich setzen, nehme schwach in den Knien, auf dem zugeklappten Klodeckel Platz.

Dieser weiße Spiegelschrank war unsere erste größere Anschaffung im schwedischen Möbelhaus gewesen. Jetzt kommt er mir vor wie ein Hinterbliebener aus einem anderen Zeitalter.

»Schau mal, hier«, hatte Monika damals gesagt, »der sieht doch gar nicht so schlecht aus.«

Sie war vor dem mannshohen *Björn* (Name geändert!) stehengeblieben und betrachtete ihn eingehend. Liebevoll klappte sie die weißen Schranktüren auf und zu, warf auch einen neugierigen Blick in sein Innenleben und besah sich dann nachdenklich im Spiegel. »Du, ich wollte schon immer mal einen richtigen Spiegelschrank im Bad haben. Was meinst du?«

Na gut, dachte ich.

Außerdem fanden wir noch eine passende Lampe dazu.

Wie groß jedoch mein Erstaunen, als ich sah, daß das, was vor meinem geistigen Auge gerade eben noch als respektabler Badschrank vor uns gestanden hatte, sich nun, in der ricsigen Abholhalle, auf einmal als brauner, schmaler Pappkarton präsentierte, der flach in einem Regal lag und außerdem, wenn man daran schüttelte, verdächtige Geräusche machte. Schon da hätte ich unbedingt mißtrauisch werden müssen!

Aber Monika hatte ja recht: Es stand unmißverständlich *Björn* auf dem braunen Karton, kein Grund also, derart argwöhnisch zu sein. Der Karton war auch unglaublich schwer, als ich ihn aus dem Regalfach auf den Wagen hievte. Es schien also alles vollständig zu sein.

Im Auto saßen wir dann hintereinander, so wie früher, als wir noch das Motorrad, meine alte MZ, hatten. Das war überhaupt das Allerbeste an diesem Abend. Ich, als Chef, vorn – und hinter mir, auf der Soziusbank, Monika, die schon laut darüber nachdachte, wie sie heute abend den Badschrank einrichten würde.

Neben mir in ahnungsvollem Schweigen lag, lang ausgestreckt über Beifahrer- und Rücksitz, was einmal *Björn* werden sollte. Die Kofferraumklappe hatten wir wegen ihm nicht ganz schließen können, ein Stück Kiste ragte hinten heraus. Der Fahrtwind machte ein schauerliches Flattergeräusch, als würden Dutzende Fledermäuse uns verfolgen.

Zu Hause schlitzte ich im Bad den Karton mit dem Küchenmesser auf und kippte alles aus. Da endlich begriff ich: Der Schrank war in seine sämtlichen Einzelteile zerlegt worden, und die Aufgabe bestand nun darin, ihn wieder richtig zusammenzubauen. Na gut, warum nicht. Wir waren noch ganz neu auf diesem Gebiet, ein bißchen Beschäftigung konnte da sicher nicht schaden.

»Soll ich dir schnell helfen?« rief Monika aus der Küche, wo sie Eier und Schinken briet.

»Ach was, laß mal, das schaff ich schon«, flüsterte ich.

»Ich mache schon mal Abendbrot. So lange wird es ja nicht dauern.«

»Nein, bestimmt nicht …«

Da hatte ich mich bereits in den beigelegten Bauplan vertieft. Der kam ganz ohne Worte aus, das war wohl, wie es aussah, eher ein Kinderspiel. Diese Bilder konnte ein Eskimo ebenso verstehen wie ein Physikprofessor. Besser allerdings, sie taten sich zusammen: Das zeigte Bild eins. Dort stand ein einzelnes Strichmännchen mit einem Hammer in der Hand vor einem Bretterhaufen. Seine Mundwinkel waren traurig herabgezogen, und das Männchen war dick durchgestrichen.

Daneben war derselbe Bretterhaufen abgebildet. Dort allerdings standen zwei Männchen, die nicht durchgestrichen waren und die deshalb fröhlich lachten.

Gegen halb neun, nach unserem provisorischen, von mir achtlos und hastig eingenommenen Abendbrot, kam Monika zu mir ins Bad. Sie wollte mir helfen. Doch ich wollte mir nicht helfen lassen. Konnte es nicht. Ich war der Strichmann mit den herabgezogenen Mundwinkeln.

158

»Wollen wir das blöde Ding nicht zurückbringen?« schlug Monika gegen zehn vor, als sie noch einmal vorbeischaute.

Stumm schüttelte ich den Kopf. Dafür war es jetzt schon zu spät. Alles lag verstreut um mich herum. Ich wußte auch gar nicht, wie ich das alles wieder im braunen aufgeschlitzten Karton hätte verstauen können. Und einige Teilerfolge hatte ich ja bereits erzielt, im Bereich der Türgriffe etwa war ich ein gutes Stück vorangekommen, ich wollte nicht auf halbem beziehungsweise drittel oder viertel Weg aufgeben.

Bei meinem Umzug ins Wohnzimmer – irgendwann mußte Monika dann doch mal ins Bad und schließlich ins Bett – kam mir im Flur der halbe Inhalt eines sorglos aufgerissenen Schraubentütchens abhanden. Die Teile waren, unerreichbar für mich, unter dem großen Flurschrank verschwunden. Ich wollte Monika jetzt nicht noch einmal stören, deshalb ließ ich das Flurlicht aus.

Es muß auch so gehen, dachte ich.

Die ersatzweise von mir zum Einsatz gebrachten Holzschrauben, ich hatte sie kurz nach Mitternacht in der Kammer entdeckt, hielten dann allerdings sehr schlecht. Auf ihren Gewindebahnen hatten sie ein mir unverständliches hellbraunes Mehl aus dem Innern der weißen Seitenteile zutage gefördert.

Der Morgen graute bereits, als *Björn* und ich soweit miteinander fertig waren. Mannhaft hatte ich ihn oben herum umarmt, fest an mich gepreßt und ihn mit kleinen Trippelschritten, ohne irgendwo anzustoßen, durch den schmalen Flur ins Bad bugsiert. Dort saß ich dann auf den kalten Fliesen, lehnte ermattet an der Wand. Vor mir, unbeholfen, stand der etwas invalide *Björn*.

Seither hatte er zwei Umzüge überstanden und war dabei noch etwas wackeliger, gebrechlicher geworden. Das war aber nur mir aufgefallen, Monika hatte sich nie daran gestört.

Als ich das Bad verlasse und an ihm vorbeigehe, sehe ich in seinem Innern Teile des Fliesenmusters, unten auch ein Stück Wanne. Auf deren weißen Rand Shampoo und Duschbad, alles aber völlig unleserlich, weil in Spiegelschrift.

Abends kann ich nicht mehr. Ich verlasse dich, sagte ich wütend zur Wohnung und schmiß mit aller Wucht die Tür ins Schloß.

Dunkelheit im Treppenhaus, das Licht brennt nicht. Ich tappe hinab, ich tappe im Dunkeln. Dann bin ich endlich unten und drehe unerkannt als Freigänger eine größere Runde durch das Viertel. Mein Entschluß steht fest: nie wieder leben!

Ich laufe ziellos umher. Das Leben der anderen, so wie es von außen aussieht, verläuft in geordneten Bahnen. Sie sitzen in ihren Wohnungen und stimmen sich bei einem *Tatort* (ich hatte nur den Anfang gesehen: verstümmelte Frauenleiche im Watt, viel Nebel) innerlich auf die Herausforderungen einer neuen Arbeitswoche ein.

Noch nie in meinem Leben hatte ich mich so gefreut, daß der Sonntag um war und ich am nächsten Tag wieder zur Arbeit durfte.

Kurz erwog ich, mich an diesem Abend zu betrinken, mich – um alles zu vergessen – völlig *sinnvoll* zu betrinken, beließ es dann jedoch bei einigen Gläsern Rotwein, gleich in der Küche, ließ den Tag also nur mit einem geselligen Beisammensein im kleinsten Kreise ausklingen.

Die leere Weinflasche stellte ich neben der Küchentür ab, an ihrem alten – und nun auch neuen! – Stammplatz, wo die große Weltordnung kleine Pause machen durfte.

Sogar in der Buchhaltung, um die ich sonst immer einen großen Bogen mache, schaue ich am Montagmorgen kurz vorbei. Ich stecke die Nase zur Tür hinein und lasse ein munteres »Hallo!« hören: »Na, neue Woche, neues Glück – auf in den Kampf!«

Erschrocken blickt die Koch-Wengerski auf. Sie hat heute wieder eine besonders verhängnisvolle Frisur auf ihrem Kopf. Mit beiden Händen bedeckt sie rasch den *Berliner Kurier,* der vor ihr auf dem Schreibtisch liegt. Sie vergißt dabei sogar, meinen fröhlichen Morgengruß auch nur annähernd zu erwidern; nur ein: »Äh'm …«

Da ich nicht gleich wieder in meinem Büro verschwinden will, Einzelzelle habe ich am Wochenende mehr als genug gehabt, gehe ich noch ein bißchen auf dem Gelände spazieren, streife auch durch die Halle und lasse dort meinen *Herr-der-Dinge*-Blick schweifen.

Wenn man sich orientiert, dann richtet man sich nach dem Orient aus, nach dem Aufgang der Sonne. Aber was zum Teufel war unser Bezugssystem, wenn wir unter diesem ewigen Kunstlicht Ordnung in unsere tausend kleinen Dinge bringen wollten? Da tappen wir im dunkeln, unterliegen wechselnden Einflüssen. Mal ist uns das wichtig, mal jenes, mal beides. Mal nichts von allem. Die Sonne kommt nur dann ins Spiel, wenn ihre Strahlen zufällig durch eine Fensterluke fallen, um die große Unordnung zu beleuchten und unerbittlich alles ans Licht zu bringen, was vordem im Schutze der Dunkelheit verborgen lag.

Sonne fällt in dürren Strahlen durch die Glaswand in den Filterbereich. Dort steht ein älterer Herr, Typ Horst Tappert. Sein Trolley ist mit Kisten und Koffern vollgeladen. Obenauf liegt eine Wohnzimmerlampe, deren geschwungene Holzarme wie die Fühler eines Riesenkraken den ganzen Krempel zusammenhalten.

In beiden Händen hält der Mann eine Schreibmaschine, die hatte wohl nicht mehr mit auf den Rollwagen gepaßt, und nun ist dieser Horst-Tappert-Darsteller unschlüssig und überlegt, wohin damit: einlagern – oder nicht doch eher Schrott? Einer von den Lagerarbeitern hat ihm schon hilfsbereit die Schrottklappe geöffnet.

»Können Sie«, fragt mich der Kunde auf einmal, »die vielleicht noch für irgendwas gebrauchen?« Offenbar ist ihm mein interessierter Blick nicht entgangen.

Ich trete näher.

»Die hat mir lange, lange Jahre gute Dienste geleistet.«

Warum eigentlich nicht?

Der Mann ist erleichtert, sein gutes Stück vor dem Schrott gerettet zu haben.

Schwer schleppe ich an der Beute, ich bringe sie erst mal in Sicherheit, in mein Büro. Unter meinem Arm klemmt ein flacher Karton. »Da haben Sie sicher auch noch Verwendung für«, hatte der Mann zu mir gesagt und den Karton aufgeklappt: schwarzglänzendes Kohlepapier, grüne und rosa Durchschlagblätter, hauchzart, so wie Monikas Dessous an ausgewählten Fest- und Feiertagen.

Um Platz zu schaffen, lehne ich die PC-Tastatur hochkant an den finster dreinblickenden Bildschirm, der bleibt heute ausgeschaltet.

Ich spanne ein Blatt Papier ein und freue mich an dem Schnurrgeräusch, als ich mechanisch am geriffelten Seitenrad drehe.

Gespannt hocke ich vor dem weißen Blatt. Am Computer kann man sofort bedenkenlos anfangen loszuklackern, hier muß man erst mal überlegen.

Abgesehen von Energiekrise, Stromausfall und dergleichen: Beim PC tippt man im Unterschied zur Schreibmaschine höchstens mal was an oder ein, das man sofort wieder löschen kann. Deswegen entsteht dort, wie ich es in einer Denkschrift einmal dargelegt hatte, so viel Überflüssiges. Keine Originale, die zwingend so sein müssen, wie sie sind.

Der angebliche Vorteil des Computers, daß man immer alles ändern kann, ist sein eigentlicher Nachteil: Hier ist man nie im Leben fertig.

Eine ebenso sinnvolle Einrichtung scheint mir das Kohlepapier zu sein. Man überlegt *vorher*, wie viele Durchschläge man braucht, und mehr werden es dann auch nicht. Basta.

Schon lange habe ich vor, eine neuerliche Denkschrift zu einer sehr brennenden Frage zu verfassen, die seit Wochen, seit Monaten in meinem Kopf herumkreist, ohne daß es bisher zu einer Lösung gekommen wäre.

Da man bei der Schreibmaschinenarbeit, so wie das seine Ordnung hat, vorne anfangen muß, kann ich nach der Überschrift »Denkschrift 2« die wichtige Frage, wem ich diese Schrift widmen soll, nicht auf die lange Bank schieben, das muß unverzüglich, gleich in der nächsten Zeile unter der Überschrift, etwas nach rechts gerückt, entschieden werden.

Ursprünglich hatte ich an Norbert gedacht. Wegen der jüngsten Ereignisse kommt aber auch Monika in Frage. Mir fallen so viele Namen ein. Schließlich fasse ich das alles bündig zusammen und schreibe: »für A bis Z«. Das ist auch völlig richtig so, diese Denkschrift schreibe ich der ganzen Welt ins Stammbuch, das geht uns alle an.

Worum geht es mir? In der Entsorgungs- und Einlagerungspraxis arbeiten wir seit Jahren erfolgreich nach dem Prinzip »Weniger ist mehr«.

Das hatte ich zum Beispiel auch Jalousien-Schultze im Wedding eingeschärft, und in seinem speziellen Fall war das auch goldrichtig so: Je weniger Kram auf seinem Schreibtisch lag, desto mehr Platz, desto mehr Bewegungsfreiheit hatte er. Für die simple Praxis funktionierte dieses Prinzip also hervorragend.

Ging man nun aber einen Schritt weiter und kam also zur Theorie, dann bedeutete »Weniger ist mehr« – wenn man es nur wirklich und konsequent zu Ende dachte –, daß das meiste … NICHTS ist! Und nahm man noch den alten Lateinerspruch »*De nihilo nihil*« hinzu, »Aus Nichts wird nichts«, wonach sich das Nichts offenbar ganz aus sich selbst heraus vermehrte, dann standen wir hier unversehens am Rande eines der Schwarzen Löcher der Entsorgungs- und Einlagerungstheorie, eines gurgelnden Ausflusses, in dem alles und alle verschwanden.

Ich begann damit, meine Gedanken zu Papier zu bringen. Doch ist das ein viel zu nüchterner Ausdruck für das, was nun, an einem ganz normalen Montagvormittag, geschieht: Ich arbeitete mich in einen Rausch hinein.

Seit langem fühle ich mich endlich wieder einmal auch körperlich bei meiner Tätigkeit ausgelastet. Das Hämmern auf die Tasten bringt mich ins Schwitzen. Stets muß ich wachsam sein. Körper und Geist sind im Einklang wie schon lange nicht mehr.

Ich verwende das Zwei-Finger-Suchsystem. Das genügt völlig. Jeder weitere Finger ist einer zuviel. Außerdem kann man so die Armkräfte besser bündeln, konzentrieren.

Die Tür zum Flur hatte ich vorhin, weil ich beide Hände voll hatte, offengelassen. Soll ruhig der ganze Flur, die ganze Firma, meinetwegen: die ganze Welt, hören, daß ich arbeite. Sonst glauben die womöglich noch, ich sitze den ganzen Tag nur herum und denke ergebnislos nach.

Bald finden sich auch schon die ersten Neugierigen ein. Bitte, sie dürfen gern zugucken, können ruhig sehen, daß ich zu tun habe, ich habe nichts zu verbergen.

Jeder einzelne Buchstabe hinterläßt eine deutliche akustische Schallspur im Raum, jede Taste, die ich hämmere, ist ein achtunggebietender Hammerschlag. Es ist eine Arbeit ohne Netz (Tipp-Ex hatte ich bei den Vorräten nicht gefunden) – deshalb ist allerhöchste Konzentration geboten.

Trotzdem, beim Schreiben fällt mir dies und das wieder ein, zum Beispiel, wie ich vor vielen Jahren Monikas Abschlußarbeit, als sie auf diesem Kurzlehrgang in Bernau war, zu Hause auf der Maschine für sie abgetippt hatte. Und wie stolz ich damals war, als ich ihr das fehlerfreie Typoskript »Konfektionsgrößen und mögliche Abweichungen laut TGL« (oder so ähnlich) in einem Original und zwei Durchschlägen überreichen konnte.

Auch ein anderer alter Schmerz meldet sich wieder: meine Sehnenscheidenentzündung im rechten Arm, die »Sekretärinnenkrankheit«, die ich mir in den Jahren bei der Verwaltung zugezogen hatte. Dieser Schmerz hatte also die ganzen Jahre über in meinem Körper auf Abruf bereitgelegen und sich erst jetzt wieder an mich erinnert, so wie man sich an einen alten Bekannten erinnert. Ich ignoriere ihn aber wie alles andere auch.

Was für ein schöner Klang, wenn das Feierabendglöckchen am Ende einer jeden vollendet gelungenen Zeile ertönt, doch an Feierabend ist noch längst nicht zu denken, mit Schwung die Stahlgabel herübergezogen und wieder von vorn: neue Zeile, neues Glück, weiter im Text.

»Na, alles in Ordnung hier?« Möbius von der Security steht neben mir, ich habe ihn im Maschinenlärm gar nicht kommen hören.

»Ganz schön laut«, ruft er, »diese alte Technik, nicht?«

»Es geht so«, sage ich und lasse den Kasten ratternd zurückfahren, weil eine neue wichtige Zeile in Angriff zu nehmen ist.

»Darf ich mal fragen: Hat es einen speziellen Grund, daß Sie neuerdings auf so einer uralten Schreibmaschine schreiben – Nostalgie vielleicht?«

Ich zucke die Schultern.

»Es könnte nämlich sein, daß es die anderen hier auf dem Flur ein ganz klein wenig bei der Arbeit stört.«

»Ich persönlich arbeite lieber ohne Netz«, erwidere ich. Und da er mich verdutzt anschaut, erkläre ich: »Da kribbelt es nämlich mehr.«

»Es kribbelt mehr … ach so«, wiederholt er verständnislos.

»Ja.«

»Was ist es denn so Wichtiges, das Sie da aufschreiben müssen?« Möbius versucht, etwas von meinem Text zu erspähen.

»Das meiste …«, so fasse ich kurz den Inhalt des bisher Geschriebenen zusammen, »ist nichts!«

»Ah … aha.«

»Hätten Sie jetzt nicht gedacht, Herr Möbius, oder?«

»Na ja, auf solch einen Gedanken kann man wohl schon mal kommen, warum nicht?«

Möbius, so hatte mal jemand geheimnisvoll in der Kantine behauptet, soll sehr intelligent sein. Ich weiß nicht, wann und, vor allem, wie dieser Verdacht aufgekommen ist. Den Eindruck habe ich nicht, hatte ich auch noch nie.

»Sehen Sie«, sage ich, »und ich begründe nun, warum das so ist. – Kann ich jetzt, bitte!, weiterarbeiten?« Mit einem dringlichen Blick komplimentiere ich ihn zur Tür hinaus.

Trotzdem, der Faden ist gerissen. Leertaste: »Also …«

Ich mache erst mal Pause, verlasse das Büro.

Ach, Vanessa! Mit dem Kuli füge ich unauffällig in der Dienstagsspalte ein »n« ein, wo Vanessa auf ihre liebenswert eigensinnige Weise den altbewährten, manchmal allerdings auch etwas zähen »Gulasch mit grüne Bohnen« ankündigt.

Nach der Mittagspause arbeite ich unverzüglich weiter am Text.

Am Nachmittag habe ich so viel getippt, daß das Farbband nur noch graue Schatten der Buchstaben aufs Papier wirft. Bevor sie ganz ihren Buchstabengeist aufgeben, halte ich inne.

Doch am Ende bin ich damit längst noch nicht. Ich klappe den kleinen Hebel um, es klackt – und siehe da: Zwar ist die schwarze Hälfte des schwarz-roten Farbbandes so gut wie ausgelaugt, die rote jedoch, die bisher kaum benutzt worden zu sein scheint, liefert zum Glück noch frische blutrote Buchstaben.

Dieses Blutrot aber werde ich mir für später, für einen ganz anderen Text, aufheben. Ich stelle die Schreibmaschine zur Seite; vorläufig.

Kurz vor Ladenschluß kehre ich zum Computer zurück, der mir meinen kleinen Seitensprung gnädig verzeiht. Er hat mein Fehlen wohl auch gar nicht bemerkt. Stur hat er tagsüber die E-Mails gesammelt, so als hätte er von Anfang an gewußt, daß ich am Abend doch wieder reumütig zu ihm zurückkommen würde.

Ich besehe mir die ganzen überflüssigen Nachrichten, die mich im Laufe des Tages erreicht und die mich doch nicht erreicht hatten, lösche das meiste (»Weniger ist mehr, das meiste ist nichts«), kurz nach sechs lösche ich auch im Büro das Licht und fahre nach Hause – was auch immer ich mir inzwischen darunter vorzustellen habe.

Unten im Treppenhaus pule ich das Schild »Keine Werbung« vom Briefkasten ab. Die Kiloberge des völlig durchgedrehten Hackfleisches, rosige Kringelwürmer, und aufeinandergehäufte Wiener Würstchen, die der nahe gelegene Lebensmitteldiscounter in seinem bunten Prospekt regelmäßig zu Billigbeträgen anpreist, sind in ihrer abschreckenden Wirkung nicht zu unterschätzen und vielleicht ganz nützlich, ich sollte mir die Werbung, wenn sie denn wieder in unserem Kasten landet, als Warnschild an die Kühlschranktür kleben.

In der letzten Woche habe ich abgenommen, ganze zwei Gürtellöcher. Das schwindende Körpergewicht drückt äußerlich meine mangelnde innere Bereitschaft aus, mich mit mehr als den unbedingt nötigen Pfunden am Weltgeschehen zu beteiligen.

Strenge Postkontrolle auch während der übrigen Woche, doch der Briefkasten, sonst blechernes Einfallstor des Weltirrsinns, bleibt konsequent leer, so daß ich nur verächtlich *toter Briefkasten* knurre, wenn ich abends an ihm vorbeischleiche.

Einmal in dieser Woche rief Kerstin mich an, Monikas Kollegin aus der Oberhemdenabteilung. Was ich von ihr erfuhr, war beruhigend und beunruhigend zugleich. Ich konnte das schwer einschätzen.

Als ich ihr sagte, daß ich schon vorgehabt hatte, zur Polizei zu gehen, rief sie durchs Telefon: »Bloß nicht!« Monika sei in Sicherheit, und es gehe ihr gut, sehr gut sogar. Das hörte sich zwar so an, als wäre zu Hause ihre Sicherheit nicht mehr gewährleistet, doch das behielt ich für mich. Ich solle mir jedenfalls, so hatte Kerstin zum Schluß wiederholt, keine Sorgen um sie machen.

Endlich, der lange Winter ist vorbei. Überall Pfützen. Ich bekomme auf dem Heimweg nasse Füße. Der Schnee von gestern ist Wasser geworden. Das Wasser wird verdunsten, wird zu Wolken werden, die übers Meer treiben. Der alte Schnee hat seine große Weltreise begonnen.

Mechanisch, im Vorbeigehen, öffne ich den Briefkasten: etwas Buntes ... eine Ansichtskarte!

Daß zwei Wochen, nachdem jemand verschwunden ist, eine Ansichtskarte von ihm kommt, darüber kann man verschiedener Ansicht sein. Den Verhältnissen bei der griechischen Post jedenfalls sollte man nicht die Alleinschuld geben.

Zum Kartentext möchte ich nichts weiter sagen – das ist privat und geht nur Monika und mich etwas an. Aber die Karte selbst – die spricht für sich.

Griechenland, so stand es letzte Woche in der Zeitung, steht am Rande des Staatsbankrotts. Die Landschaft auf der Postkarte sieht auch dementsprechend aus: eine einzige Pleite. Intakt ist lediglich noch der blaue Himmel, der sich darüberwölbt. Ansonsten, wohin das Auge blickt: Trümmer, Ruinen, weiße, aber schwer lädierte Säulen, die hoch aufragen und nichts mehr zu tragen haben.

Dorthin also war Monika ausgeflogen.

Ich frage mich, wie sie das überhaupt allein geschafft hat. Ich kann mir das gar nicht vorstellen. Gerade vor geplanten Flugreisen muß so vieles bedacht und beachtet werden, wozu sie gar nicht in der Lage ist. Sie kann ja nicht mal richtig Koffer packen.

Sofort entwerfe ich im Kopf einen Antwortbrief: *Liebe Monika – so und so –, ich weiß gar nicht, ob Dich dieser Brief überhaupt erreicht. Wie ich aus gutunterrichteter Quelle weiß …*

Stop! Seit wann ist Kerstin denn eine gutunterrichtete Quelle?! Außerdem weiß ich gar nicht, wohin ich diesen Brief adressieren soll: *EΛΛAΣ – GREECE* kommt mir als Absender ziemlich mager vor.

P.S.: Übrigens, so viel dann doch zum Inhalt von Monikas Karte: Resturlaub hin oder her – warum begab sich jemand, der (die!!!) eigenen Angaben zufolge »auf der Suche nach sich selbst« war, ausgerechnet nach Kreta, wo es das große menschenverschlingende Labyrinth gibt, in dem man sich doch nur heillos und unentrinnbar verirren kann?

Auf der Siegerstraße

»Na, mal wieder mit der Rettung der Welt beschäftigt?«

Ja.

Das war Norbert: die Frage! – Nicht die Antwort.

Nachdem ich noch still für mich ein *Womit sonst?* hinterhergedacht habe, streue ich den Rest Trill-Vogelfutter (eiweißreich, viel Vitamin C) weiträumig auf dem Fensterblech aus, schließe das Fenster, bringe es in Kippstellung, knülle die bunte Knistertüte zusammen, lasse sie im Papierkorb verschwinden und setze mich selbst – jetzt aber nicht in Kippstellung! – wieder an meinen Platz.

Sonst, wenn Norbert vorbeischaut, setzt er sich kurz auf den Stuhl neben der Aktenablage, oder er lehnt wenigstens als hingebogenes Fragezeichen in der Tür. Heute, im dunklen Anzug, steht er aufrecht, fast ein wenig steif da, eingerahmt vom weißen Türrahmen – ein schwarzes drohendes Ausrufezeichen! Seine eckige Brille: hoch hinauf in die Stirn geschoben. Die wiederum hat er sorgenvoll in zahlreiche Falten zerlegt.

»Trotzdem«, sagt er, »es wäre ganz nett, wenn du dich ausnahmsweise auch noch mal um deine Arbeit kümmern könntest, ja? Zum Monatsende, wenn du dich vielleicht erinnerst, wolltest du uns eine vollständige Liste mit deinen Kundenkontaktdaten erstellen.«

Wollte ich das wirklich? Ich kann mich nicht erinnern. Vielleicht *sollte* ich das ja auch nur. Sicher so herum. Stumm nicke ich meinem treuen Freund und Helfer, dem Computer, zu. Er surrt bereits kampfbereit.

»Menschenskind, manchmal denke ich, du hast die ganze Zeit hier bloß gesessen, um deine Hämorrhoiden zu züchten.«

Wo-her wußte er das?

Brennendes Gefühl plötzlich: Vom Zentrum meiner Unterwelt aus macht es sich glühend überall in mir breit, unruhig rutsche ich auf dem Sitzkissen hin und her. Fühle mich auf einmal beobachtet. Ob es, außer im Hallenbereich, neuerdings auch hier, im Bürotrakt, Überwachungskameras gibt? Unauffällig schaue ich mich in meiner Höhle um, besonders oben, in den kritischen Bereichen außerhalb des normalen Blickfeldes, unter der Decke. Bis auf ein paar Spinnweben kann ich jedoch nichts Verdächtiges entdecken, ich …

»Hal-lo! Hier bin ich!« höre ich Norbert rufen, erschrocken drehe ich mich um. Stimmt, der ist ja auch noch da.

Starr und glasig sind die beiden Überwachungskameras seiner Augen auf mich gerichtet. Entschlossen, von einem Moment zum anderen, klappt er seine Brille wie das Visier eines Ritterhelms herunter und stellt sich neben mich.

Inzwischen flimmert die Liste, die schon seit einigen Wochen ergebnislos in der Warteschleife kreist, auf dem Radarschirm. Mit vier Augen durchsuchen wir sie auf Brauchbares.

»Hier zum Beispiel …« Norberts kleiner Finger streicht in der Luft *Jalousien-Schultze* durch, »der kann weg. So viel hat der doch auch nicht gebracht, oder?« Ich markiere den betreffenden Eintrag gelb, obwohl es mir rückblickend speziell um Herrn Schultze sehr leid tut.

Mit einer Hand stützt sich Norbert leicht auf meiner Schulter ab, während er weiterhin den Schirm anstarrt und stumm dazu die Lippen bewegt.

»Sag mal«, er tippt auf eine Stelle, wo ein Komma fehlt, »was macht eigentlich Monika, wie geht es ihr?«

Mein Blick klebt an dem fehlenden Komma fest.

Das möchte ich auch mal wissen! Ich beiße mir auf die Lippe, schließe die Augen, ich bin geblendet: südliche Sonne. Ich sehe dürre, verwachsene Olivenbäume, Felsgeröll, höre das Meer rauschen, schmecke griechischen Wein auf den Lippen, das Blut der Sonne …

Ratlos zucke ich die Achseln. Norbert zieht vorsichtig seine Hand von mir ab, mit einem Klack füge ich das Komma ein.

»Mensch, Hans …«, sagt Norbert leise.

Daß er sich das nicht endlich mal abgewöhnen konnte! Er weiß doch, daß ich das nicht mag. Von »Hans« bis zu »Hansi« ist es nur ein Schritt; außerdem kommt es mir immer wie eine Amputation vor. 33,3333 Prozent des Buchstabenkörpers werden widerrechtlich einfach weggeschnippelt.

Hannes – oder nichts, verdammt noch mal!

Norbert sagt nichts weiter. Schon im Gehen, die Brille wieder lässig hochgeschoben, dreht er sich in der Tür noch einmal um. Er sieht mich wichtig an.

»Wir müssen sowieso noch mal in Ruhe miteinander reden. Auch, was jetzt deine … na ja, überhaupt, was die Zukunft angeht und so. Also, vielleicht nächste Woche, Mittwoch, nach dem Essen, in der Kantine. So um drei?«

Den Blick wieder nach vorn gerichtet, die Zungenspitze in Lauerstellung, ganz auf meine Arbeit fixiert, nicke ich gedankenabwesend.

»Du kannst es mir aber ruhig sagen, wenn du das hier nicht mehr machen willst, ich meine mit der Liste. Du weißt ja, du mußt nicht.«

Wieso? Bin doch schon dabei.

»Na ja, Zeit genug hast du ja, und viel zusammenräumen«,

er wirft einen schnellen Rundumblick in mein aufgeräumtes Büro, »mußt du ja hier auch nicht mehr.«

Meine Hände liegen bewegungslos auf der Tastatur. Habe ich richtig gehört: *zusammenräumen???*

Nachtigall, ick hör dir ...

Soll ich also wirklich umziehen und ein neues Büro bekommen? Ich kann es kaum glauben. Spät, aber nicht zu spät, hat Norbert endlich begriffen, was er an mir hat. Ich lasse mir meine hell auflodernde Freude aber nicht anmerken, starre weiter finster auf den Schirm.

Sicher bekomme ich die Bude von Krombach. Der ist Ende vorigen Jahres ausgeschieden. Seitdem gibt es Leerstand nicht nur drüben in der Halle, sondern auch hier, im Bürogebäude, sogar in dessen Zentrum. Schon den ganzen letzten Herbst über hatte Krombach in der Kantine herumgeunkt: Mein Bürostuhl, das ist der reinste Schleudersitz.

Von Krombachs Ex-Büro schaut man zwar nicht mehr ganz so schön auf die Autobahn, dafür hat man einen exklusiven Überblick hintenraus: auf Kundenparkplatz und Halleneingang. Guter Überblick ist auf jeden Fall wichtiger als schöne Aussicht; wir sind ja hier nicht im Urlaub. Außerdem: direkt neben Norbert, Tür an Tür mit dem Chef: Mensch, ich soll endlich ins Herzstück, in die Schaltzentrale der Firma, aufrücken. Herz, was willst du mehr!

Das mußte sich erst mal setzen. Genialer Schachzug: Norbert feuert Krombach, damit ich an dessen Stelle rücken kann. Ja, so wird es sein! Norbert will mich in seiner unmittelbaren Nähe haben. Vielleicht, daß ich dann so was wie sein Vize werde.

Norbert hüstelt.

Wahrscheinlich ist es besser, wenn ich mich noch ein bißchen ziere. Ich gucke also nach wie vor finster, Augenbrauen nicht oben auf Normalniveau, sondern blickdicht in Augenhöhe – oder sogar noch ein grimmiges bißchen darunter, die Unterlippe vorgestülpt und die Mundwinkel, damit alles schön zusammenpaßt, tief herabgezogen – Blick starr geradeaus.

»Vergiß die Liste nicht!« wiederholt Norbert, plötzlich wieder ganz streng im Ton.

Ich drehe mich zu ihm um. Angesichts des herandrohenden Monatsendes steht ihm wegen der blöden Liste der Ernst der Lage deutlich ins blasse Gesicht gemeißelt.

Keine Angst, kleiner Hosenscheißer, ich laß dich schon nicht hängen. (*Wo wir doch nun bald Büronachbarn sind … hähä*, hätte ich beinahe gesagt.)

Da er noch immer bekümmert blickt, mache ich ihm eine aufmunternde Geste, das heißt, ich kneife das rechte Auge zusammen und recke den Daumen meiner Linken steil auf – worauf er nur den Kopf schüttelt; ich winke, er wankt ab, ohne noch etwas zu sagen.

Ich mache mich an die Arbeit; nicht, ohne vorher noch einmal tief durchgeatmet zu haben: Viel zu lange habe ich nun schon auf eine Aussprache, auf dieses längst überfällige klärende Gespräch warten müssen! Nun hat er mich also immerhin – fast – zum Essen eingeladen. Oder sogar noch besser, das war ja überhaupt das Sahnehäubchen auf dem ganzen: zum Dessert. Für den Anfang nicht schlecht.

Hinter einem Ablagestapel ertaste ich den blauen Schreibtischwecker. Gut, ich habe noch alle Zeit der Welt, die Liste in Form, und zwar in eine absolute Topform!, zu bringen.

Vor meinen Augen rollen die Namenslisten ab, ich lasse alle Kontakte der letzten Jahre noch einmal Revue passieren. Manchmal muß ich kurz innehalten. Es gibt Kunden, bei denen ich ein Ausrufezeichen setze, bei anderen ein Fragezeichen, manchmal auch drei. Mein Nachfolger, hier auf diesem Stuhl, soll ein komplettes Verzeichnis vorfinden, mit dem er auch etwas anfangen kann.

Als ich fertig bin, lehne ich mich zurück, ich schließe die Augen fest zu, verschränke die Arme hinter dem Kopf. Es rauscht, um mich – und in mir.

Auf einmal muß ich an meine Zeit in der Verwaltung denken und wie ich dort, über Nacht, eines Tages stellvertretender Bereichsleiter geworden war. Vielleicht wiederholte sich ja alles. Muß ich nicht aber aus meiner wechselvollen Vergangenheit auch Lehren für heute ziehen? Birgt nicht mein neuerlicher Aufstieg, mein Umzug in Krombachs Büro, ebenso ungeahnte Risiken? Hatte das Schicksal mir hier nur geschickt eine neue Falle gestellt? Vielleicht. Aber ich tappe jetzt nicht mehr hinein.

Meine Gedanken, einmal auf die Bahn gebracht, gehen noch weiter zurück, viel weiter – bis ganz an den Anfang. Ich lasse sie, die Augen weiterhin aufmerksam geschlossen, einfach gehen; das kann nichts schaden. Es kann ja durchaus auch sein, daß ich im Zusammenhang mit meiner beruflichen Karriere (für die Personalakte et cetera) so etwas wie einen aktualisierten, vervollständigten Lebenslauf benötige.

Wie alles begann

Wenn ich an der Schwelle meiner Beförderung, dieses neuen Abschnitts in meinem Berufsleben (warum so förmlich?): meiner anstehenden *Berufung zu Höherem!*, daran zurückdenke, wie ich zu dem wurde, der ich heute bin – gerade noch ein scheinbar unscheinbarer Mitarbeiter, der in seinem kleinen Büro Nummer neun herumhockt und an Annoncen bastelt, die sowieso niemand liest, morgen aber schon derjenige, der von Krombachs Vizechef-Sessel aus die Welt überblickt –, dann heißt das für mich auch, einen Moment innezuhalten, bescheiden zurückzublicken und auf vielfache Weise Dank abzustatten. Ich hoffe nur, ich vergesse jetzt niemanden. Also, ich will nun einmal ganz persönlich werden.

Natürlich war ich ein Einzelkind.

Mögen andere, wie es so schön heißt, »das Licht der Welt« erblickt haben, bei mir begann es anders: Die Welt warf einen großen Schatten auf mich. Ich war erst circa eine Woche auf der Welt, da kam die Verwandtschaft, ernst, gesammelt und in voller Stärke, um mir ihren Antrittsbesuch abzustatten.

Ich erinnere mich noch genau daran, wie ich auf einmal umstellt war und wie es dann dunkel wurde. Warum, dachte ich noch, beugen sich diese Riesenschränke so bedrohlich zu mir herab? Was ist hier los?

Ich flüchtete mich, da es einen anderen Fluchtweg für mich damals nicht gab, in ein zahnlos schiefes Lächeln, das in hundertstel Bruchteilen einer Sekunde – der erste grelle

Lichtblitz in meinem Leben – sofort fotografisch festgehalten wurde.

Daraufhin blieb es lange, lange Zeit dunkel, undurchsichtig. Erst ganz allmählich lichtete es sich wieder. Der erste helle und nun auch schon dauerhafte Lichtstrahl, der in meine frühkindlichen Erinnerungen fällt, ist Tante Heidi. Das ist ein Kapitel für sich, zumindest ein ganz eigener Abschnitt in meinem Leben.

Unser Betriebskindergarten war ein schmuckloser, aber zweckmäßiger Flachbau in der Mitte eines kasernenhofartigen Karrees, das von drei Seiten durch gleichartige Neubaublocks umstellt war, dessen vierte Seite aber von einer vielbefahrenen Schnellstraße begrenzt wurde.

Rollenden Verkehr habe ich seitdem immer gemocht und, in der richtigen Dosierung, als ungemein beruhigend empfunden, gleichzeitig auch als belebend.

Die Fenster unserer Ganztagseinrichtung waren mit bunten Pergamentpapierblumen zugeklebt, die wir in der stillen Beschäftigungsstunde selbst anfertigen mußten. Wenn wir eigenhändig nach Vorlage alles soweit richtig ausgeschnitten hatten und die Erzieherinnen, die mit Lob nie sparten, die Blumen dann an den Scheiben angebracht hatten, waren wir in unserem bunten Dämmer drinnen von der Welt draußen so gut wie abgeschirmt, wir bekamen nichts mehr davon mit. Und auch die Welt konnte uns kaum sehen.

Es sei denn, wir spielten draußen.

Es gab verschiedene Formen der Beschäftigung. Die Jungs fuhren ständig mit dem Roller auf und ab. Bei den Mädchen standen Hopse- und Kreiselspiele hoch im Kurs. Außerdem, als Vorbereitung für das spätere Leben: Babypuppen, die die Augen auf- und zumachen konnten. Da die Zahl der Puppenwagen begrenzt war, mußte man sich da abwechseln. Es kam deswegen öfter zu unschönen Szenen, lauten Streitereien.

Ich hielt mich von all dem fern.

Am liebsten saß ich still für mich im Sandkasten und rührte in meinem Plastikeimerchen Pampe an. Das war meine Lieblingsbeschäftigung, und ich war zufrieden, wenn ich von niemandem dabei gestört wurde.

Es ging darum, die Holzumrandung des Buddelkastens mit lauter identischen Sandkuchen zu bestücken. Ich benutzte dafür eine gelbe Plastik-Napfkuchenform. Mit einer geschickten, ruckartigen Bewegung aus dem Handgelenk plazierte ich die Kuchen an den vorgesehenen Stellen. Das mußte schnell gehen, auf keinen Fall durfte ich abgelenkt werden, denn wenn ich hinten angekommen war, begannen die ersten Kuchen vorne schon wieder bröselig zu werden und auseinanderzufallen.

War das der Fall, wurde alles wieder in den Eimer geschippt, Pampe wurde frisch angerührt, und alles begann von vorn.

Manchmal durfte mir Heike helfen, doch nur bei kleineren Arbeiten, Wasserholen zum Beispiel. Sie war Tante Heidis Tochter und ging auch mit in unseren Kindergarten. Sie war aber nicht halb so schön wie ihre Mutter. Daß ich sie ab und an mitspielen ließ, geschah nicht ihretwegen: In Wahrheit hatte ich es natürlich auf ihre Mutter, auf Tante Heidi, abgesehen.

Unser Spielplatz grenzte unmittelbar an den Wäschetrokkenplatz des Neubauviertels. Manchmal, wenn es windig war, winkte uns von dort ein Taschentuch zu oder sogar, gespenstisch, ein leerer Hemdärmel. Staunend hingen wir am Zaun und starrten durch die rot gestrichenen Gitterstäbe, bis wir Abdrücke davon an den Wangen hatten.

Kam der Wind aus Südwest, blieb der Trockenplatz leer.

Vom Kohlekraftwerk Klingenberg trieben fette, schwarze Rußwolken heran, dann wurden auch wir hineingetrieben, in den großen Aufenthaltsraum. Dort sangen wir unter Anleitung Lieder: »*Jetzt fahr'n wir übern See, übern See ...*« oder wohin auch immer die Reise ging.

Es hätte alles sehr trostlos sein können. Und doch ist dieser Kindergarten für mich bis heute ein Ort und ein Hort dankbarer Erinnerungen.

Da ich, soweit es die Umstände erlaubten, gern meiner eigenen Wege ging, bin ich schon relativ früh mit meinem Verhalten aufgefallen. Das wurde mir später sogar von offizieller Seite her bescheinigt: Bei der Vorschuluntersuchung, an die ich nur eine undeutliche, aber sehr unangenehme Erinnerung habe, wurde mir schulamtlich sogar eine gewisse »Verhaltensauffälligkeit« attestiert.

Ich hatte mich nämlich – und das völlig zu Recht – geweigert, Holzstäbchen, so wie es als Probe verlangt war, nach Größe und Farbe zu sortieren. Das war doch albern! Ich wollte mein früh entwickeltes Können viel lieber an einer komplizierten Aufgabe – und nicht an einer so kinderleichten – unter Beweis stellen.

Mit Rückgriff auf meine ersten frühkindlichen Erfahrungen erkläre ich mir manche Eigenheiten oder Eigenarten meiner späteren Entwicklung so: Im 19. Jahrhundert – und auch davor – wurden Kinder, so wie man es heute überall in der entsprechenden Fachliteratur nachlesen kann, normalerweise von ihrer Amme mißbraucht. Bei mir war das in dieser Weise nicht möglich gewesen. Als Kind des aufgeklärten 20. Jahrhunderts hatte ich erstens gar keine Amme, sondern nur eine Betriebskindergärtnerin, und zweitens war das Tante Heidi! Sie war, um es ganz direkt zu sagen, meine erste große Flamme.

Sie – *mich* mißbraucht? Von wegen. Wenn überhaupt,

dann war ich es, der sie mit seiner unendlichen Zuneigung von früh bis spät verfolgte.

Meine Liebe zu ihr war von einer geradezu grenzenlosen kindlichen Leidenschaft. Sie war so heftig, so ... Tante Heidi machte mich sprachlos, obwohl ich damals schon richtig, also ganze Sätze, sprechen konnte. Tante Heidi war vielleicht etwas über 30. Aus heutiger Sicht könnte man das durchaus verstehen, aber damals – ich war gerade fünf.

Mein dumpfes, den ganzen Vormittag über still anwachsendes Liebesverlangen, meine wilde Sehnsucht nach Tante Heidi, ihrer Nähe und Wärme, ihrer ungeteilten Aufmerksamkeit, meine tief im Innern herumtobenden Gefühle entluden sich urplötzlich: in unerklärlichen, gewaltig aus mir hervorbrechenden Sturzbächen von Tränen, für die sich aber immer ein geeigneter äußerer Anlaß fand, an dem man meinen leidenschaftlichen Ausbruch festmachen konnte: Jemand hatte mir mein grün-weißes Polizeiauto weggenommen, oder ich war hingefallen, oder der Möhreneintopf schmeckte mir nicht oder – ganz egal.

Diese schrillen, alle und alles um mich herum durchdringenden »Heularien«, wie sie manchmal abschätzig bezeichnet wurden, das mörderische Geschrei, das ich nicht abstellen konnte, gar nicht abstellen wollte, bewogen Tante Heidi schließlich, das sinnlose Auf-mich-Einreden aufzugeben und mich auf ihren Arm zu nehmen. »Ist ja gut, Hansi«, sagte sie leise zu mir. – Ja, das war gut, sehr gut sogar. Augenblicklich wurde ich still und vergrub andächtig mein tränennasses Gesicht in ihrer soliden, streng nach Veilchen riechenden Dauerwellenpracht (bei solchen Sachen ist immer die Nase sehr mit im Spiel!), vor Glückseligkeit schwamm ich davon – aber nur fast, Tante Heidi hielt mich ja fest, preßte den Rest meines bebenden Körpers an ihren übergroßen, festen Busen. Sie war mein Versteck vor der Welt.

Von dieser hohen Warte aus schaute ich, noch immer schwer schluckend, aber schon erleichtert, über ihre runde Schürzenschulter mit nur mühsam gezügeltem Triumph auf die anderen hinab: auf *die da unten!*

Wie die auf den Knien ihrer von Gummihosenträgern festgezurrten Strumpfhosen über den platten Linoleumfußboden hin und her rutschten und mit Eisenbahn, Feuerwehrauto und heraushängender Zunge (»tut, tut!«) auf ihre unsäglich stupide Weise im ewigen Kreisverkehr des Lebens unterwegs waren, diese mickrigen Strafgefangenen der Vorschulgruppe! Bald würden sie uns verlassen und in die Schule müssen, dann hatte ich Tante Heidi ganz für mich allein. Uns beiden hier oben, Tante Heidi und mir, konnten sie dann jedenfalls nichts mehr anhaben.

So gewann ich schon früh den gewissen Überblick, der mir auch später noch oft zustatten kommen sollte, aus meiner momentanen Vogelperspektive konnte ich Dinge sehen, die für andere unsichtbar blieben.

Ich beteiligte mich daher auch gern am Versteckspiel, ging es dabei doch, zwar noch in spielerischer, kindlicher Weise, um eine Grundformel, die später zum zentralen, bestimmenden Thema meines Lebens werden sollte: Suchen + Finden = Ordnung.

In unserer übersichtlich aufgeräumten Kindergartenwelt war es gar nicht so leicht, ein geeignetes Versteck zu finden. Gut, kroch ich also kopfüber in den Wäschesack, zu den bekleckerten und bekotzten Sachen. Dort suchte und fand mich bestimmt keiner.

Ein ebensosicheres Versteck boten die grünen Metallschränke im Umkleideraum der Erzieherinnen. Es war uns zwar streng verboten, diesen Raum zu betreten – um so besser! So konnte ich sicher sein, daß mich dort niemand suchte.

Lange saß ich, die Beine fest angezogen, im Dunkel zwischen den Kleidern – betört vom Parfümgeruch, der in den luftigen geblümten Sachen hing, ebenso aber auch vom strengen Schweißduft, der von unten, aus den abgestellten Stöckelschuhen, aufstieg. Manchmal taumelte ich regelrecht aus dem Schrankinnern nach draußen. Hier war schon weit mehr als nur die Nase im Spiel gewesen, ich hatte ganzkörperlich Witterung aufgenommen, ich wußte nur noch nicht, wohin die mich führen sollte, fand nicht das geeignete Organ, mich und mein dumpfes Drängen und Wollen deutlich auszudrücken. Oft mußte sogar noch nach mir gesucht werden, wenn das Spiel längst aus war.

Ich paßte dann geschickt einen unbeobachteten Moment ab, kroch unbemerkt auf allen vieren in die entgegengesetzte Ecke und trat arglos aus einem Winkel hervor, in dem ich gar nicht gesteckt hatte.

»Wo warst *du* denn?« rief der Erzieherinnenchor erstaunt, halb erzürnt, halb aber schon erleichtert, daß ich mich wieder angefunden hatte.

»Weg.«

Einmal kletterte ich aufs Dach. Es war nicht sehr hoch und über die Feuerleiter bequem zu erreichen. Ich war gerade oben angelangt, als unten, nach dem »*Eins, zwei, drei, vier Ecklein, alles muß versteckt sein*«, gebieterisch das »*Komme ohne Widerrede!*« ertönte.

Lange lag ich dort oben.

Ich sah über den Aluminiumrand der Dachrinne nach unten. Niemand hielt es für nötig, auch nur einmal den Blick zu heben. Als mir langweilig wurde, begann ich, Moos aus der Dachrinne zu pulen und es unbemerkt hinunterzustreuseln, auf die Köpfe der anderen, oder ich drückte mit dem spitzen Fingernagel Kreuzmuster in die warme teerglänzende Dachpappe.

»Anschlag Hannes!« schrillte auf einmal eine giftige Mädchenstimme: Brigitte natürlich!

Sofort war ich auf: »Gar nicht! Du kannst mich ja gar nicht gesehen haben!«

»Doch – je-etzt!«

Die spillerige Schreckschraube drehte sich um, schaute erschrocken, mit weitaufgerissenem Mund, zu mir nach oben, sie streckte mir die Zunge heraus und schlug zur Sicherheit gleich noch einmal an. Von diesem Erfolg beflügelt, wollte sie sofort weitersuchen, doch das wurde durch die allgemeine Aufregung, die nun entstand, unterbunden.

Unsere Leiterin, Frau Jahn, wurde gerufen. Sofort kam sie, und im nächsten Moment stieg sie gewichtig, in ihrer vollen Leibesfülle, die Leiter hinauf, um mich vom Dach zu holen, zu evakuieren.

Wahrscheinlich trieb sie das schlechte Gewissen. Solch eine Feuerleiter mußte natürlich gegen unbefugte Benutzung gesichert sein. Ordnung und Sicherheit waren in unserem Kindergarten Fremdwörter, jedenfalls waren sie bis dahin auf sträfliche Weise vernachlässigt worden.

Groß tauchte Frau Jahns verschwitzter, mit reichlich eingedrehten Locken versehener Kopf vor mir auf. Kleine Schweißtröpfchen perlten zwischen den vereinzelt herumstehenden langen schwarzen Haaren ihres Damenbartes.

Ich lag flach auf dem Dach und starrte sie an. Sie stand auf der Leiter und starrte mich an. Dann packte sie mich.

Mit einigen wenigen klaren Gedanken im Kopf hätte sie sich doch sagen müssen: Wenn ich allein hinaufgekommen war, würde ich auch allein wieder herabsteigen können. Aber nein: Statt dessen klemmte sie mich unter ihren Arm. So begann unser Abstieg. Der war viel riskanter, als es mein eigenmächtiger Aufstieg gewesen war. Richtig fest konnte sie sich nur mit einer Hand an den Sprossen der Leiter halten.

Als Paket schwebte ich unter ihrem Arm gefährlich zwischen Himmel und Erde. Ich hielt still, sonst wären wir beide abgestürzt.

Unten wurde ich, nachdem man meinen körperlichen Gesamtzustand kontrolliert und meine äußerliche Unversehrtheit festgestellt hatte, in die Ecke gestellt. Ich sollte mir dort überlegen, was ich getan hatte.

Ich überlegte es mir.

Leider konnte ich so, den Blick fest geradeaus auf die Mustertapete gerichtet, nicht sehen, wie Tante Heidi mein gefährliches Abenteuer aufgenommen hatte. Nur für einen kurzen vorbeihuschenden Augenblick hatte ich an ihr einen rätselhaften Gesichtsausdruck bemerkt.

Freude machte mir auch »Mikado«, da war ich unschlagbar.

Hier kam es nämlich nicht allein auf Fingerspitzengefühl an – das war nur die eine, die äußere Seite. Man mußte auch innerlich dazu bereit sein, Ordnung schaffen zu wollen. Ich war die Ruhe selbst. Das Gewirr der kreuz und quer durcheinander-, über- und untereinanderliegenden gestreiften und geringelten Stäbchen versetzte mich zunächst in eine Schockstarre. Ehrfürchtig fixierte ich das Chaos, mir wurde richtig schlecht von diesem wirren Anblick. Das war aber auf jeden Fall besser, als so hibbelig wie die anderen sofort loszumachen. Klar, daß es da bei ihnen gleich wackelte!

Ganz langsam ging ich vor, kroch heran wie ein Reptil. Atemlos näherte ich mich der verwickelten Aufgabe. Ich arbeitete in Zeitlupe. Sicher war der daraus folgende Effekt so von mir nie beabsichtigt gewesen: Aber je langsamer ich war, desto unruhiger wurden die anderen, so daß sie, wenn sie dann endlich dran waren, gleich den nächsten Fehler machten und ich also sofort wieder an der Reihe war und in Ruhe Stäbchen für Stäbchen abräumen konnte.

Mit »Mensch, ärgere dich nicht« verband mich weniger. Das spielte ich nicht so gern, weil ich mich da doch zu oft ärgern mußte. Mensch, man ist kurz vor dem Ziel, gleich ist alles im Häuschen, da würfelt jemand eine Sechs, darf gleich noch mal würfeln – und schon ist man wieder draußen.

Es ist, wie mir heute klar ist, ein Glücksspiel. Aber mit dem Glück, wie ich auch heute weiß, darf man nicht spielen.

Ein paar Wochen nach meinem Ausflug aufs Dach passierte etwas Schlimmes.

Im stolzen Hochgefühl, es wieder einmal auf Tante Heidis Arm geschafft zu haben, konnte ich im Überschwang meiner Empfindungen nicht mehr an mich halten. Sachte ließ der Druck nach. Er verwandelte sich in warme Nässe, die sich in meiner Hose breitmachte, ein wohliges, langsam ausströmendes Gefühl, aber schon getrübt von der dunklen Vorahnung, daß mir ein verhängnisvoller Fehler passiert war: Was hatte ich da nur gemacht?

Ich schloß die Augen, um wenigstens noch diese letzten unbeschwerten Glücksmomente auszukosten. Als ich sie wieder öffnete, sah Heidi mich an: kalt und starr. Sie setzte mich – sie, die ich bisher nur in runden und fließenden Bewegungen gekannt hatte – ungewohnt eckig, hölzern ab, ich kam auf irgendeinen Nachttopf, zu den anderen.

Eine Demütigung – dafür war es doch nun schon zu spät.

Heidi verschwand im Erzieherinnenraum, dort wechselte sie die Kittelschürze – aus, aus und vorbei mit uns, erst mal für immer.

Und obwohl es dann später zaghafte Schritte einer Annäherung gab (vor allem meinerseits), nie wieder wurde es das gute alte Verhältnis zwischen uns. Und nie wieder in meinem ganzen späteren Leben war ich ein so wilder Draufgänger wie damals.

Lange Zeit sagte Tante Heidi kein Wort mehr zu mir, das war die größte Strafe.

Im allgemeinen galt auch das Spielzeugaufräumen als Strafe: »So, Kinder, jetzt geht's aber ans Aufräumen!«

Während die anderen alles stehen- und liegenließen, wo es ihnen aus den ungeschickten Fingern gefallen war, und nach dem Spielen fluchtartig auseinanderstoben, nahm ich diesen Ordnungsruf sehr ernst.

Da es, wie gesagt, niemand gern machte, war ich da meist allein für mich und somit uneingeschränkter Herr des Geschehens. Ich konnte mir das einteilen. Die anderen, in ihrer Ungeduld, verdarben mir sowieso nur alles.

Erst jetzt wurde es doch richtig interessant. Die Steine nach Farben zu sortieren, daß ein Muster entstand, sie so in den Baukasten einzuräumen, daß alles wieder am Platz war und man den Sperrholzdeckel spielend, ohne Mühe auf- und zuschieben konnte, alle Kisten und Kästen genau auf Kante ins Regal einzuräumen – das war die Vollendung des Spiels. Zum Schluß den Vorhang mit den Sonnenblumenmustern zuziehen – Vorhang zu! –, dann erst war das Spiel wirklich aus.

Damals begann ich zu begreifen, daß ich nicht nur zum Spaß auf der Welt bin.

Nach der bereits kurz erwähnten Tauglichkeitsprüfung wurde ich mit siebeneinviertel Jahren eingeschult.

Dort traf ich dann allerdings auf ein neues, mir völlig unverständliches Ordnungssystem; das Schulische war und blieb mir über all die Jahre innerlich fremd. Wir fanden nie zueinander. Ich beließ es meinerseits bei schlichter Anwesenheit, im Sinne von »Teilnahme entscheidet«. Alles andere war mir sehr egal.

Außerdem drängte sich in dieser Zeit zunehmend Häusliches, lautmalerisch hätte ich fast gesagt: *Häßliches*, genauer also: Familiäres, in den Vordergrund. Das gute Einvernehmen, das zwischen Mutter, Oma und mir herrschte, wurde empfindlich durch unseren Vater gestört. Er war »Fernfahrer«. Und schon allein über dieses Wort ließe sich in all seinen abenteuerlichen Weiterungen lange sinnieren.

Heute liest man die in prahlerischer Absicht an den Fahrerkabinenscheiben der sogenannten Brummis angebrachten Namensschilder der jeweiligen Insassen: »Mirko« oder »Steve«, und man soll sich wahrscheinlich alles mögliche Großartige dabei denken. Damals, zu unserer Zeit, war das noch nicht üblich. Vater fuhr namenlos durch die Welt. Oft auch nachts. Und kein Schild verriet, daß hier ein »Horst« hinter dem Steuer saß.

Und wohin fuhr er? Immer öfter tauchte der Name einer sogenannten Ingrid im Zusammenhang mit Vater auf. Damit war aber nicht unsere Mutter gemeint, die hieß ganz anders.

Diese fremde, in unser Leben eingreifende Frau Ingrid arbeitete als »Dispatcher« in Vaters VEB-Fuhrbetrieb. – Dispatcher = »verantwortl. Werktätiger, der sich laufend über den Stand des Produktionsprozesses u. die Planerfüllung des Betriebes orientiert u. regelnd eingreift (lat. –> rom. –> engl.).«

Seit jener Zeit ist der Name Ingrid für mich zu einem Inbegriff des von Grund auf Regellosen geworden. Mutter dagegen war die reine Prinzessin.

Die häuslichen Probleme fingen bereits mit Kleinigkeiten an, etwa damit, daß wir uns zu Hause alle im Flur die Schuhe auszogen, bevor wir die Zimmer betraten. Bloß Vater nicht!

Die undeutliche Erinnerung daran, wie jemand, dessen Schatten groß und übermächtig vom Hausflur aus spätabends in unsere Wohnung fällt, durch die Tür tritt, nach Bier und Benzin und nach draußen riecht, laut polternd in seinen Straßenschuhen die knarrende Diele durchschreitet.

»Der macht mich noch wahnsinnig!«, brüllte die Stimme des Fernfahrervaters, als der einmal im Flur fast über mich gestolpert wäre. Ich hatte auf der Fußbank gesessen und im Halbdunkel das Schuhwerk der ganzen Familie – das heißt: Mutters, Omas und meines – auf Hochglanz poliert.

Ich war froh, als er dann endlich ausgezogen war.

Zwar hieß es den anderen Hausbewohnern gegenüber zur Erklärung, daß wir nun zu dritt waren: »Horst mußte beruflich umziehen«; da ich es aber so kannte, daß normalerweise Familien immer im ganzen, also komplett (Vater, Mutter, Kind und so weiter), umzogen, ahnte ich, daß er einfach nur ausgezogen war, weg von uns.

Ich durfte nicht offen zeigen, wie froh ich darüber war. Auch hatte ich lange deswegen ein schlechtes Gewissen: Vielleicht hatte es ja an mir gelegen, daß er es nicht länger bei uns ausgehalten hatte. Ich begann zu stottern, gewöhnte es mir aber wieder ab.

Mutter war manchmal sehr traurig darüber, daß sie allein war, und ich mußte sie trösten. Oft gingen wir beide in den Tierpark.

Einmal – aber das ist mir erst heute so richtig klar – beobachtete ich Affen beim ausdauernden Liebesspiel.

Ich wies Mutter auf das seltsame Verhalten der Tiere hin.

Sie zog mich fort.

Zur »Abkühlung«, wie sie sagte, kaufte sie mir an einem Pavillon Eis. Plötzlich mußte sie weinen. Wir setzten uns auf eine Bank. Mir war das peinlich, Mutter in der Öffentlichkeit weinen zu sehen. Mein Taschentuch konnte ich ihr leider nicht geben, das war, wie immer, tiefgrau. Ich fragte, ob ich schuld sei. Da bekam ich einen flüchtigen Kuß auf den Scheitel, und ich war beruhigt.

Die schwarzen, stark behaarten Unterarme des Affenmannes hatten mich übrigens sehr stark an Vater Horsts Unterarme erinnert. Doch das behielt ich für mich.

In der Zeit nach Vaters Auszug stellte sich eine stärkere Verbindung zu Frau Bronnen aus dem Hinterhaus her. Deren Mann (»Herbert«) war auch nicht mehr da. Aber der war richtig gestorben, und zwar bei sich zu Hause, Hinterhaus, Parterre, links. »Ganz friedlich ist er eingeschlafen«, berichtete Frau Bronnen stolz meiner Oma, »ich hab' ihm noch die Augen zugedrückt und ihn dann gewaschen.«

Aus dem Dämmer des Hausflurs steigt eine Erinnerung in mir auf: Mutter und ich, wir waren gerade vom Wochenmarkt gekommen, da trafen wir Frau Bronnen bei den Briefkästen im Hausdurchgang. Frau Bronnen, ganz in Schwarz, bestand darauf, daß ich ihr die Hand geben sollte.

Fassungslos starrte ich auf ihre Runzelhand. Niemand wäre freiwillig auf die Idee gekommen, diese schlaffe, von braunen Altersflecken übersäte Hand zu berühren, die in gefährlich krumm gebogenen Fingernagelkrallen endete und die – das vor allem! – vor ein paar Wochen erst den toten Herrn Bronnen gewaschen hatte.

Ich klappte die Hand, die gerade frei war (an der anderen hing das schwere Einkaufsnetz mit den Kartoffeln, den Rüben und den Heringen), etwa in Höhe der linken Lederhosentasche ein kleines Stück nach oben, so daß es wie das Haltesignal auf Vaters Eisenbahnplatte aussah, in der Hoffnung, Frau Bronnen würde diese dringende stumme Botschaft verstehen …

»Hannes«, ermahnte mich meine Mutter ungewohnt

streng und nahm mir das Netz ab, »gib Frau Bronnen jetzt bitte die richtige Hand!« Gemeint war, wie ich annehmen mußte, die rechte. Gut, wahrscheinlich war es sowieso besser, das mit der rechten Hand zu erledigen, für die ich sonst kaum eine Verwendung hatte; da störte es weniger.

Ganz klein beigeben wollte und konnte ich dennoch nicht. Ich entkam dieser Zwickmühle, indem ich mich, die Augen vor innerer Anspannung zusammengekniffen, ein Viertel um die eigene Achse wand, so daß die rechte Hand jetzt ungefähr dort war, wo vorher die angeblich »falsche«, die linke Hand gewesen war, die ich kurzzeitig hinter meinem Rükken versteckte. Aus der gewohnten Position der linken schob ich nun die rechte Hand langsam wie ein fremdes Körperteil oder nein: wie eine Prothese Richtung Frau Bronnen vor. Dabei verdrehte sich zwangsläufig mein Oberkörper.

»Was machst du denn da!« zischte mir Mutter ins Ohr.

Auch Frau Bronnen war nicht einverstanden: »Was verrenkt der Bengel sich denn so, wenn er einer armen alten Frau aus dem Haus, die es weiß Gott im Moment nicht leicht hat, mal die Hand geben soll?!«

Man starrte mich an.

Damals begann ich ein wenig von jenem Neid zu erahnen, der mich später in meinem Leben noch oft verfolgen sollte. Es war der Neid derer, die es nicht haben konnten, daß jemand wie ich, als Linkshänder, vieles, was ihnen unendliche Mühe machte, einfach so, »mit links«, erledigte.

Auch im schulischen Bereich ging es voran. Auf den Zeugnissen wurde mir bescheinigt, daß ich durch »außergewöhnlichen Fleiß« einen gewissen Mangel an Auffassungsgabe und Konzentrationsfähigkeit, den man an mir beobachtet haben wollte, hatte ausgleichen können. So gelang es mir zum Beispiel in der sechsten Klasse, durch beharrliche Arbeit (sowie regelmäßige Teilnahme am Nachhilfeunterricht bei Frau

Noack) im Fach Mathematik auf dem Jahresabschlußzeugnis die befriedigende Note drei zu erreichen.

In diese Zeit fällt meine erste Bekanntschaft mit Winnetou. Die drei duftenden moosgrünen Bände hatte mir Vater zum Abschied überreicht. Entweder hatten sie nicht mehr in seinen Fluchtkoffer gepaßt, oder er wollte sie mir zum Ersatz dafür dalassen, daß er nun weg war. Rückblickend betrachtet kein schlechter Tausch.

In allen drei Bänden strich ich den Namen »Horst« durch und schrieb mit blauer Tinter »Hannes« darüber. Den Nachnamen »Felix« ließ ich zum Andenken an Vater in seiner Schrift stehen. Damit mußte ich leben, ob dieser Name mir nun Glück bringen würde oder nicht.

Von Band eins – und nur im engeren Zusammenhang der Indianererzählung ist dieses Wort am Platz – war ich »gefesselt«. Schwieriger war es mit Band zwei. Hier, fand ich, hatte der Autor sein Thema gründlich verfehlt. Winnetou, dessen Erscheinen – dessen Erscheinung! – der Leser Seite für Seite entgegenfiebert, bleibt lange ein Phantom. Er taucht nur hier und da kurz auf, um – ohne überhaupt mal richtig *guten Tag* gesagt zu haben – gleich wieder zu verschwinden. Erst zum Ende hin wird es etwas besser.

Statt dessen zieht Old Shatterhand mit Old Death noch einmal das gleiche Greenhornprogramm durch wie bereits mit Sam Hawkens in Band eins. Und weil genau das gleiche auch noch einmal in Band drei passiert, als er den dicken Fred Walker trifft – diese ewige Ziererei zu sagen, wer man wirklich ist! –, schätze ich, ist es ein Problem des Verfassers selbst gewesen, sonst würde er nicht so dauerhaft darauf herumreiten wie auf einem uralten Mustang.

Vielleicht gibt es ja unter den Karl-May-Lesern auch den einen oder anderen mittleren Angestellten, der sich da wiedererkennen möchte: *Niemand sieht meine wahre innere Grö-*

ße, alle belächeln mich, aber wartet nur: ein Faustschlag, und mein Chef liegt betäubt am Boden. Es ist ein Trostpflaster für all diejenigen, die insgeheim Titanen sind, es im Moment aber, umständehalber, nicht zeigen können. Vom Schicksal ewig Benachteiligte können durchaus solche privaten Wahnvorstellungen hegen, ich kann darüber nur lächeln.

Bei Band drei aber hörte der Spaß endgültig auf. Ich habe diesen Band nur ein einziges Mal gelesen, später nie wieder. Winnetou darf nur einmal sterben. Schweigen wir davon. Oder, mit den Worten Karl Mays, der mir hier direkt aus dem Herzen spricht: »Winnetou tot. Diese beiden Worte sind genügend, um die Stimmung zu bezeichnen, in welcher ich mich damals befand.«

Eine andere Sache: Wie verblüfft und erleichtert ich war, als ich Wochen später ohne große Hoffnung den »Schatz im Silbersee« aufschlug, wo Winnetou auf einmal wieder lebte! Damals begann ich eine erste Ahnung davon zu bekommen, was Wiederauferstehung und ewiges Leben bedeuten könnten und daß es in der Ordnung der Welt irgendwo auch eine versteckte Hintertür geben kann.

Von einem Tag auf den anderen verlor sich dann mein Interesse an schöner Literatur. Anderes war wichtiger geworden: die Eisenbahnplatte. Später die Briefmarken.

Eine seltsame Welt tat sich mir hier auf. Unter der Linse meines Schülermikroskops verwandelte sich das, was man auf den ersten Blick für das abgestempelte graue Fünf-Pfennig-Gesicht eines Politikers gehalten hatte, in ein winterliches Feld: sanft geschwungene Linien oder Furchen, die in den grauweiß verschneiten Grund des gefrorenen Gesichtsovals gezogen waren.

Schiffe und bunte Schmetterlinge hatten es mir besonders angetan. Oder auch die Flugzeuge. Eine Serie behandelte die Geschichte der Luftfahrt von den Anfängen bis zur Gegenwart. Wenn man die Marken richtig einsortiert hatte – vorne einen Heißluftballon, hinten ein modernes Düsenflugzeug –, konnte man mit einem Blick alles überschauen.

Diese meine plötzlich aufgeflammte Leidenschaft für das Briefmarkensammeln war aber bald wieder erloschen. Höchstens hätte ich mich noch mit einem geschlossenen Sammelgebiet anfreunden können. Aber wenn man nie wußte, wann Schluß war, diese unschön offenbleibende Stelle hinten im Album war eine Wunde – mit der wollte und konnte ich mich nicht abfinden.

Einmal, schon als Heranwachsender, griff ich noch nach einem guten Buch. Ich war krank und lag mit einer Mandelentzündung auf dem Sofa im Wohnzimmer. Weil das Radio kaputt war, las ich in einem Reclam-Bändchen, das sich zufällig in unseren Haushalt verirrt hatte. Es war eine Erzählung von Thomas Mann. Ich weiß nicht mehr, worum es da ging, aber an den Titel erinnere ich mich bis heute: »Unordnung und frühes Leid«.

Haus des Volkes

Der blaue Kasten an der Autobahnausfahrt sieht aus, als wäre er direkt vom Nachthimmel gefallen.

Ich stelle das Auto auf dem riesigen Parkplatzgelände ab und schreite unter den hohen Laternen Richtung Eingang. Die vier gelben Großbuchstaben auf dem Dach leuchten mir aus dem funkelnden Firmament entgegen.

Die Zeit bis zu unserer Aussprache am Mittwoch darf ich nicht sinn-, nicht tatenlos verstreichen lassen. Ich muß Norbert Brauchbares, Handgreifliches vorweisen, das ihn restlos davon überzeugt, mit mir die einzig richtige Wahl getroffen zu haben. Deswegen bin ich hierhergefahren. Eine dunkle Ahnung hat mich getrieben. Oder vielmehr: Es war eine kühn glänzende Idee, die wie ein Glitzerstern aus dem herrschenden Dunkel aufgeblitzt war.

Auf dem Parkplatz wuchtet ein kleiner Mann mit einem vor Anstrengung rot verschmierten Gesicht einen von mehreren langgestreckten braunen Kartons durch die offene Heckklappe in seinen französischen Kleinwagen; die Sitze sind nach vorn geklappt. Gerade will ich ihn fragen, ob ich ihm nicht helfen soll, da ist der Mann schon zur Hälfte im Wageninnern verschwunden, er ist also gewissermaßen halbiert, nur seine unteren Extremitäten sind noch zu sehen, von innen zerrt er an dem Karton.

Hier ist noch alles beim alten. Auch, daß man als Besucher von dem Willkommensschild, das über dem Eingang hängt, gleich umstandslos geduzt wird, trägt zur vertrauten Atmosphäre bei.

Rechts, im inneren Eingangsbereich, eine große gläserne Box. Sie ist mit bunten Kugeln gefüllt. Normalerweise sitzen dort, zwischen den Kugeln verstreut, kleine Kinder herum. Dafür ist es aber jetzt, kurz vor acht, zu spät. Mit bunten Kugeln sind auch früher schon, vor Hunderten von Jahren, die kindischen, nichtsahnenden Eingeborenen vom weißen Mann benebelt und ruhiggestellt worden.

Gedankenvoll steige ich die Freitreppe hinauf. Oben beginnt der vorgeschriebene Rundlauf, es geht durch die Einrichtungen zukünftiger Wohnungen.

In einer dieser Theoriewohnungen sehe ich einen umsichtigen Familienvater. Vor den Augen seiner besorgten Angehörigen gleicht er mit einem weiß flatternden Plastikmaßband Breite und Tiefe eines zukünftigen Fernsehschrankes mit der Zimmergrundrißskizze ab, die seine Frau ihm auf einem kleinkarierten auseinandergefalteten Papier hinhält.

Vom Wohnzimmerbereich gelange ich automatisch zu den Eßplätzen und von dort zu den Küchen. Hier, in diesem *Ein*richtungshaus geht alles, wie es der Name unfreiwillig verrät, in *eine* Richtung, ich muß mir um meinen weiteren Weg keine Sorgen machen, ganz im Gegensatz zu Monika, die momentan wahrscheinlich in einem viel gefährlicheren Labyrinth steckt.

Nicht zum erstenmal bin ich hier. Doch im Unterschied zu den anderen Malen und auch zu den anderen Besuchern, die mit mir auf dem Rundkurs unterwegs sind, habe ich heute nichts Spezielles im Sinn. Mein Blick ist nicht auf Kleiderschränke, Handtuchhalter oder dergleichen gerichtet, er sieht großzügig von all dem ab, ist nicht verengt, sondern weit.

Behelligt man die Welt mit speziellen Fragen, erhält man

bestenfalls spezielle Antworten, mehr aber auch nicht. Heute sehe ich die Welt mit neuen Augen, so kann ich das schwedische Einrichtungshaus erstmals in seiner Gesamtheit auf mich wirken lassen, das Potential, das in ihm schlummert, klar erkennen. Erst wenn man nichts mehr sucht, hat man den Kopf frei und kann das Entscheidende finden.

Soll doch niemand so naiv sein und glauben, ein wildes Volk von Eroberern, vor dem einst halb Europa und ganz Rußland gezittert hatten, habe sich einfach so von seiner kriegerischen Vergangenheit verabschiedet und über Nacht in eine Nation friedfertiger Wasa-Knäckebrot-Esser und vorsichtiger Volvo-Fahrer verwandelt! Der schwedische Generalstab hat mit den Jahren lediglich auf raffinierte Weise seine Taktik geändert.

Die Schweden erobern nun nicht mehr in endlosen dreißigjährigen Kriegen ganze Länder – sie gehen jetzt ganz anders vor und dringen, Haus für Haus, Zimmer für Zimmer, gleich in die Wohnungen selbst ein, in denen die Bürger dieser Länder bis dahin friedlich miteinander gelebt haben. Man steht nicht mehr in langen Stellungskämpfen draußen vor der Stadtmauer, nein, man steht schon direkt im Wohnzimmer, hat unbemerkt die Schwelle überschritten.

Aus der alten Zeit der Belagerungen ist lediglich übriggeblieben, daß sich die meisten dieser Möbelhausfilialen noch immer vor den Toren der Stadt befinden. Und wie gelangten die Schweden nun von dort aus in die innerstädtischen Behausungen?

Das ist überhaupt das Allerperfideste an der neuen Taktik. Man bedient sich dazu der Methode des Trojanischen Pferdes: Die scheinbar harmlosen flachen braunen Kartons – die sind es!

Dadurch, daß man beim Zusammenbau selbst Hand anlegt, merkt man gar nicht, daß es eine Invasion ist. Das schwedische Einrichtungshaus verwandelt die Bewohner des Landes zu Heimwerkern im Geiste. Man wird, ohne es zu merken, zum Handlanger der blaugelben Besatzungsmacht, zum ausländischen Vasallen der neuen Herren, für die man sich blindlings ins Zeug legt.

Erst karrt man den ganzen Kram heran, dann montiert man ihn im Schweiße seines mürrischen Angesichts brav zusammen, und am Ende – das ist überhaupt der Gipfel –, am Ende muß man sogar noch darin wohnen. Eigenhändig hat man einen neuen Tempel des Siegers in seinen vier Wänden errichtet.

Statt großartig Flagge zu zeigen, bescheiden sich die Eroberer, die sich das dank ihrer Erfolge auch leisten können, mit kleinen dezenten Schildchen, auf denen ihr Markenzeichen für immer eingebrannt ist.

Der Besiegte aber hatte die hochgefährliche Waffe des Feindes ahnungslos gegen sich selbst geführt: den unscheinbaren Inbusschlüssel. Sah man genauer hin, erkannte man in seiner geheimnisvollen Schlangenform ein S, das Symbol der siegreichen Schweden!

Kurz, aber heftig mußte ich an meine endlos lange Nacht mit *Björn* denken.

Da im Moment keine unmittelbare Gefahr besteht, etwas Derartiges zusammenbauen zu müssen, kann ich die Dinge nun eher nüchtern und, vor allem, ganz ruhig betrachten. Und zwar vom Textilienbereich aus. Ich sitze auf einem Berg farbenfroher handgeknüpfter Teppiche aus Indien und blättere mich durch den aktuellen Katalog.

Gleich auf Seite eins werden Zweifel in mir laut, hier ist das Credo der Firma formuliert: »Je mehr du bei uns kaufst, desto größer wird die Bestellmenge bei unseren Lieferanten. Im Gegenzug senken sie ihre Preise – und wir geben diese Ersparnis direkt an dich weiter!«

Statt dem in meiner jüngsten Denkschrift so eindringlich dargelegten »Weniger ist mehr«-Prinzip zu folgen, beschreitet die Firma einen Weg, der genau in die entgegengesetzte Richtung führt, sie setzt auf »mehr ist besser«. Darüber müßte noch einmal sehr ernsthaft mit den Verantwortlichen in Schweden diskutiert werden.

Ich hebe ratlos den Kopf: »Mach dir Notizen!« ruft es mir aus einem durchsichtigen Kasten voller weißer Zettel zu. Na klar doch, was denn sonst, wozu bin ich hier? Und fingere also einen Bleistift aus der Bleistiftbox.

»… dabei«, so heißt es im Katalog, »entstand unsere revolutionäre Idee, Tische und Stühle zum Selbstzusammenschrauben in flachen Paketen zu verkaufen.«

Ich notiere mir: Selbstzusammenschrauben – revolutionäre Idee! Von früher her kenne ich noch die Devise: *»Die Idee wird zur materiellen Gewalt, wenn sie die Massen ergreift.«* Ich blicke um mich: ja, genau! Ich sehe die Massen, die durch die Gänge strömen und von dieser Idee ergriffen worden sind.

»Deshalb packen wir Möbel in flache Pakete und überlassen es dir, sie selbst nach Hause zu fahren und dort aufzubauen.«

Ich weiß nicht, was ich davon halten und was ich hiervon behalten soll. Statt dessen denke ich einen Moment lang voller Mitgefühl an den Mann in dem vollgepackten französischen Kleinwagen, den ich vorhin auf dem Parkplatz gesehen hatte. Wie weit der inzwischen wohl schon gekommen sein mag? Keine Ahnung. Jetzt kann ich ihm auch nicht mehr helfen.

Neben mir liegen auf einem Haufen Badläufer für 1,99 Euro das Stück – zu diesem märchenhaften Preis wahrscheinlich ein Freundschaftsgeschenk aus den sagenhaft reichen Schatzkammern Indiens.

»Fünf Buchstaben«, so lese ich weiter im Katalog, »die Bü-

cherfreunde auf der ganzen Welt miteinander verbinden ...«
Dieser Klassiker hat einen Namen, so schlicht wie Homer
oder Dante: *Billy.*

Daß dieses unscheinbare *Billy*-Bücherregal tatsächlich seinen Siegeszug um den Erdball angetreten hatte, davon hatte
ich vor einigen Jahren mit eigenen Ohren im Radio gehört.

Es war eine Reportage über die Eröffnung der ersten chinesischen Filiale des schwedischen Einrichtungshauses in
Peking. Der Rundfunkjournalist hatte ein junges Ehepaar
getroffen, beide Kunststudenten, die mit staunenden Augen
betrachteten, welche Segnungen die westliche Kultur zu bieten hatte. Da es ihnen an Geld fehlte, etwas davon zu kaufen,
setzten die beiden sich vor das *Billy*-Regal und fertigten eine
feine chinesische Tuschzeichnung davon an.

Ich stelle mir vor, wie diese Geschichte weitergegangen
sein könnte.

Dieses kostbare Blatt verwahrten sie sicher sehr sorgsam.
Und in den Semesterferien fuhren sie dann mit der Zeich-
nung im Gepäck in ihr Heimatdorf. Erst viele Stunden in
einem überfüllten Zug, zwischen Bauern, die nach Knob-
lauch rochen, und Soldaten, die mit schief aufgerissenen
Mündern schliefen. Dann einen ganzen Tag mit dem Bus,
die Straße am Staudamm entlang, bis diese zu einem Schot-
terweg verkümmerte, der gewunden in die schneebedeckten
Berge hinaufführte. Das letzte Stück schließlich zu Fuß, über
eine Hängebrücke aus Bambus, schließlich im Zickzack den
langen Serpentinenweg hinauf in ihr Heimatdorf.

Dort oben, unter den Wolken, hatte der alte, zahnlose
Meister Dong seine bescheidene Werkstatt.

Sie übergaben ihm das Blatt. Verwundet betrachtete der
alte Dong dieses Meisterwerk europäischer Möbelbaukunst.

Und übers Jahr, als die beiden wieder Semesterferien hatten, war Meister Dong mit seiner Arbeit fertig: Im fernen

China, hoch oben unter den Wolken, war eine preiswerte Kopie des Klassikers *Billy* (80 × 28 cm, 202 cm hoch) im Maßstab eins zu eins entstanden – und zwar aus dem duftenden Holz eines jahrhundertealten Eukalyptusstammes, den Meister Dong in einem vergessenen Winkel seines Hofes, zwischen Werkstatt und Ziegenstall, gefunden hatte.

Es ist schon erstaunlich, wie viele Leute um diese späte Stunde hier noch unterwegs sind. Freiwillig strömen sie durch die Gänge. Es ist eine Abstimmung mit den Füßen … nein, vorerst noch mit den Autoreifen, denn diese Filiale befindet sich an der Autobahn, außerhalb der Stadt.

Zur Hälfte klappe ich die Augenlider herunter: Eine etwas zentralere Lage dieses Einrichtungshauses – und schon könnte sich das schlagartig ändern. Ich sehe ein graublaues Bild vor mir, kann es aber noch nicht richtig fassen. Die Richtung jedoch ist klar. Es geht darum, das Zentrum zu besetzen. Um nichts anderes geht es. Es ist alles nur noch eine Frage der Zeit.

Daß der im Einrichtungshaus vorgeschriebene Kreisgang beinahe den Tatbestand einer Freiheitsberaubung erfüllt, scheint hier niemanden zu stören. Die skandinavische Du-Anrede, die einen zurück in die Kinderzeit katapultiert – ebensowenig. Und daß alle Dinge persönlich mit ihrem Vornamen angeredet werden mußten, *Nisse*, der Klappstuhl, oder *Alvine*, die Gardine, wird ebenfalls stillschweigend akzeptiert. Mich erinnert das stark an meine Kindergartenzeit, wo alle Zimmer Namen hatten, damit man sie sich besser merken konnte: »Sieben Zwerge«, »Goldmarie« oder »Hans im Glück«.

Die wirklich neue Idee aber, siehe oben, ist das eigenhändige Zusammenschrauben. Dadurch wird das kapitalistische Prinzip der Arbeitsteilung ausgehebelt. Man macht alles selbst. Der Mensch ist wieder in seiner Ganzheit gefragt, nicht mehr bloß als recht oder schlecht funktionierendes Teilstück. Jetzt begreife ich auch, warum das so revolutionär ist: Es geht an den Kern der Sache.

Wenn ich manchmal Leute sagen höre, *Warum gab es früher im Osten so etwas nicht?*, kann ich nur mißbilligend den Kopf schütteln. Ihr hattet es, ihr wußtet es nur nicht.

Oft ist von Außenstehenden abschätzig über die Neubaublocks im Osten gesprochen worden: Arbeiterschließfach, Wohnklo, Fickzelle. Die stolzen Ureinwohner der Neubaublocks wußten es jedoch besser. Sie nannten ihre eckigen, kantigen Behausungen liebevoll »Platte« oder, im ganzen Satz, »Wir wohnen in der Platte«.

Doch von wegen »plattes Leben«: Es waren wahrhaftige Raumwunder. Die volkseigene Möbelindustrie stand in ihren Planungen vorausschauend im Einklang mit den Bedürfnissen und Möglichkeiten des normierten Wohnungsbaus. Paßgenau wurden die Schrankwände, zum Beispiel das bekannte Modell *Karat*, für den dazugehörigen Wohnungstyp, der durch ein spezielles Kürzel gekennzeichnet war, angefertigt. Dadurch ging kein einziger Kubikmillimeter Raum verloren. Nicht einmal ein Staubkrümelchen konnte sich dorthin verirren.

Über der Sitzgruppe war eine rechteckige Fläche für die schönen Künste freigelassen worden. Dorthinein paßte haargenau das »Paar am Strand« von Professor Walter Womacka (mehrfacher NPT = Nationalpreisträger) – eine schöne Urlaubserinnerung.

Wohin man auch kam: Überall war man zu Hause. Und man konnte sofort, jeder für sich und alle gemeinsam, an die vielen Sommer denken, die man am Strand der Ostsee verbracht hatte, zum Beispiel in Heringsdorf.

Das Betriebsgeheimnis des schwedischen Einrichtungshauses besteht darin, daß es einem auch heute noch dieses Wir-Gefühl schenkt. Es ist eine große Familie, zwar neumodisch *family* genannt, aber im Endeffekt bleibt es das gleiche: überall die gleichen Schränke, Teller, Gläser, Handtücher.

Das alte Prinzip der Gemeinschaft hat sich über einen Umweg auf neue Weise revolutionären Durchbruch verschafft und die Massen ergriffen. Nun erstreckte es sich über den gesamten Erdball, schloß die beiden chinesischen Studenten ebenso ein wie den alten Meister Dong, selbst wenn der hin und wieder sein Greisenhaupt schüttelte. Auch Monika und ich waren mit *Björn* ein kleiner Teil dieser großen Gemeinschaft.

Hier nun begann ich allmählich zu begreifen, welche Mission ich zu erfüllen habe.

Auf den reichlich vorhandenen Notizzetteln skizziere ich zumindest in Grundzügen, wie das Selbsthilfeprinzip des blau-gelben schwedischen Einrichtungsriesen und die Aufgaben, vor denen NOAH in nächster Zukunft steht, miteinander zu verknüpfen sind, wie diese beiden großen Ströme unserer Zeit zusammenfließen konnten.

Reichlich Futter für das rote Farbband der Schreibmaschine!

Daß ich damit ganz auf dem richtigen Wege war, bewies mir schon die Abteilung, in die ich nach »Alles fürs Bad« und »Beleuchtung« geriet.

Oft ist es ja ein einziges Wort, das alles verändert. Das Schlüsselwort, das ich hier las und das mein Innerstes mit einem Male sperrangelweit öffnete, lautete …

Nein, ich glaube, das muß ich erst kurz erklären.

»Käsebrötchen« zum Beispiel ist so ein Schlüsselwort in meinem Leben.

Mutter stand vorn am Eingang des Schulhofs und rief über

den ganzen Platz, so daß es jeder deutlich hören mußte – nur ich hörte es kaum, an mir rauschte es vorbei, weil es gewaltig in mir rauschte: »Hänschen, du hast heute dein *Käsebrötchen* vergessen!« Sie winkte mir sogar mit dem besagten in Butterbrotpapier eingewickelten Brötchen. So oft ich später ein Käsebrötchen aß, immer mußte ich dabei an Mutter denken, sonst nie. Fast eine Ungerechtigkeit, so als würde sich ihr ganzes Leben allein auf dieses eine schicksalhafte Käsebrötchen beschränken.

Natürlich, ich hatte es damals vergessen, aber absichtlich; bloß einen Apfel hatte ich in die Schultasche gesteckt, weil es mir – das war in der Hoch-Zeit meiner Winnetou-Studien – von einem Tag auf den anderen einfach unmöglich geworden war, in der großen Hofpause so etwas Unindianisches wie ein »Käsebrötchen« zu essen.

Es wäre eine Untertreibung zu sagen, ich wäre damals auf dem Schulhof am liebsten »im Erdboden versunken«. Nein, viel lieber wäre ich überhaupt von der Erdoberfläche verschwunden und hätte mich auf der Stelle gleich ganz in Luft aufgelöst.

Ewig wurde ich damit gehänselt: »Hänschen – Käsebrötchen!« Damals stand auch meine Versetzung auf der Kippe. Ich wußte nicht, was ich mir mehr wünschen sollte: mit Hängen und Würgen die nächste Klassenstufe zu erreichen – oder nicht doch lieber im September noch einmal ganz von vorn anzufangen, ein neues Leben beginnen, wieder in der sechsten, aber dann unter meinem richtigen Namen »Hannes« und als einer, der das Pensum der sechsten Klasse bereits lässig aus dem Effeff kannte, einen ganzen halben Kopf größer war als seine neuen Mitschüler und von oben auf sie herabsehen konnte.

Ich wurde dann doch – auch dank Frau Noack – in die siebente Klasse versetzt, und wie durch ein Wunder gerieten über den Sommer die beiden schmachvollen Worte »Hänschen« und »Käsebrötchen« bei den anderen in meiner Klasse in Vergessenheit.

Oder »Dreckschnute«, das ist auch so ein Wort.

Das war aber noch vorher. »Ach, die kleine Dreckschnute auch wieder!« So Tante Heidi, wenn sie mit einem spukkefeuchten Zipfel ihres Kittels meinen Mund abwischte, merkwürdigerweise *vor* dem Essen, obwohl der doch ganz bestimmt wieder schmutzig werden würde. Egal, ich ließ es geschehen, schloß die Augen und hielt ihr erwartungsvoll gespitzt meine Lippen hin – die »Dreckschnute …«

Die beiden Worte aber, die mich hier, im Erdgeschoß des großen schwedischen Einrichtungshauses, bis in mein Innerstes treffen, die mich aufwühlen, stehen groß am Eingang der nächsten Abteilung: »Verstauen und Ordnen«.

So und nicht anders heißt diese Abteilung.

Damit ist der Bann endgültig gebrochen! Zeigt es mir doch, daß dieses Möbelhaus ganz auf der Höhe der Zeit ist und sich der alles entscheidenden Grundfrage stellt: nämlich, wie endlich Ordnung in die Welt zu bringen ist.

Bewundernd sehe ich mich um. Nein, das hätte ich dir gar nicht zugetraut, alter Schwede!

Abgesehen von einem winzigen Ausrutscher in Form des runden, hutschachtelartigen Gebildes *Nostalgisk* aus rot lakkierter Pappe, bewegt man sich gerade im Bereich »Verstauen und Ordnen« ganz auf der Höhe des wissenschaftlichen Fortschritts: Runde Behälter, so die allgemeine Lehrmeinung, verschwenden viel zu viel Platz. Deshalb ist unbedingt eckigen Behältern, die den Raum optimal nutzen, der Vorzug zu geben. Zustimmend betrachte ich die vorbildlich hochaufgestapelten eckigen Pappkisten und -kästchen.

Man sollte, denke ich nun schon im Weitergehen, auch

einmal in aller Ruhe über den Kopf als solchen nachdenken.

Er ist rund und in dieser Hinsicht natürlich eine kapitale Fehlkonstruktion, weil er auf diese Weise ein enormer Platzverschwender ist. Man muß sich fragen, ob er von seiner Form her überhaupt zur effektiven Aufbewahrung von Gedanken und ähnlichem geeignet ist? Vielleicht – nur eine Vermutung von mir – liegt es ja an der Rundform des Kopfes, daß nachts die Gedanken ewig darin im Kreise gehen und niemals zu einem sicheren Ziel kommen, nie ihren richtigen Platz finden. Man müßte den Kopf irgendwie in eine mehr eckige Form bringen. Das allerdings käme einer Quadratur des Kreises gleich.

Schade, in der Firma kann man mit niemandem über solche grundsätzlichen Fragen reden. Geistiger Austausch fehlt mir da sehr. Norbert schottet sich ab, bisher zumindest. Erst recht natürlich die Kollegen aus dem Lagerbereich, die bleiben prinzipiell in der Reserve, selbst wenn die mit ihren eckigen »Quadratschädeln« in dieser Hinsicht schon ein ganzes Stück weiter sind.

Der blaue Kasten des schwedischen Einrichtungshauses im Rückspiegel ist kaum von unserem grauen NOAH-Kasten zu unterscheiden. Als hätte sich NOAH von seinem Fleck fortbewegt und wäre an der Autobahn einfach ein paar Kilometer Richtung Süden weitergewandert. Sie sind eins geworden.

Innerlich habe ich längst meinen Frieden mit den Schweden geschlossen. Aber kann aus dem erbitterten Gegner von gestern nicht sogar ein neuer Verbündeter werden? So etwas kann doch, so etwas muß doch möglich sein.

Nicht wahr, Monika? frage ich die Frontscheibe, der ich nun mit 130 Sachen, 140 und immer mehr, hinterherrase.

Ein Schloß im Mond?

»… geht es, auf den Punkt gebracht, darum, bei sich als notwendig erweisenden Einlagerungen den bisherigen Umweg durch die Privatwohnungen grundsätzlich zu vermeiden.

Fassen wir die zur Zeit gängige Praxis zusammen, ergibt sich folgendes Bild: Man erwirbt käuflich im schwedischen Einrichtungshaus einen Schrank zum Beispiel, oder ein Regal, transportiert deren Einzelteile in einem braunen Flachkarton nach Hause, baut dort mühsam alles auf und verstaut seine Sachen darin. Schrank und Regal füllen sich allmählich mit allen möglichen Dingen, bis eines Tages die Frage Wegwerfen oder Auslagerung steht, und die Dinge irgendwann (vielleicht) in einer SB-Einlagerungshalle landen.

In der Zwischenzeit bekümmert die Überfülle den Wohnungsinhaber. Das, was er nicht braucht, ist ihm ständig im Wege. Das, was er sucht, findet er nie. Bei verzweifelten sporadischen Aufräumaktionen entsorgt er unter Umständen, was unter diesem (Un)ordnungsregime fast unausweichlich ist, wichtige Dinge.

Mir schwebt nun folgendes vereinfachte ›Alles unter einem Dach‹-Modell vor: Man sucht sich im blauen schwedischen Einrichtungshaus Schränke und Regale eigener Wahl aus. Die entsprechenden braunen Flachkartons werden per Fließband- oder Rohrpostsystem von der SB-Auslieferungshalle des schwedischen Einrichtungshauses direkt, ohne Umwege, zur unmittelbar benachbarten SB-Einlagerungshalle von

NOAH weitertransportiert. Dort bauen kundige Mitarbeiter vor Ort, das heißt: in der Box des Kunden, die Möbel zusammen, worauf dieser sofort damit beginnen kann, seine Sachen einzulagern. Das schwedische Möbelhaus und NOAH wären somit kurzgeschlossen. Die Bereitstellung optimaler Lagerräume außerhalb der Wohnung ermöglicht auf diese Weise eine einfache, unbürokratische Lösung der durch den *Felix-Koeffizienten* ausgedrückten Platzprobleme, die zwangsläufig in der Begrenztheit von Privatwohnungen entstehen. Der Wohnungsinhaber gewinnt nun endlich den Platz, den er zum Leben braucht. Er erobert sich sein Zuhause zurück und kann sich dort wieder frei entfalten, weil er nicht mehr nur als lebendes Mobiliar zwischen lauter fremden Einrichtungsgegenständen herumläuft, die ihn bewegungslos umstehen und die ihm in einer derart vollgestellten Wohnung seinen Weg (den schmalen Trampelpfad!) vorschreiben. Mit dem Fehlen besagter Einrichtungsgegenstände wird ausreichend Raum geschaffen, sich so, so oder so entscheiden zu können – die Grundvoraussetzung persönlicher Freiheit.«

Die rote Schreibmaschinenschrift unterstreicht die Wichtigkeit des bisher Getippten.

Ich schließe die Augen. Es riecht nach frischer Farbe. Ich erinnere mich an das Glücksgefühl in unserer letzten Wohnung: Ganz am Anfang, nachdem wir sie gemeinsam renoviert hatten, war sie noch völlig leer, nichts hatte zwischen Monika und mir gestanden. Hier war noch alles möglich gewesen. Wir gingen durch die leeren Zimmer und dachten: So könnte es immer bleiben.

So, ich öffne die Augen, *kann* es immer bleiben.

Nun kommt, was die Umsetzung betrifft, das Allerwichtigste: die Frage nach einem geeigneten Standort für diesen neuartigen Komplex. Darauf gibt es meines Erachtens nur eine einzige vernünftige Antwort – und die muß ich nun unter Aufbietung meiner letzten Kräfte (denn auch das Rot beginnt allmählich nachzulassen) in die Maschine tippen.

»Wenn wir davon ausgehen, daß der Kreis die Menge aller Punkte der Ebene ist, die von einem Punkt M aus den gleichen Abstand r haben (r = Radius), und wenn für alle Einwohner im Umkreis Chancengleichheit in puncto optimaler Einlagerungsmöglichkeiten bestehen soll, dann folgt daraus zwingend, daß wir damit ins Zentrum der Stadt rücken müssen.

Schon lange ist der weiträumig leere Schloßplatz im Herzen der Hauptstadt Berlin, der nicht nur von seiner zentralen Lage her, sondern ebenso wegen seiner Ausmaße allerbeste Voraussetzungen bietet, perspektivisch von mir dafür ins Auge gefaßt worden.

Auch architektonisch, in seinem schlichten Design und in einer Vielzahl stilistischer Einzelheiten, würde sich dieser neu zu erschaffende blaugraue kastenförmige Komplex – ganz im Gegensatz zu einer aufwendigen und teuren Rekonstruktion des Berliner Stadtschlosses – reizvoll an den einstmals hier befindlichen Vorgängerbau, den ›Palast der Republik‹, anlehnen und als ein wahres Haus des Volkes, als Schloß, in dem der Kunde nun endlich auch einmal König ist, diese klaffende Lücke im Zentrum der Stadt kostengünstig schließen, gleichzeitig jedoch eine historisch zwar noch junge, städtebaulich jedoch wichtige Traditionslinie aufnehmen und sie behutsam fortführen. Selbstverständlich würden damit alle noch kursierenden Luftschloßbaupläne sofort und unwiderruflich zu den Akten gelegt werden müssen.«

In einem PS versichere ich noch, daß ich mit heutigem Tage innerlich meinen Frieden mit dem Königreich Schweden geschlossen hätte, und erkläre alle Feindseligkeiten, insbesondere gegenüber dem Einrichtungshaus unter der blaugelben Flagge, für beendet.

Der letzte Tastenschlag der Schreibmaschine verhallt feierlich. Ich schließe die Augen und sehe alles schon fix und fertig vor mir.

Durch die Sichtachse »Unter den Linden« war gewährleistet, daß dieser Neubau auch aus der Ferne, etwa vom Brandenburger Tor aus, gut zu erkennen war. Links der Dom, den man im Bedarfsfall, dies natürlich erst *nach* Rücksprache mit den Kirchenverantwortlichen von Berlin-Brandenburg, aushöhlen und zu einem großzügig angelegten Parkhaus, Zufahrt über den Lustgarten, umbauen konnte (wodurch, ganz nebenbei, auch gleich das häufig beklagte Problem notorisch leerstehender Sakralbauten behoben wäre). Rechts, etwas verdeckt: das Rote Rathaus.

Mitten im historischen Zentrum aber, im Schnittpunkt aller Linien, nicht zu übersehen: der große graublaue Komplex.

Ich spanne die Papiere aus und bin gespannt, was Norbert dazu sagen wird.

Einen der Durchschläge adressiere ich an unsere neuen Partner, das heißt direkt an das Hauptquartier der Schweden: Headquarters, Älmhult / Sweden, SE, 343 81. Der andere Durchschlag verbleibt bei mir, für die Akten.

Das Original aber, in roter, zum Ende hin leicht erblassender Schreibmaschinenschrift, unterzeichne ich eigenhändig, stecke es in einen DIN-A4-Umschlag, schreibe »Schloßprojekt« darauf und »Sehr wichtig!!!«, trage es schräg über den Flur und lege es Norbert ins Fach. Den ganzen Tag über warte ich auf eine Antwort.

Vergebens.

Fast habe ich den Eindruck, daß Norbert mir aus dem Weg geht.

Kein Problem: Auch meine Wege führen mich nun ganz woanders hin. Ich hoffe nur inständig, daß er wenigstens bis zu unserer Aussprache am Mittwoch alles studiert haben wird. Möglicherweise hat ja auch er noch die eine oder andere weiterführende Idee.

Die verbleibende Zeit nutze ich, indem ich mich eingehend mit unserem neuen Geschäftspartner beschäftige, ich lese viel über schwedische Geschichte im allgemeinen und speziell über die Karl-Gustav-Linie, ebenso alles über Flora und Fauna bei unseren nördlichen Nachbarn.

Auf Seite 57 im Europaatlas entdecke ich auch den Standort des Firmenhauptquartiers, Älmhult (im Quadrat C 9), ein unscheinbarer Punkt auf der Karte.

Wie so oft im Leben: Kaum ist die eine Frage beantwortet, stellt sich schon die nächste. Da das Einlagerungsproblem vollständig gelöst zu sein scheint und keine Wünsche mehr offenläßt, richtet sich mein Blick nun fragend auf das, was jetzt noch übrigbleibt. Was ist mit jenen Dingen, die weder weiter genutzt noch bei uns eingelagert werden konnten? Es geht also, kurz gesagt, um die gesamte Abfallproblematik: Wie sieht es – in diesem neuen Lichte – hier aus?

Diese Frage steht groß und herausfordernd im Raum.

Um mir ein genaueres Bild zu verschaffen, unternehme ich am Dienstag nachmittag, gleich nach der Arbeit, eine Inspektionsfahrt zu einem der Recyclinghöfe der Stadtreinigung. Ich habe Zeit, zu Hause wartet nichts auf mich und niemand.

In der Ferne sehe ich schon das Schild der Hofeinfahrt, da bemerke ich am Straßenrand ein seltsames Männchen. Bei meinem Herannahen ist dieses Rumpelstilzchen zwischen abgestelltem Gerümpel hervorgesprungen, es vollführt seltsame Tanzschritte auf dem Bürgersteig und breitet weit die Arme aus. Artig macht es einen Kratzfuß und verbeugt sich tief – ein unmißverständliches Signal für mich, anzuhalten.

Gut, ich lasse die Scheibe halb herunter und frage nach seinem Begehr. Der kleine Mann beugt sich zu mir herunter und grinst mich an. Seine Zähne sind nach dem Zufallsprinzip im Munde verteilt. Trotzdem kann er sich durch diesen wackeligen Vorbau hindurch noch hinlänglich verständlich machen: »Gerrräte? Elektrrro?« Das R kommt kollernd aus seinem Mund herausgerollt.

Der Mann sammelt hier ausrangierte technische Gerätschaften ein, bevor die, ein paar Meter weiter im Recyclinghof, unwiderruflich in den Schrott wandern.

Ich besehe mir vom Auto aus seine Schätze, die er in einer Mauernische liebevoll aufgebaut hat: mehrere schwarze und silberne Lautsprecherboxen, ein Fernseher, einige PC-Schirme, zwei Staubsauger, sogar ein kleiner Kühlschrank.

Bedauernd muß ich den Kopf schütteln, innerlich aber nicke ich heftig: Das hier schließt unmittelbar an ein altes, mir gut vertrautes Prinzip an. Während man heute Kartons, Styroporverpackungen und dergleichen für den Fall eines Umtausches ewig und drei Tage im Keller aufbewahren muß, was die privaten Platzprobleme der Kunden geradezu explodieren läßt, ist das früher nicht nötig gewesen: Die Geräte – hatte man sie denn endlich bekommen – wurden niemals umgetauscht, sie wurden im Bedarfsfall natürlich *repariert*. So einfach und platzsparend hatte das funktioniert.

Ich steige kurz aus und schüttele dem Mann anerkennend die Hand, danke ihm für seinen vorbildlichen Einsatz. Er sagt etwas, das ich nicht verstehe. Es kommt mir polnisch vor. Dann steige ich wieder ein und fahre weiter. Im Rückspiegel sehe ich, daß der Mann aufmerksam seine rechte Hand untersucht, er schaut auch im rechten Jackenärmel nach und schüttelt diesen sogar kurz aus. Wer weiß, was er da sucht?

Die vielen Kleintransporter mit polnischen Kennzeichen, die ich Tag für Tag von meinem Bürofenster aus dabei beobachte, wie sie auf ihren offenen Ladeflächen festgeschnallte deutsche Schrottwagen Richtung Osten verfrachten, scheinen derselben Bewegung anzugehören: Unter dem Banner von Nachhaltigkeit und Wiederverwertung ist man also längst dabei, grenzüberschreitend das weltweite Abfallproblem einer vernünftigen Lösung zuzuführen.

Doch nicht nur in diesem großen europäischen Maßstab sind interessante Entwicklungen zu beobachten, nein, auch bei uns, an der »Heimatfront«, gibt es vielversprechende Vorstöße.

Das wird mir klar, als ich an diesem Abend einen Abstecher in die Innenstadt mache. Vor der Aussprache mit Norbert will ich unbedingt noch einmal das zukünftige Baugelände inspizieren, um auf dem neuesten Stand zu sein.

Ich finde alles so vor, wie es sein soll: Das ganze Areal sah groß aus, einfach großartig, wirklich.

Da ich nun schon einmal in der Stadt bin, lasse ich meine Füße einfach weiterlaufen und gehe noch ein bißchen mit mir spazieren.

In der Friedrichstraße, unweit vom Glaspalast *Lafayette,* bemerke ich einen marxbärtigen Mann, der mit einer XXL-Tüte von LIDL unterwegs ist. Aus seinen wuchernden grauen Bartmassen schaut aufmerksam eine rote Nasenspitze heraus. Er trägt schmuddelige Arbeitskleidung, obwohl es schon Viertel acht ist, weit nach Dienstschluß. Normalerweise wäre er mir gar nicht aufgefallen.

Inzwischen aber hat sich mein Blick geschärft: Ich beobachte, wie er mit lang ausgestrecktem Arm in einen Abfalleimer greift. Erst verstehe ich nicht, was er da macht. Dann sehe ich, daß er eine Pfandflasche ans Licht bringt. Ab damit in die Tüte – weiter, zum nächsten Eimer. Wieder tasten sich seine Finger ins Dunkel vor, streckt er seine fünf Fühler aus. Wer weiß, welche Schichten sie durchforschen müssen, ehe sie erneut fündig werden und eine Pfandflasche oder verbeulte Dose herausziehen können? Dann entschwindet er meinem Blick, verschwindet er in der Menge.

Er ist, wie ich bald feststellen kann, nicht der einzige, der dieser Beschäftigung im Innenstadtbereich nachgeht.

Was zum Beispiel ist von jenem schmalbrüstigen jungen Manne zu halten, der dort drüben auf der anderen Straßenseite so betont unauffällig und lässig unterwegs ist? Im Unterschied zu Mitarbeiter Nummer eins trägt er zwar einen Markenanorak, aber der stammt aus dem vergangenen Jahrhundert und sieht ziemlich abgeschlappt aus. Diskret schlendert der junge Mann von einem orangefarbenen Behälter zum anderen. Offenbar noch ein Neuling in diesem Fach, bleibt er wie zufällig neben einem Abfallbehälter stehen und putzt sich erst einmal ausgiebig die Hakennase, er bohrt das Papiertaschentuch tief in sich hinein; parallel dazu bohrt sich sein Blick in den Abfall. Kurz sieht er sich um, greift blitzschnell zu und zieht eine leere Flasche heraus, die er sorgfältig in seinem Öko-Umhängebeutel verstaut. Langsam zieht er weiter.

Auch ich ziehe nun zufrieden weiter. Nicht nur in der Einlagerungsfrage hat es also den entscheidenden Durchbruch gegeben, auch in der Abfallfrage ist man auf gutem Wege. Und das auf breiter Front! Im Unterschied zu mir scheinen die anderen Passanten diesen Umbruch, diese große Sammlungsbewegung, noch gar nicht bemerkt zu haben.

Kein Wunder. Ebenso achtlos gehen sie ja auch an den lädierten Gestalten vorüber, die im warmen Luftzug neben den hellen Eingängen der Läden hinter einer Schale mit Kleingeld sitzen. Manche haben einen Wachhund dabei.

Man wendet den Blick ab, oder eher noch: Man sieht schon automatisch zur Seite, geht einfach weiter.

Das habt ihr doch früher, in der alten Zeit, auch immer so gemacht, meine lieben Mitbürger: einfach weggesehen.

Schon vergessen? Woher ich das so genau weiß? Ich war ja selbst so einer wie ihr. Diese im Fußgängerbereich herumsitzenden Gestalten *zwingen* euch, wegzuschauen. So schneiden sie frech ein Stück aus eurer schönen neuen Welt heraus, euer Weltbild wird kleiner.

Was nützt da der ganze Platz, den ich euch demnächst großzügig freizuräumen gedenke, wenn eure Welt trotzdem immer kleiner, immer enger wird? Innerlich müßt ihr euch freimachen, müßt ihr euch freiräumen. Ihr müßt loslassen, um endlich wieder beide Hände frei zu haben. Ich sage euch: Man kann, nein, man muß sein Leben ändern – im Kern, nicht an den Rändern.

Höchste Zeit, daß die Lüster in den Sälen hell aufflammen und endlich wieder Leben ins Schloß kommt. Vor allem, es wird Zeit, daß endlich mal wieder jemand kommt und euch zeigt, wo es langgeht, ihr heillos Verirrten!

»Eh, sag mal, kommst du vom Mond oder wat!« zischt mir wütend ein Passant zu; achtlos habe ich ihn im Vorbeigehen an der Schulter gestreift, das ist Unter den Linden, in Höhe der Staatsoper, schon auf dem Rückweg zum Auto. Ich nicke ihm hinterher.

Der Mond scheint. Vor meinen Augen beleuchtet er den leeren Schloßplatz, die große Verheißung.

Wenn ich nun noch all jene Abfallsammler und Resteverwerter, die ich im Moment nicht sehen kann, mit dazurechne, so marschiert vor meinem inneren Auge ein riesiges Heer bärtiger Männer auf, mürrisch vor sich hin murmelnd, meine Reservearmee.

Meine innere Stimme … Nein, das ist gar keine innere Stimme: Undeutlich zwar und von fern dringen von außen Stimmen auf mich ein.

Ich höre Stimmen!

Die Krönung

Jetzt sind die Stimmen ganz nah, nein, es ist *eine* Stimme.

»Kaffee?«

Erstaunt blicke ich von meinem Teller auf.

»Möchten Sie noch einen Kaffee – oder nicht? Ich mach' hier nämlich gleich dicht.« Die Küchenfee! Sie steht direkt neben mir und reicht mir eine Serviette.

Folgsam wische ich mir den Mund ab. Die fettige rote Papierkugel werfe ich gezielt auf den Teller, zu den restlichen Mittwochsnudeln. Die liegen verkrümmt und zusammengeklebt in ihrer kalten Tomatensoße. Ich schiebe das alles weit von mir.

Fragend hält mir die Küchenfee eine goldgrün glänzende Tüte hin: »Also, was ist nun?«

»Das ist ja …« – die Krönung!, denke ich erschrocken. Fest sehe ich Vanessa in die blauen Augen. ›*Jacobs* Krönung‹? Völlig falsch: Heute, hier!, geht es einzig und allein um *meine* Krönung.

Kurzer Blick auf die Uhr. Die ist stehengeblieben. Um so schneller muß nun ich laufen, damit ich an meinem großen Tage nicht zu spät komme.

»Später, vielleicht, ja. Später.« Ich erhebe mich, stopfe mir noch ein paar kalte Nudeln in die Tasche, Proviant für alle Fälle, und verlasse die Kantine.

In Riesenschritten eile ich den langen Gang hinunter. Draußen wird bereits alles im großen Stil vorbereitet. Es riecht nach frischer Farbe. Überall blitzt und flimmert es feierlich. Mein großer Ehrentag; und ich – ich so verdammt spät dran!

Selbst der alte Reißwolf sieht glänzend aus. Zufrieden, im Vorbeieilen, wische ich mit der Hand darüber – halt, ich bin klebengeblieben. Meine Hand glänzt grün. Ich sehe mich um. Tatsächlich, nirgendwo ein Schild »Vorsicht, frisch gestrichen!«. Unglaublich. Doch ich habe jetzt keine Zeit, den Verantwortlichen – den *Verantwortungslosen!* – zur Rechenschaft zu ziehen. Dafür entdecke ich einen herrenlos herumstehenden Kanister mit rotem Plastikschraubverschluß, Verdünnung. Gut. Den nehme ich mir für meine grüne Hand mit. Ich klemme ihn unter den Arm. Rasch laufen meine Füße weiter.

Und dann, dann auf einmal stehe ich mitten im Schloß. Meine Schritte verhallen, ich halte inne. Wie ein Gespenst komme ich mir vor.

»Hallo?«

Noch ist niemand da. Doch, da war etwas: Irgendwo poltern herabfallende Kisten oder Kästen, und eine Stimme in der Ferne ruft: »Herrgott!«

»Ja?« ruft eine andere Stimme zurück. »Wat is? Soll ick mal rüberkommen?«

Kopfschüttelnd gehe ich weiter. Was für eine Blasphemie!

Wenn ich hier erst einmal das Zepter schwinge und König von Schweden bin, lasse ich so etwas nicht mehr durchgehen. Meinen Untertanen werde ich ein derart anmaßendes, derart gottloses Gerede schon noch austreiben, das wäre ja gelacht. Scheppernd lache ich, es hallt von den Wänden zurück.

Dann werde ich aber sehr ernst. Überhaupt, ich werde anfangs äußerst streng sein müssen. Diesen Mister X zum Beispiel, den werde ich jagen, soweit mich meine Füße tragen. Ich muß seiner habhaft werden und ihn seiner gerechten Strafe zuführen.

Ich hoffe ja nur, daß meiner kleinen Küchenfee diese »Annonce«, die ich vor ein paar Tagen gerade noch rechtzeitig – fünf vor zwölf! – vom Schwarzen Brett entfernt hatte, nicht zu Augen gekommen war: »Suche eine Frau mit V…, die mir mit Geduld & Spucke die harte Nudel weichkocht.« X

O ja, ich habe deine dreckige Botschaft schon verstanden. Aber keine Angst, Mister X, verlaß dich drauf: Ich finde dich!!!

»Ich finde euch alle!« rufe ich

Ich klappere die Türen ab, nichts.

Die Gemächer sind verschlossen. Alle bis auf eines. Dort ist die Tür halb angelehnt. Ich trete ein, sehe mich um, ein schmaler Streifen Licht fällt vom Gang herein: Gerümpel in einer Ecke. Doch auch hier: kein Norbert, kein … nichts. Dabei, er müßte längst da sein.

Ich setze mich in die andere Ecke, in die, die leer ist, schiebe den Ärmel hoch. Aufmerksam betrachte ich das Zifferblatt.

Zweimal am Tag zeigt eine Uhr, die steht, exakt, und zwar auf die Hundertstelsekunde genau, die richtige Zeit an. Ich lehne den Kopf an die Wand: Man muß nur abwarten können.

Eine Uhr, die normal funktioniert und deren Zeiger stupide im Kreis gehen, kann die richtige Zeit gar nicht anzeigen. Sie läuft der Zeit immer hinterher. So eine Uhr, meinetwegen, geht; die Zeit aber, die rennt – die läßt sich nie im Leben einholen. Und anhalten schon gar nicht.

Da piept es. Ich greife in die Tasche: »Ja, Norbert?«

»Sag mal: Wo bist du denn?«

»Ich? Ja, denk mal an: Ich bin schon im Schloß … Moment, meine Hand, ganz klebrig … Aber, kein Problem, ich hab' Verdünnung dabei, einen ganzen Kanister voll. Ich mach' das nur schnell sauber und dann, dann zünde ich alle Kerzen an. – Wann kommst du eigentlich? Ich warte schon.«

»Verdünnung? Einen Kanister? Hannes, um Gottes willen, was machst du denn da? Tu jetzt bitte nichts Unüberlegtes.«

Ich überlege kurz: »Nein, tu ich nicht. Alles in Ordnung.«

»Das ist ja …«

»Genau«, sage ich.

»Entschuldige, Hannes, bitte. Ich stand im Stau, sonst wäre ich pünktlich gewesen. Hör mir zu, ja: Wir können über alles, wirklich über alles noch mal reden.« Norberts Stimme fleht mich aus dem Handy an. »Erst mal: Wo – genau – bist – du – jetzt?«

»Wie schon gesagt: Ich sitze im Schloß.«

»Aber …?«

»Du solltest dich aber beeilen, sonst kommst du noch zu spät. Nachher gibt es sicher noch ein Feuerwerk.«

»Hannes, bitte! Wo? Ich …«

Ich klappe Norberts Stimme weg, lasse das Handy aber an, damit er jederzeit wieder anrufen kann. Zur Not kann er mich damit auch im Weltall orten, anpeilen und so weiter, falls er meinen Projektentwurf »Schloß«, wie ich inzwischen vermute, tatsächlich noch nicht studiert hat und er also nicht weiß, wo genau es sich befindet.

Noch ist der Saal völlig schmucklos. Es fehlt praktisch an allem. Ich krame in dem Gerümpel herum, das in der Ecke liegt, alte Maler- und Baumaterialien: Farbeimer, Bürsten, Lappen, ein farbbekleckerter Läufer, auch ein gelber Bauarbeiterhelm.

Den Helm setze ich vorsichtshalber auf; vorhin, bei meiner ersten Inspektion, hatte ich mir den Kopf an einer Strebe der Seitenwand gestoßen. Mir ist kalt. Ich lege mir den Läufer um die Schultern. Und da ich nicht die ganze Zeit sinnlos herumstehen will, stülpe ich einen leeren Farbeimer um und setze mich darauf – mein Thron. Natürlich, vorerst nur ein Provisorium, aber es muß jetzt mal so gehen. Ich schließe die Augen halb und warte, esse auch ein paar kalte Nudeln, gleich aus der Tasche.

Beim Telefonieren war etwas von der Verdünnung über die Hosen gelaufen, auch auf den Boden getropft, davon bin ich ein bißchen benebelt.

Da erscheint mir ein Mann. Er steht in der Tür. Er sieht ganz so aus wie einer der Lagerarbeiter aus meinem vorigen Leben. Mit der Taschenlampe funzelt er zu mir herein. Ich bin geblendet und betrachte ihn verkniffen aus weiter Ferne.

»Da wird ja der Hund in der Pfanne verrückt!« meint er staunend.

Ich schüttele den Kopf. »Nein. Nicht daß ein Hund in solch einer mißlichen Lage verrückt wird, das wäre ja sozusagen völlig normal – aber wie er überhaupt in diese verdammte Pfanne gekommen ist, nicht wahr, das, mein Herr, ist das Verrückte. Schließlich, wir sind hier, wie Sie wissen, nicht in China, sondern in Schweden. Und ich bin auch nicht, falls Sie das gemeint haben sollten, der Kaiser von China, sondern …«, streng sehe ich auf die Uhr (– er kann ja nicht wissen, daß sie nicht geht!), »oh … gleich geht es los, die Krönungsfeierlichkeiten stehen jetzt unmittelbar bevor.«

Nachdem ich ihm dies alles mit ruhigen, klaren Worten dargelegt habe, würdige ich den Verdutzten keines weiteren Blickes und lasse ihn dort stehen, wo er gerade steht, vorn, am Eingang des Festsaals.

Auf einmal beschleicht mich ein furchtbarer Verdacht: »Sie da, mal herhören! Sie sind doch nicht etwa … Mister X, oder?«

Ich schnipse das Feuerzeug an, um mir den Verdächtigen genauer anzuschauen.

»Nee, Bruseck …«, flüstert der Mann erschrocken, »Dario Bruseck.«

»Aha.« Ich verziehe mein Gesicht. »Auch nicht schlecht.«

Schuldbewußt weicht der Bleiche zurück. Ich höre, wie er sich schnell entfernt. Da habe ich endlich wieder meine Ruhe. Aber nicht mehr lange. Wieder meldet sich das Handy.

»Herr Severing, was denn nun schon wieder?« Ich finde, derart, wie er sich verspätet hat, ist das jetzt die richtige Gelegenheit, Norbert endlich zu siezen.

»Hannes! Ich weiß, du bist hinten in der Halle. Ich bin gleich bei dir. Möbius haben wir auch schon verständigt.«

Möbius … ja, diesen Namen habe ich auch schon mal irgendwo gehört.

»Bleib ganz ruhig, Hannes, bitte!«

Ich *bin* ganz ruhig, sage kein Wort mehr, nur: »Ich kann Sie sehr schlecht verstehen«, und drücke die aufgeregte Stimme mit dem Daumen weg, bringe sie zum Schweigen.

Einmal ist mir so, als erklängen in weiter Ferne Fanfarenstöße. Oder ist es heller Hörnerklang?

Na, nun wird es ja bald losgehen.

Und richtig: Da kommt er auch schon anmarschiert, der ganze Troß. Ich freue mich königlich: Ein majestätischer Anblick, wie mein ganzer Hofstaat da ehrerbietig vor der Tür steht. Man traut sich nicht herein zu mir – Respekt!

Auch einige Uniformierte sind dabei, mit Helmen und in viel zu großen dunkelblauen Dienstanzügen. Die wirken sehr klobig. Silbern glitzern die Tressen an den Ärmeln und Hosenbeinen und reflektieren das wenige Licht. Ich kneife trotzdem die Augen zusammen.

»Wer seid ihr denn?« will ich wissen.

»Wir? Wir sind von der Feuerwehr.«

»Nanu«, frage ich launig zurück, »Wo brennt's denn?«

Herr Severing alias Norbert, der auch mit dabeisteht, verdreht merkwürdig die Augen. Wahrscheinlich hängt das alles schon mit dem großen Abschlußfeuerwerk zusammen und soll deshalb noch nicht verraten werden, weil es eine Überraschung ist.

»Der hat wahrscheinlich einen in der Krone«, höre ich einen der Uniformierten sagen.

»Idiot!« Mehr sage ich nicht. Die goldene Krone habe ich ja noch gar nicht auf, er muß doch gesehen haben, daß ich momentan nur einen einfachen gelben Bauarbeiterhelm trage.

»Hannes, keine Sorge, hier sind auch Rettungskräfte«, erklärt mir nun der Herr Severing, und ein Mann in einer weiß-roten Kombination nickt mir professionell zu, er hat ein dickes rotes Kreuz auf der Brust kleben.

Ich nicke, gebe aber zu bedenken: »Nicht ich bin es, der gerettet werden muß, die Welt muß es. Schon vergessen, mein lieber Severing? Darüber sprachen wir doch neulich.«

»Ist ja gut, Hannes«, erwidert verlegen der Angesprochene. Sicher ist es ihm peinlich: Er hat das wohl tatsächlich alles schon wieder vergessen.

»Nein«, auch hier muß ich ihm widersprechen, »gut ist so gut wie gar nichts.«

Insbesondere scheint ihm nämlich entfallen zu sein, daß wir uns hier mitten im Schloß befinden. Er faselt etwas von einer »SB-Einlagerungshalle«, spricht überhaupt viel wirres, völlig unverständliches Zeug. Gut, soll der Ahnungslose weiterhin an seinem Irrglauben festhalten, weiter in seinem Irrtume leben, meinetwegen. Ich widerspreche ihm nicht und halte das Feuerzeug in meiner Hand. Ich halte mich fest daran fest, weil mir auf einmal ganz schwindelig ist und …

»Wir kommen jetzt ganz langsam zu Ihnen herein, ja?«

»Bitte. Soll ich euch leuchten? Moment …«

»Nein, bloß nicht! Bitte nicht! Kein offenes Feuer!«

»Tretet nur ein!« rufe ich meinen Leuten zu, die noch immer draußen herumstehen. Ich mache ihnen mit der Hand ein Zeichen und nicke leutselig. Sie kommen. Doch niemand nimmt Platz. Ehrfürchtig, in einem weiten Halbkreis, umstehen sie mich.

»Legen Sie jetzt bitte das Feuerzeug ganz vorsichtig auf den Boden.«

Ich überlege gerade, was für eine Bewandtnis es damit haben soll, und bin noch tief in Gedanken darüber, da tut sich die Menge auf, und es erscheint … nein!, ich fasse es ja nicht, ich starre diese unglaubliche Erscheinung an.

»Monika?« flüstere ich. »Wo kommst du denn her?«

Was für ein unverhofftes Wiedersehen nach so langer Zeit!

Doch sie scheint sich gar nicht zu freuen, jedenfalls nicht so, wie sie das jetzt eigentlich sollte. Obwohl ihr Gesicht gebräunt ist, wirkt sie ganz blaß. Sicher irritieren sie die vielen fremden Leute und der unermeßliche Reichtum rundum.

Ich sehe mich um, ja, das verstehe ich, natürlich.

»Weißt du«, sage ich vertraulich zu ihr, »ich kann auch auf diese ganze glitzernde Pracht, diesen Pomp und diesen Plunder, verzichten«, mit dem Arm beschreibe ich einen weiten Halbkreis und wische mit einer Handbewegung alle Reichtümer beiseite, »das alles brauche ich nicht. Hauptsache, du bist wieder da.«

Ungläubig nickt sie mir zu.

»Ja, wirklich! Auch meine treue Dienerschaft, wenn du es wünschst, kann ich sofort entlassen.«

Ich schnipse mit den Fingern, dann zeige ich direkt mit der Zeigefingerspitze auf den staunenden Herrn Severing.

Ich sehe sehr wohl, daß der damit nicht einverstanden ist und innerlich mit diesem seinem Schicksal hadert, doch ich gebiete ihm zu schweigen, indem ich den Zeigefinger energisch gegen meine Lippen presse.

Sogar Vanessa, meine kleine Küchenfee, ist zur Feier des Tages erschienen! Das glaube ich ja kaum. Ich bin sehr gerührt und überlege, ob ich sie und Monika nicht miteinander bekannt machen sollte, unterlasse das aber. Das könnte zu Verwechslungen führen. Außerdem ist das jetzt nicht der richtige Zeitpunkt: Ich muß mich sammeln.

Ich blinkere ihr nur kurz zu: Natürlich, dich, du kleine Küchenfee, werde ich nie im Leben aus meinen Diensten entlassen.

Als ich zufrieden in die Runde schaue, trifft mich grau ein lauernder Blick. Ich muß nicht lange nachdenken, da weiß ich es wieder: Das ist doch dieser ... richtig: dieser Herr Möbius aus meinem Vorleben. Seltsam, wie so jemand es schafft, mein ständiger Begleiter zu sein. Ich sehe ihn mir bei dieser Gelegenheit etwas genauer an: Stimmt schon, das meiste ist nichts.

Immerhin, er scheint als einer der wenigen kapiert zu haben, wo wir uns hier befinden: mitten im Schloß, auch wenn er dann gleich wieder sehr Unverständliches von sich gibt und – obwohl nie davon die Rede gewesen ist – von einem »Schloß und Riegel« (?) spricht, was auch immer er sich im einzelnen darunter vorstellen mag.

Auf einmal steht er direkt vor mir. Ich strecke ihm freundlich die Hand hinauf, da ergreift er – was für Manieren aber auch! – gleich meinen ganzen Unterarm. Aha, nun soll ich wohl fertig gemacht werden für die Feierlichkeiten nachher.

Man zieht mir einen Mantel an.

Das ist aber überhaupt gar kein richtiger Königsmantel! Nicht mit Hermelin gefüttert und auch kein prächtiger Nerzbesatz am Kragen, ach was, nichts dergleichen, eher so eine ganz profane Jacke. Wer sich das nur wieder ausgedacht hat?! Außerdem: falsche Größe, viel zu eng um die Schultern.

Unangenehm. Komme mir eingezwängt vor, richtig einge-
schnürt, und billige das mit messerscharfen Blicken miß.

Und, verdammt noch mal, warum denn jetzt das Dings
auch noch verkehrt herum an? Und *hinten* zugeknöpft!

Ja, sind denn die irrrre?

Doch ich sage nichts. Mein Blick liegt auf Monika. Sie
kann das alles noch gar nicht fassen. Die Freude des Wieder-
sehens hat sie überwältigt. Ihre Augen stehen unter Wasser.

»Ist ja gut«, sage ich leise und versuche zu lächeln.

Jetzt, endlich, hat auch sie es begriffen. Monika weint, sie
weint vor Glück, weil nun alles gut ist. Mehr noch: Jetzt ist
endlich alles in Ordnung. Ihre Tränen stürzen haltlos zu Boden, wo sie mit einem leisen silbernen *Pling* aufschlagen.

Ihr Weinen, das bald zu einem Heulen, schließlich zu
einem bebenden Schluchzen wird, das ihren ganzen Oberkörper schüttelt und durchrüttelt, will und will einfach nicht
mehr aufhören.

Selbstverständlich bringe ich es nicht übers Herz, sie in
diesem Zustand allein zu lassen. Auf mein Geheiß hin wird
es ihr also gestattet, mich zu begleiten, als man mich nun mit
großer, feierlicher Eskorte hinaus auf den Hof geleitet.

Dort steht meine Kalesche schon im Sonnenlicht bereit
und wartet auf mich.

So geschieht es, daß Monika bei meiner Ausfahrt, als ich mit
vielen Pferdestärken, unter auf- und abschwellendem Hörnerklang eilends davongetragen werde, die ganze Zeit im
Wagen neben mir sitzt. Der Weg ist holperig, aber ihre Hand
liegt ruhig auf meiner Schulter.

Ich habe die Augen geschlossen, kann kein einziges Wort
zu ihr sagen – so unaussprechlich glücklich bin ich.